Conformément aux statuts de la Société des Textes Français Modernes, ce volume a été soumis à l'approbation du Comité de lecture, qui a chargé M. Robert Garapon d'en surveiller la correction en collaboration avec M. Roger Guichemerre.

LES
NOUVELLES FRANÇAISES
I

SOCIÉTÉ DES TEXTES FRANÇAIS MODERNES

DEUXIÈME SÉRIE

JEAN REGNAULT DE SEGRAIS

LES NOUVELLES FRANÇAISES OU LES DIVERTISSEMENTS DE LA PRINCESSE AURÉLIE

I

TEXTE ÉTABLI, PRÉSENTÉ ET ANNOTÉ
PAR
ROGER GUICHEMERRE

PARIS

S.T.F.M.
1, rue Victor-Cousin

Aux Amateurs de Livres,
Diffuseur
62, avenue de Suffren

1990

ISSN 0768-0821
ISBN 2-86503-192-6

INTRODUCTION GÉNÉRALE

I. SEGRAIS. L'HOMME ET L'ŒUVRE.

Jean Regnault de Segrais appartenait à une très bonne famille caennaise[1]. Il était né en 1624, septième enfant de François Regnault de Segrais et de Colombe de la Ménardière. Il fit ses études au collège des Jésuites de Caen, où l'on cultivait particulièrement les humanités classiques. Ses maîtres, notamment le P. Mambrun, auteur d'un volume d'églogues, lui firent lire Virgile et lui donnèrent sans doute alors le goût de la poésie[2]. C'est en effet à la poésie qu'après avoir failli se faire prêtre comme ses frères aînés, qu'il se consacra d'abord. « Je veux, déclare-t-il dans une ode de 1646 à Chapelain,

> *... sans me flatter d'un penser trop superbe,*
> *   Faire dire à tout l'univers*
> *Qu'encore une fois l'Orne a vu naître un Malherbe*
> *Et comme lui partout faire admirer mes vers.*

---

1. Sur la vie de Segrais, consulter Brédif, *Segrais. Sa vie et ses œuvres,* Paris, 1863 ; et Wessie M. Tipping, *Jean Regnaud de Segrais. L'homme et son œuvre,* Thèse de l'Université de Paris, 1933.

2. *Presqu'enfant, le Dieu du Parnasse*
D'un propice accueil m'honora,
Et dès lors il me sépara
De l'ignorante populace. (*Ode* à Ménage, 1651).

Quelques-uns de ses premiers poèmes figurent sans doute dans son recueil de 1658, *Diverses Poésies*[3]. Il aurait écrit aussi, dès dix-huit ans, une tragédie sur *la Mort d'Hippolyte* et peut-être commencé un roman, *Les Illustres Françaises,* dont, selon Brédif, Challe se serait inspiré.

Ces débuts littéraires le firent connaître du comte de Fiesque, exilé à Caen en 1643. Celui-ci, amateur de littérature, comme sa femme, Gilonne d'Harcourt, protégea le jeune poète et l'emmena à la Cour, lorsqu'il y fut rappelé, en 1645. Segrais eut ainsi la chance d'être admis dans un certain nombre de cercles aristocratiques : dans le salon de la comtesse de Fiesque, chez Condé, à l'hôtel de Rambouillet. Il continue à écrire des poésies. Outre des odes au duc de Longueville, à Chapelain (*Sur les victoires du duc d'Enghien*), au comte de Fiesque (*Sur la mort de son frère*), il compose des pièces légères et galantes. C'est aussi à cette époque qu'il commence un roman héroïque, *Bérénice,* où, dans une antiquité de convention, les exploits guerriers alternent avec les amours romanesques[4]. Quatre volumes paraîtront de 1648 à 1649. Mais le roman, qui ne semble pas avoir eu grand succès, est resté inachevé.

En 1648, le comte de Fiesque fait entrer Segrais au service de Mademoiselle de Montpensier[5], en qualité de gentilhomme ordinaire. C'est l'époque de la Fronde, et les poésies qu'écrit Segrais sont l'écho fidèle des sentiments successifs de la Prin-

---

3. Segrais déclare qu'il a écrit certains de ses poèmes « dans une fort grande jeunesse ».

4. Les héroïnes — Bérénice, aimée de Titus et aimant Izatez ; Zénobie, éprise et aimée de Tiridate, mais recherchée par différents soupirants — ont des amours tumultueuses, contrariées par des séparations, des rivalités, des enlèvements, des combats. Plus plaisantes sont les aventures galantes de Démocarès, nouvel Hylas, qui en conte tour à tour à Junie et à Cornélie, puis, désappointé, est bien déterminé à ne plus avoir de véritable amour, mais à « faire tout [son] possible pour en donner » (t. III, p. 573).

5. Sa mère était gouvernante de la princesse.

cesse, d'abord attachée au roi qu'elle avait songé à épouser, puis passant au parti des princes et prenant possession d'Orléans, exilée ensuite à Saint-Fargeau, obtenant enfin son pardon de Louis XIV. Et Segrais tour à tour blâme l'agitation parlementaire ou s'afflige de la guerre civile, chante la glorieuse expédition de la nouvelle « pucelle d'Orléans » et célèbre pour finir la clémence royale[6].

L'exil à Saint-Fargeau, où Segrais a dû suivre sa protectrice en octobre 1652, exil qui durera jusqu'au printemps 1657, entrecoupé il est vrai de quelques séjours à Paris ou en Normandie, ne fut apparemment pas désagréable pour Segrais. Le château a été transformé par Le Vau ; les jardins et les bois qui l'entourent en font une résidence agréable ; surtout la compagnie y est nombreuse : plusieurs dames (Mmes de Fiesque et de Frontenac) ont accompagné Mademoiselle dans son exil et d'autres viennent lui rendre visite de Paris. La chasse, les promenades, la comédie et le bal, la conversation et la lecture occupent agréablement le temps[7]. Cet exil rapproche Segrais de sa protectrice. Il lui lit les nouvelles venues de Paris, mais aussi des œuvres littéraires, des romans surtout, dont, selon Huet[8], elle était passionnée. Il collabore également peu ou prou aux essais littéraires de la princesse : il corrige ses *Mémoires,* commencés dès le début de son exil ; il réunit quelques portraits qu'elle a composés avec d'autres, écrits par ses amis, pour en faire le recueil des *Divers Portraits,* imprimé en 1659 à Caen ; il surveille aussi la publication, à Bordeaux, la même année, de *la Relation de l'Ile imaginaire* et de *la Princesse de Paphlagonie.*

Mais il écrit aussi lui-même et son séjour à Saint-Fargeau est la période la plus féconde de sa production littéraire. Il

---

6. Voir notre article sur *Segrais et la Fronde,* Colloque du C.M. R. 17, *La Fronde en questions,* p. 157-166, Univ. de Provence, 1989.

7. Voir *les Nouvelles françaises,* t. I, p. 15.

8. *Mémoires,* p. 123. Cité par W.M. Tipping, *op. cit.,* p. 54.

compose toujours des poésies légères : *élégies,* où il exprime
sa douleur d'aimer sans retour :

> *... osant vous déclarer le mal qui me possède,*
> *Je vais trouver ma perte en cherchant du remède* (p. 219) ;

stances, plus satiriques, comme celles sur la *Carte de Tendre*
où, mieux que « Petits soins » ou que « Jolis vers »,
« Bijoux » est le plus court chemin pour se faire aimer
(p. 248) ; *madrigaux,* où il se déclare, complimente, qué-
mande une faveur ; *chansons,* où ses tourments ne semblent
guère sérieux :

> *On pleure, on s'ennuie,*
> *On souffre en aimant ;*
> *Mais quelle autre vie*
> *Passe plus gaîment ?* (p. 281),

et où la légèreté du ton ôte toute gravité à la plainte :

> *Je pleure, je me plains et je souffre un martyre*
> *A qui rien n'est égal ;*
> *Hélas ! si c'est amour qui fait que je soupire,*
> *Qu'amour est un grand mal !* (p. 305)[9].

Plus originaux sont le poème pastoral d'*Athis* et surtout
ses *Églogues. Athis,* publié en 1653, composé donc avant
Saint-Fargeau, conte en cinq chants la destinée malheureuse
du berger Athis, longtemps dédaigné par la nymphe Isis, puis
tué par le jaloux roi Marmion, alors qu'il traversait l'Orne
à la nage pour rejoindre sa belle, mort suivie de la double
métamorphose des amants. On ne lit plus *Athis,* mais les *Églogues,* malgré le caractère artificiel du genre, ont encore quelque grâce. Il y a de belles évocations de la nature champêtre
et le lyrisme amoureux inspire à Segrais de beaux vers. Dans
les six premières, des bergers chantent leurs amours, leurs
jalousies, leurs émois, leurs peines et leurs joies. La dernière
célèbre le retour de la paix. Ces poèmes eurent du succès et
Boileau, si sévère pour les poètes qui s'étaient risqués dans
ce genre, mettait à part Segrais et Racan.

---

9. Ces références renvoient à l'édition de 1755 des *Œuvres* de
Segrais, réimprimées par Slatkine, Genève, 1968.

Surtout c'est à Saint-Fargeau qu'il compose ses *Nouvelles françaises* : le château et son parc sont le cadre où les belles devisantes, Mlle de Montpensier et ses amies, content tour à tour les six histoires du recueil.

L'exil à Saint-Fargeau dura jusqu'en avril 1657. Segrais revient alors à Paris avec Mademoiselle, qui s'installe bientôt au palais du Luxembourg. Segrais y est logé « proprement et commodément ». Il est célèbre — Loret le mentionne avec éloge dans sa *Muse historique* —, fréquente des personnages et des hommes de lettres, en particulier Huet et Ménage, mais il n'obtient pas de pension de Colbert. Il doit cependant quitter Paris pour accompagner Mademoiselle, encore en disgrâce, à Eu, à Saint-Fargeau, puis à nouveau à Eu (1661-64). Il s'échappe de temps en temps pour Caen, où il voit Huet et participe aux réunions de l'Académie fondée par Moisant de Brieux, ou pour Paris, où il se rend en 1662, après son élection à l'Académie française.

L'éloignement de la Cour où l'obligent les exils successifs de Mademoiselle, lui donne l'occasion d'entreprendre une traduction de l'*Enéide*. Il avait conçu dès sa jeunesse une grande admiration pour « le merveilleux génie de Virgile » (Préface, p. 6), dont il avait imité « quelques endroits » dans ses *Églogues*. Il traduit rapidement le premier livre et, malgré les réserves de Mme de La Fayette à qui il avait envoyé son manuscrit en août 1663[10], encouragé par ses amis, il poursuit son travail. En 1668, il publie le premier tome (les six premiers chants), précédé d'une dédicace au roi, et l'ouvrage remporte un vif succès[11]. Le deuxième tome (les six derniers chants) paraîtra en 1681.

A cette date, Segrais n'était plus chez Mademoiselle. En mars 1671, il avait été congédié, à la suite d'une démarche

---

10. « Nous avons parlé du Virgile de M. de Segrais, écrit-elle à Huet, lequel nous n'avons pas tant loué que vous ». Lettre de 1664 citée par W.M. Tipping, *op. cit.,* p. 160.

11. L'abbé de Marolles écrit que « les copies [...] se sont débitées avec bonheur » (*ibid.,* p. 161).

imprudente auprès de l'archevêque de Paris, à qui il aurait demandé d'intervenir pour faire cesser la liaison humiliante de Mademoiselle avec Lauzun. Les interventions de Montausier, de Condé, de Mme de Sévigné (Lettre du 1er avril 1671) furent inutiles, et Mademoiselle demeura intraitable.

Heureusement Mme de La Fayette lui offrit un logement chez elle, rue de Vaugirard. Leurs relations remontaient au moins à l'année 1658, où elle lui avait donné un portrait de Mme de Sévigné pour le recueil des *Divers Portraits*. Pendant les séjours de Segrais en Normandie ou à Saint-Fargeau, en 1662-64, Mme de La Fayette entretenait un commerce épistolaire suivi avec Segrais, Huet et Ménage, et, lorsque Segrais venait à Paris, il se rendait souvent chez elle. On ne peut pour autant, comme l'avait fait Brédif[12], assurer que Segrais participa à la composition de *la Princesse de Montpensier,* même si la situation des protagonistes ressemble à celle d'*Eugénie*[13] ou si la nouvelle illustre quelques-unes des théories exprimées par les devisantes des *Nouvelles françaises*[14]. Si Mme de La Fayette a eu un collaborateur pour sa nouvelle, ce ne peut être que Ménage[15].

Mais, tout en appartenant à Mademoiselle, il fréquentait déjà assiduement la rue de Vaugirard, où il rencontrait, auprès de Mme de La Fayette, La Rochefoucauld[16], Mmes de Sévigné, de Coulange, de Thianges, le cardinal de Retz, le duc d'Enghien, milieu spirituel, s'intéressant aux lettres sans pédantisme, comme il apparaît dans les lettres de Mme de

---

12. *Segrais,* p. 65.

13. Dans les deux nouvelles, il y a une femme mariée sans amour, un ami de jeunesse dont elle est toujours éprise, et un ami du mari, amoureux sans espoir qui vit auprès d'elle.

14. Un cadre historique, une époque récente, des noms français.

15. Voir H. Ashton, *Mme de la Fayette,* p. 83.

16. D'après les *Segraisiana,* p. 111, il aurait soumis à Segrais ses *Mémoires,* et ses *Maximes* pour qu'il pût « juger du tour des pensées et de l'arrangement des paroles ».

Sévigné à sa fille. Segrais a-t-il eu part à la rédaction de *Zayde*, dont le premier volume est publié en novembre 1669 ? L'ouvrage parut sous son nom et, lorsqu'il en parle, il dit « ma *Zayde* »[17]. Mais on sait que Mme de La Fayette ne voulait pas s'avouer l'auteur de ses livres et Segrais reconnaîtra plus tard, après la mort de la comtesse, que, comme *la Princesse de Clèves, Zayde* est « aussi d'elle ». « Il est vrai, ajoute-t-il, que j'y ai eu quelque part, mais seulement pour la disposition du roman où les règles de l'art sont observées avec grande exactitude »[18]. Segrais a pu en effet proposer à Mme de La Fayette, qui n'a pas encore écrit de grand roman, un plan assez conforme à la tradition du roman héroïque, avec des récits rétrospectifs et des péripéties qui retardent sans cesse les retrouvailles des amants. Peut-être aussi lui a-t-il fourni la documentation historique[19]. Quant à la *Princesse de Clèves*, Segrais a peut-être encore eu quelque part à son élaboration : « un peu de correction », écrira Mme de La Fayette à Huet, en 1691, en avouant qu'elle est l'auteur[20]. A Paris, il participe aussi activement aux séances de l'Académie française, collaborant aux *Observations de l'Académie touchant l'orthographe,* prononçant un discours de remerciement à Colbert qui a rétabli en faveur des académiciens le droit de *committimus*, accueillant en tant que directeur, en 1675, des académiciens de province[21]

---

17. *Segraisiana*, p. 145.

18. *Ibid.*, p. 7.

19. Plutôt que de l'*Histoire des guerres civiles de Grenade* de Perez de Hita, ou de l'*Histoire générale d'Espagne* de Mayerne-Turquet, Segrais dut se documenter dans l'*Histoire générale d'Espagne* de Mariana, et dans l'*Afrique* de Marmol, traduite et publiée par Perrot d'Ablancourt en 1667. Voir A. Niderst, Introduction aux *Romans et Nouvelles* de Mme de La Fayette, p. XIX.

20. Lettre à Ménage, in H. Ashton, *Lettres de la comtesse de la Fayette et de Gilles Ménage,* p. 151.

21. Voir W.M. Tipping, *op. cit.,* p. 172-73.

En 1676, Segrais se retire à Caen, où il épouse une petite cousine, Claude Acher de Mesnil-Vité. Il s'installe dans un bel hôtel, où il reçoit les membres de l'académie locale. Élu échevin en 1683, il surveille les constructions et préside aux cérémonies. Il est, depuis 1685, bibliothécaire à l'Université et, au Palinod, juge les productions des poètes du cru. Il poursuit en même temps ses activités littéraires, continuant sa traduction des *Géorgiques* ou participant aux séances de l'académie. Une correction qu'il propose à un passage des *Géorgiques* (IV, 290-1), correction vivement contestée par Huet, provoque une brouille entre les deux hommes. Autrement Segrais, heureux en ménage, entouré d'amis fidèles, reçu dans les meilleurs salons de la ville où il conte ses souvenirs[22], partageant son existence entre son hôtel de Caen et sa maison des champs de Fontenay le Pesnel, mène une vie agréable, coupée de temps en temps par des voyages à Paris. Sa santé s'altère durant l'hiver 1696, et il mourra quelques années après, le 25 mars 1701.

II. LES NOUVELLES FRANÇAISES.

Comme le *Décaméron* de Boccace ou l'*Heptaméron* de Marguerite de Navarre, *les Nouvelles françaises* sont un recueil de nouvelles « encadrées »[23]. Segrais nous présente d'abord la princesse Aurélie et les dames qui se trouvent autour d'elle au château des Six Tours ; pour se distraire, elles conviennent de raconter chacune à son tour une histoire et commentent les récits, après les avoir écoutés ; de plus, chacun de ces récits est suivi d'un divertissement : chasse, bal,

---

22. En particulier chez l'intendant Foucault, qui fait noter ses propos par un valet dissimulé derrière une tapisserie, origine des *Segraisiana*, source de renseignements précieux sur la vie intellectuelle et mondaine de son temps.

23. Voir K. Varga, « Pour une définition de la nouvelle à l'âge classique », in *C.A.I.E.F.,* 1966, p. 63.

concert, comédie, collation. La narration comporte donc deux plans : d'une part, la présentation du cadre et des narratrices, ainsi que la relation de leurs entretiens avant ou après chaque histoire ; d'autre part, les histoires elles-mêmes. Comme dans l'*Heptaméron* encore[24], les devisantes des *Nouvelles françaises* sont des personnages réels, dont l'identité se dissimule sous des noms fictifs. La princesse Aurélie est la princesse de Montpensier, la protectrice de Segrais, et ses amies sont les grandes dames qui l'ont suivie ou qui sont venues la voir dans son exil de Saint-Fargeau : Uralie est Mme de Choisy ; Silerite, Mme de Mauny ; Aplanice, Mme de Valençay ; Gélonide, la comtesse de Fiesque, et Frontenie, Mme de Frontenac[25].

Après avoir fait le portrait[26] d'Aurélie et des dames qui l'ont rejointe au château des Six Tours, l'auteur imagine qu'un beau jour de printemps, au cours d'une promenade champêtre, la conversation tombe sur les romans. Une discussion s'engage entre ces dames, les unes tenant pour les romans héroïques, d'autres souhaitant des récits plus modernes. C'est l'occasion pour Segrais d'exposer sa conception du roman, sans dogmatisme toutefois, les représentantes de chaque tendance faisant valoir à tour de rôle leurs arguments et tentant de trouver un équilibre entre les anciennes formules et les innovations.

Cette absence de dogmatisme paraît dans les propos de la princesse. Tout en faisant l'éloge de l'*Astrée*, du *Polexandre* ou de l'*Ariane*, ainsi que des romans de La Calprenède ou de Mlle de Scudéry, qu'elle juge instructifs et dont elle loue l'invention, les aventures « surprenantes », la variété des

---

24. On sait que dans l'*Heptaméron,* les devisants, réunis autour de Parlamente (Marguerite de Navarre), sont des proches (Oisille est Louise de Savoie, sa mère ; Hircan, son mari Henri d'Albret) ou des personnes de sa suite (Longarine est Aimée de Lafayette ; Saffredent, Jean de Montpezat ; Ennasuite, Anne de Vivonne, etc.).

25. Clefs établies par L. Brédif, *Segrais, sa vie et ses œuvres,* 1863.

26. « Ingénieux mélange de flatterie et de sincérité » (Brédif).

caractères, les conversations « délectables », elle critique leurs entorses à la vérité historique et leur anachronisme qui attribue des mœurs françaises à « des Grecs, des Perses ou des Indiens », et elle se demande pourquoi leurs auteurs ont été chercher des « Scythes » ou des « Parthes », au lieu de nous présenter des gentilshommes français[27]. La discussion s'engage alors. Dans le camp des conservateurs, Frontenie estime que les Français préfèrent que les héros se nomment Artabaze ou Iphidamante plutôt que Rohan ou Montmorency ; Uralie pense aussi que l'éloignement et l'antiquité rendent « les choses plus vénérables » et qu'on aurait du mal à croire aux aventures de héros contemporains dont on n'ait jamais entendu parler[28]. Mais les « progressistes » ne se laissent pas convaincre : Gélonide oppose à Frontenie les héros des nouvelles espagnoles, qui « ont nom Richard ou Laurens », et Aplanice est convaincue que l'histoire récente fournirait des aventures intéressantes et qu'il s'y trouve bien des « actions particulières » qu'on ignore : d'ailleurs, pourquoi prendre pour héros des rois ou des empereurs dont les particuliers n'ont que faire ? ajoute-t-elle, approuvée par Silerite, qui vante les contes de Marguerite de Navarre[29]. Cet exemple incite les interlocutrices à imiter les devisants de l'*Heptaméron* et à conter à tour de rôle une histoire.

Mais la discussion sur le roman reprend, quand Aurélie a conté l'histoire d'Eugénie. A travers les propos de la princesse, le narrateur fait une distinction importante entre le roman, fiction qui sauvegarde la morale, et la nouvelle, véritable et peignant la réalité, qui doit « un peu davantage tenir de l'histoire » et représenter les choses « comme d'ordinaire nous les voyons arriver »[30].

---

27. P. 18-19.
28. P. 19-21.
29. P. 20-22.
30. P. 99.

Des nouvelles relativement courtes, des personnages aux noms français et d'une condition commune, des aventures contemporaines et proches de la réalité quotidienne : ces idées étaient de nature à bouleverser les conceptions traditionnelles. Toutefois, il semble que Segrais, peut-être pour ne pas choquer ses contemporains, encore attachés au roman baroque[31], n'ait pas voulu appliquer systématiquement ces théories dans son livre. La diversité de ses nouvelles, contées d'ailleurs par des narratrices d'avis opposés, lui a permis d'illustrer tour à tour des formules romanesques différentes.

III. LE TEXTE.

Le texte adopté est celui de l'édition originale de 1656. Nous avons modernisé l'orthographe et la ponctuation. Il n'y a guère de raisons, en effet, de conserver une orthographe encore incertaine à l'époque — un même mot est parfois orthographié de différentes manières —, qui dérouterait de nombreux lecteurs et qui, en comparaison avec les textes modernisés des grands auteurs classiques qu'on utilise couramment, ferait paraître archaïque les nouvelles de Segrais. Par contre, nous avons respecté la syntaxe et les tours de l'œuvre originale. Les termes inusités aujourd'hui ou dont la signification a changé sont l'objet de notes explicatives et figurent à l'index du deuxième tome. Enfin des notes historiques ou littéraires explicitent les allusions à des personnages, des œuvres ou des événements contemporains.

---

31. « Nonobstant tous ces sujets de répréhension qu'on trouve dans les Romans vraisemblables ou autres, il faut confesser que de tels récits charment » (Ch. Sorel, *De la connaissance des bons livres,* p. 133).

IV. BIBLIOGRAPHIE.

1) *Œuvres de Segrais.*

Les Nouvelles françaises ou les divertissemens de la Princesse Aurélie. A Paris, chez Antoine de Sommaville, au Palais, sur le deuxiesme Peron allant à la Sainte Chapelle, à l'écu de France, 1656, avec privilège du Roy. (La deuxième page de titre porte MDCLVII). Le premier tome comporte Eugénie, Adélayde (p. 1-493), Honorine (p. 1-224) ; le second Mathilde (p. 1-256), Aronde (p. 1-290), Floridon (p. 1-154).

> Bibl. de L'Arsenal, 8° BL 18973.
> B.N., Rés. Y² 1556-57.

Les Nouvelles françaises [...], Paris, G. Saugrain, 1722.

Les Nouvelles françaises [...], Paris, D. Mouchet, 1722.

Les Nouvelles françaises [...], La Haye, P. Paupie, 1741.

Les Divertissements de la Princesse Aurélie, divisés en six nouvelles, La Haye, P. Paupie, 1742.

Les éditions Slatkine ont donné une réimpression en deux volumes de l'édition de Paris, 1755 (Genève, 1967).

Ode à Mgr le duc de Longueville, s.l.n.d., in-4°.

> (B.N., Ye 4401).

Athys, G. de Luyne, 1653, in-4°.   (B.N., Ye 1479).

Bérénice, T. Quinet, 1649-51, 4 vol. in-4°.

> (B.N., Y² 6517-20).

Diverses Poésies, A. de Sommaville, 1658, in-4°.

> (B.N., Ye 1477).

Églogues, Athys, Portrait de Mademoiselle, Vve Delormel, in-8°, 1733.   (B.N., Ye 8374).

Ode à M. Chapelain, sur les victoires de Mgr le duc d'Anguien, Vve J. Camusat, in-4°, 1647.

> (B.N., Ye 1478).

Poésies de M. de Segrais, A. de Sommaville, 3e éd., in-12, 1660. (Réimprimées par Slatkine Reprints, Genève, 1968).

Segraisiana, ou Mélange d'histoire et de littérature, recueilli des entretiens de M. de Segrais, les Églogues, l'Amour guéri par le temps, tragédie-ballet ; ensemble La Relation de l'isle imaginaire et de la princesse de Paphlagonie, imprimé par ordre de Mademoiselle. Compagnie des Libraires, in-8°, 1721.

VIRGILE, *L'Énéide, traduction.* Paris, 1668-81, 2 vol., in-4°. *Les Géorgiques, traduction.* Lyon, 1736, 2 vol., in-8°.

2) *Ouvrages généraux d'histoire ou d'histoire littéraire.*

A. ADAM, *Histoire de la Littérature française au XVIIe siècle,* Paris, Domat, 1948-56.

R. BALDNER, *The theory and Practice of the Nouvelle in France (1600-1680),* Un. of California, 1957.

H. COULET, *Le Roman jusqu'à la Révolution.* Paris, A. Colin, 1967.

D. DALLAS, *Le Roman français de 1660 à 1680.* Paris, Gamber, 1932.

F. DELOFFRE, *La Nouvelle en France à l'âge classique.* Paris, Didier, 1967.

J. GARAPON, *La Grande Mademoiselle mémorialiste.* Genève, Droz, 1989.

R. GODENNE, *Histoire de la nouvelle française aux XVIIe et XVIIIe siècles.* Genève, Droz, 1970.

G. HAINSWORTH, *Les Novelas exemplares de Cervantès en France au XVIIe siècle.* Paris, H. Champion, 1933.

M.-Th. HIPP, *Mythes et Réalités. Enquête sur le roman et les Mémoires (1660-1700).* Paris, Klincksieck, 1976.

C. HUNTER-CHAPCO, *Theory and Practice of the petit roman in France (1656-1683). Segrais, Du Plaisir, Mme de la Fayette. A bibliographical guide.* Un. of Regina, 1978.

M. LEVER, *Le Roman français au XVIIe siècle.* Paris, P.U.F., 1981.

A. PIZZORUSSO, *La Poetica del romanzo in Francia (1660-1685).* Roma, Sciascia, 1962.

M.A. RAYNAL, *La Nouvelle française de Segrais à Mme de la Fayette.* Paris, Picart, 1926.

3) *Ouvrages et articles concernant Segrais et les Nouvelles françaises.*

a) Œuvres du XVIIᵉ siècle.

La Galerie des Portraits de Mˡˡᵉ de Montpensier. Paris, éd. Barthélémy, 1860.

Mémoires de Mˡˡᵉ Montpensier, s.l.n.d., in-12.
(B.N., Rés. Lb 37191).

« Mémoires de Mˡˡᵉ de M. », in *Nouvelle Collection de Mémoires pour servir à l'histoire de France,* par Michaud et Poujoulat, 3ᵉ série, t. 4, Paris, 1838.

Ch. SOREL, *Les Nouvelles françaises,* Paris, Billaine, 1623.

TALLEMANT DES RÉAUX, *Historiettes.* Éd. A. Adam, Bibl. de la Pléiade, Gallimard, 1960, 2 vol.

b) Études modernes.

A. BARINE, *La jeunesse de la Grande Mademoiselle, 1627-1652,* Paris, Hachette, 1901.

A. BARINE, *Louis XIV et la Grande Mademoiselle, 1652-1693,* Paris, Hachette, 1905.

L. BREDIF, *Segrais, sa vie et ses œuvres,* Paris, Durand, 1863.

R. BALDNER, « Aspects of the Nouvelle in France between 1600 and 1660 », *Modern Language Quarterly*, sept. 1957.

E. FAGUET, « Segrais, sa vie ses œuvres », *Revue des Cours et Conférences,* 1896-97.

D. GODWIN, *Les Nouvelles françaises ou les Divertissements de la Princesse Aurélie, de Segrais,* Paris, Nizet, 1983.

J. HUBERT, « Les Nouvelles françaises de Sorel et Segrais », *Cahiers de l'Association internationale des études françaises,* 1966.

W. TIPPING, *Jean Regnauld de Segrais, l'homme et son œuvre,* Paris, Éditions internationales, 1933.

K. VARGA, « Pour une définition de la nouvelle à l'époque classique », *C.A.I.E.F.,* 1966.

1. *Le château de Saint-Fargeau.*

LES NOUVELLES FRANÇAISES

OU

LES DIVERTISSEMENTS DE
LA PRINCESSE AURÉLIE

PRIVILÈGE DU ROY.

Louis, par la grace de Dieu Roy de France et de Navarre, à nos amez et feaux Conseillers les gens tenans nos Cours de Parlement, Maistres des Requestes ordinaires de nostre Hostel, Baillifs, Seneschaux, Prevosts, leurs Lieutenans, et à tous autres Officiers qu'il appartiendra, Salut. Nostre cher et bien amé Antoine de Sommaville, Marchand Libraire en nostre bonne ville de Paris, Nous a fait remonstrer qu'il a recouvré un manuscrit intitulé Les Nouvelles Françoises, ou les Divertissemens de la Princesse Aurelie, qu'il desireroit faire imprimer s'il avoit nos Lettres à ce necessaires, humblement requerant icelles. A ces causes, desirant favorablement traiter l'Exposant et luy donner moyen de recouvrer les frais qu'il luy convient faire, Nous luy avons permis et permettons d'imprimer ou faire imprimer ledit Livre en tel volume et caractere que bon luy semblera, et autant de fois qu'il voudra, durant le temps et espace de cinq ans, à commencer du iour que ledit Livre sera achevé d'imprimer. Faisons deffences à tous autres Libraires et Imprimeurs d'en vendre ny distribuer d'autre impression que de celle qu'aura fait faire ledit de Sommaville, ou ceux qui auront droit de luy, à peine de cinq cens livres d'amende, confiscation des exemplaires contrefaits, et de tous dépens, dommages et interests, applicable un tiers à Nous, un tiers à l'Hostel Dieu de Paris, et l'autre tiers à l'Exposant, à la charge qu'il sera mis deux exemplaires dudit Livre en nostre Bibliotheque publique, et un en celle de nostre tres cher et feal Chevalier, Chancelier de France, le Sieur Seguier, avant que de l'exposer en vente, à peine de nullité des Presentes, du contenu desquelles nous voulons et vous mandons que vous fassiez jouïr plainement et paisiblement ledit Exposant durant ledit temps, sans souffrir qu'il luy soit fait aucun empeschement. Voulons aussi qu'en mettant au commencement ou à la fin dudit Livre un extrait des Presentes, elles soient tenuës pour deuëment signifiées et que foy y soit adioustée, comme à l'Original. Mandons au premier nostre Huissier ou Sergent sur ce requis de faire pour l'execution des Presentes tous exploits necessaires, sans demander autre permission. Car tel est nostre plaisir, nonobstant clameur de Haro, Charte Normande, et autres lettres à ce contraires.

Donné à Paris le dix-huictième jour d'Aoust, l'an de Grace mil six cens cinquante six, et de nostre regne le quatorzième. Signé, Par le Roy en son Conseil, Beraud, et scellé du grand Sceau de cire jaune.

Registré sur le Livre de la Communauté, le 23 Octobre 1656, conformément à l'Arrest du Parlement du 9 Avril 1653. Signé, Ballard, Syndic.

Achevé d'imprimer pour la premiere fois le 27. iour de Novembre 1656.

Les exemplaires ont esté fournis.

———————

ÉPÎTRE DÉDICATOIRE

A Madame la duchesse d'Epernon[1].

Madame,

Le présent que je vous fais est de telle nature que, quand je voudrais suivre l'exemple de la plupart de ceux qui en font, je n'oserais vous dire que c'est peu de chose pour le peu de part que j'y ai, et je n'y en ai que trop aussi pour oser entreprendre de vous persuader que vous en devez faire estime. Ce serait, ce me semble, une coutume qui s'accorderait assez bien avec la bonne grâce et la raison de n'élever, ni d'abaisser ce qu'on offre ; mais c'est ce qui ne s'accorderait pas moins encore à mon inclination particulière, qui me fera volontiers soumettre cet ouvrage au jugement que vous en ferez.

C'est pour cela seulement, Madame, qu'il a été entrepris, et la grande Princesse qui m'a commandé de vous l'adresser ne l'a fait à autre dessein que pour vous faire

---

1. Marie de Cambout de Coislin, seconde femme du duc d'Épernon. Elle était fille de Charles, marquis de Coislin, et de Philippe de Beurges. Elle épousa le duc d'Épernon en 1634. Elle mourut au Val de Grâce en 1691. Mlle de Montpensier avait fait son portrait, qui figure dans sa Galerie (éd. Barthélémy, p. 249).

naître quelque regret d'être éloignée d'elle, ou pour vous témoigner qu'elle vous fait part avec joie d'un divertissement qui lui a été agréable. Ce n'est encore que pour vous le faire lire avec plus de facilité que je l'abandonne au public. Mais comme, bien souvent, c'est une hardiesse malheureuse, c'est en ceci, Madame, que je crois avoir besoin d'une personne telle que vous pour en être protégé.

Vous m'avez fait l'honneur de me dire que ce que vous avez lu de ces Nouvelles a eu le bonheur de ne vous point déplaire, et ceux qui ont la gloire de vous connaître jugeront sans doute, comme moi, que ce serait assez pour être à l'abri des plus rigoureuses censures, s'il n'était point si aisé de m'objecter que, comme il n'y a point d'esprit au monde qui ait autant de lumières qu'en a le vôtre, personne n'a jamais eu une âme si naturellement bonne[2]. C'est, Madame, ce qui ne s'est jamais trouvé ensemble à un plus haut point qu'on le trouve en vous. C'est ce que toute la Cour admire comme moi et ce qui fait dire à tout le monde qu'il n'y a point de bonheur et de prospérité dont vous ne soyez digne.

Mais, Madame, si l'une de ces grandes qualités m'assure, l'autre me fait trembler. Pour me conserver l'une et pour fléchir l'autre, j'entreprendrais volontiers d'en parler et de tâcher de faire voir combien elles sont rares et excellentes. Mais, pour éviter le danger où je m'expose en vous offrant un ouvrage où il n'y a que trop de fautes dont je suis responsable, je m'aperçois que ce serait me jeter dans un péril beaucoup plus grand. Pourrais-je vanter cette bonté généreuse et cet

---

2. Voir son portrait (éd. citée, p. 430) : « Je suis affable, bonne, complaisante et libérale au dernier point. J'ai du cœur infiniment. »

esprit sublime, et me taire de mille autres charmes qui sont en vous, sans offenser toute la France qui les connaît comme moi ? Et puis-je entreprendre d'en parler, sans découvrir ma faiblesse ? Mais, quand j'aurais fait connaître à toute la terre que tout ce qui peut rendre une personne accomplie se rencontre en vous au suprême degré, que votre naissance est illustre[3], que votre personne est tout aimable, votre vertu digne d'être adorée[4] et votre humeur la plus charmante qu'on ait jamais connue, tout cela, Madame, vous dirait-il que, si je satisfais aux commandements de la grande Princesse qui m'a ordonné de vous offrir cet ouvrage, je satisferais encore bien davantage au plus grand de mes souhaits, si j'étais assez heureux pour faire en cela une chose qui vous puisse être agréable ? Mon choix aurait prévenu mon obéissance, si, dans la connaissance que j'ai du peu de mérite de mon présent, je n'avais jugé qu'il était bon de ne faire point une témérité sans y être contraint.

Ainsi, Madame, en vous demandant l'honneur de votre protection pour ce livre, ce n'est qu'au nom de l'illustre Princesse, dont votre amitié fait une des plus grandes joies. Mais permettez-moi, s'il vous plaît, de me servir de cette rencontre[5] pour vous faire connaître l'inclination que j'ai à vous honorer, le désir que j'aurais d'avoir mérité l'honneur de votre approbation et le profond respect avec lequel je suis,

Madame,

votre très humble et très obéissant serviteur. Segrais.

---

3. Charles, marquis de Coislin, son père, était conseiller d'État et lieutenant-général de Bretagne. Le cardinal de Richelieu était son oncle.

4. « Je n'aime qu'à faire du bien » (*Galerie des Portraits,* p. 431).

5. *Rencontre* : occasion, circonstance.

La clef des Nouvelles françaises[1].

Aurélie	Mademoiselle.
Aplanice	Madame de Valençay.
Frontenie	Madame de Frontenac.
Gélonide	Madame la Comtesse de Fiesque.
Silerite	Madame la Marquise de Mauny.
Uralie	Madame de Choisy.
Le Chasteau des Six Tours	Saint-Fargeau.

1. Ce feuillet, intitulé la Clef des Nouvelles françaises, a été relié en tête du tome I de l'exemplaire de l'édition originale de la Bibliothèque Nationale (Rés. Y² 1556-57).

LES NOUVELLES FRANÇAISES OU LES DIVERTISSEMENTS DE LA PRINCESSE AURÉLIE

La première année de la majorité du Prince victorieux qui gouverne aujourd'hui la France était à peine finie[1], qu'une grande Princesse, s'étant retirée de Paris, vint habiter une des plus belles maisons qu'elle eût à la campagne[2]. Aurélie est le nom sous lequel elle paraîtra dans ce discours : je ne juge pas cet ouvrage d'assez d'importance pour le parer du beau nom qu'elle porte et qu'elle a rendu si fameux par son rare mérite et par tant de vertueuses actions.

Cette illustre héroïne[3] a le courage aussi relevé que sa naissance et son esprit est aussi grand que l'un et l'autre. Il est vaste, étendu, vif et pénétrant. La facilité qu'elle a de s'exprimer en marque l'abondance et

---

1. Nous sommes donc en 1652. Louis XIV était né en 1638, et les rois de France sont majeurs à treize ans.

2. Mlle de Montpensier reçut du roi l'ordre de quitter Paris et de se rendre à Saint-Fargeau en octobre 1652.

3. Le portrait que Segrais brosse ici de Mlle de Montpensier est à rapprocher du « Portrait de Mademoiselle. Hymne », qui figure dans ses *Poésies diverses*. Voir l'éd. des *Œuvres* de 1755, reproduite par Slatkine, t. I, p. 181-92.

la richesse, et les excellentes lettres qu'elle fait avec tant
de promptitude en font regarder avec étonnement
l'incroyable activité. Elle est constante et résolue dans
l'affliction ; douce, modeste et civile dans la prospérité ; accueillante en tout temps, et avec discernement.
Elle est honnête sans affectation, fière sans orgueil, libérale avec ordre et surtout si savante dans l'art de bien
faire un bienfait que jamais personne n'a su donner de
meilleure grâce ce qu'elle a voulu donner. Toutes ces
divines qualités logent dans un corps qui en est digne.
Sa taille seule suffit pour la faire adorer. Ses yeux marquent la vivacité de son esprit et la clarté de son enten-
dement, et il en sort des rayons qu'un mortel ne peut
souffrir. Son teint est au-dessus de tout embellissement
et n'a besoin que de son excellente constitution, qui se
fait bien paraître dans la fraîcheur qu'on y remarque.
Sa bouche, sa gorge et ses cheveux sont dignes des plus
belles choses qui s'en peuvent dire, aussi bien que la
grâce naturelle qu'elle a en toutes sortes de danses et
qui accompagne jusqu'à la moindre de ses actions[4].
Mais je confesse que ma faiblesse est trop grande pour
un si digne sujet, et la haine qu'elle a pour les louanges m'empêche de poursuivre.

Cette grande Princesse, ornée de toutes les qualités
qui peuvent faire aimer et respecter une personne de
sa haute naissance, attirait d'ordinaire après elle tout
ce qu'il y avait dans la Cour de plus aimable et de plus

---

4. Dans son « Portrait de Mademoiselle », Segrais loue également « sa bouche éloquente », le « gracieux accueil » qu'elle réserve
au mérite. Elle est, écrit-il, « fière sans orgueil » ; « sa façon de donner redouble ses largesses ». Il célèbre aussi ses « yeux brillants »,
« l'éclat de la fraîcheur de son teint », les « rubis » et « l'éclat des
roses » de sa bouche, ou encore les « deux monts de neige où le désir
s'enflamme ».

parfait de l'un et de l'autre sexe. Néanmoins elle se trouva presque seule avec sa maison et la charmante Frontenie[5], quand elle arriva au château des six Tours[6], car c'est ainsi que sa figure nous fera nommer ce lieu qu'elle choisit pour sa retraite. Bientôt après, l'agréable Gelonide[7] la vint trouver ; l'aimable Aplanice[8], la spirituelle Silerite[9] et l'incomparable Uralie[10] la visitaient souvent ; et la présence de tant de belles personnes rendit cette demeure un séjour aussi agréable qu'on puisse l'imaginer[11].

---

5. Mme de Frontenac. Anne de la Grange, fille de Charles de la Grange, sieur de Neufville, mariée à Louis de Frontenac. Ce fut un fort mauvais ménage. Voir les *Mémoires* de Mademoiselle pour l'année 1655, qui relatent la visite de Monsieur de Frontenac à Saint-Fargeau et le refus de sa femme d'aller le rejoindre dans sa chambre. Mme de Frontenac avait accompagné Mlle de Montpensier dans son exil.

6. Le château de Saint-Fargeau. Il n'était guère en bon état, lorsque Mlle de Montpensier y arriva. « J'entrai dans une vieille maison, où il n'y avait ni portes, ni fenêtres, et de l'herbe jusqu'aux genoux dans la cour » (*Mémoires*, p. 125).

7. Gillone d'Harcourt. D'abord femme du marquis de Piennes, devenue veuve, elle épousa en 1643 Charles-Léon, comte de Fiesque. C'était alors la meilleure amie de Mlle de Montpensier.

8. Mme de Valençay, fille de Montmorency-Bouteville. Aplanice, du grec ἀπλανής, droit, qui ne dévie pas, fait allusion au « cri » des Montmorency : « Aplanos ».

9. La marquise de Mauny. Charlotte, fille de Pierre Brûlart, marquis de Puisieux, avait épousé en 1641 François, marquis de Mauny. Les Brûlart étaient seigneurs de Sillery : d'où le nom de Silerite.

10. Mme de Choisy. Née Jeanne Hurault (d'où Uralie) de l'Hospital, elle avait épousé en 1628 Jean de Choisy, conseiller au Parlement, chancelier de Gaston d'Orléans.

11. « Nous menions une vie assez douce et exempte d'ennui » (*Mémoires*, p. 129).

La raison qui m'oblige de cacher les vrais noms de ces dames ôte un grand ornement à mon récit ; mais aussi leur modestie aura moins à souffrir de voir parler d'elles une personne qui en est si peu digne. Je vois avec regret qu'ayant caché leurs noms, je suis obligé de faire du moins connaître leurs principales qualités. Mais, comme il n'est pas possible de les renfermer dans un si petit espace, je me contenterai de dire que leur condition est connue de toute la France, que leur beauté est célèbre par mille conquêtes, et je passerai par dessus le reste le plus légèrement qu'il me sera possible.

Ce n'est pas sans raison que j'ai donné à Uralie le titre d'incomparable, car effectivement elle ne voit rien qui lui ressemble. Elle a de l'esprit comme les personnes qui en ont le plus[12], mais jamais personne ne l'a eu comme elle : elle en a toujours, elle l'a toujours charmant, toujours juste et toujours bon. Elle l'a plein de bon sens dans les choses sérieuses, plein de clarté pour discerner le vrai d'avec le faux, sûr en ses jugements et en ses pénétrations. Il est grand et délicat, divertissant et inépuisable, hardi, mais si heureux dans sa hardiesse qu'on ne peut se fâcher de ce qu'elle dit. Si elle loue, elle persuade ; si elle blâme, on ne saurait la contredire. Elle est sûre à ses amis, affectionnée pour eux et officieuse[13]. Elle est secrète, quoiqu'elle parle avec facilité. Elle aime la conversation et sa conversation la fait aimer. Elle est le charme des honnêtes gens et la terreur des ridicules, incapable d'abandonner le grand monde et plus encore d'en être jamais abandonnée.

---

12. « Elle a été jolie, a de l'esprit et dit les choses plaisamment », écrit Tallemant (éd. A. Adam, t. II, p. 399).

13. *Officieuse* : dévouée.

Si la beauté de Silerite[14] est grande, désirable, délicate et vive, son esprit l'est encore davantage. C'est le plus grand feu qu'on puisse concevoir ; il a la beauté la plus charmante et la plus vive délicatesse qui se soit jamais vue. Ce sont des lumières qu'on ne peut regarder fixement et une promptitude qu'on ne peut suivre ; c'est un enjouement toujours préparé et un fonds prodigieux de choses dignes d'être retenues. Ses grâces naturelles étouffent tout l'artifice que les autres recherchent avec soin et ne permettent pas même qu'elle mette en usage ce que la lecture a pu lui en acquérir. Elle sait ce qu'elle n'apprit jamais et l'on ne peut apprendre ce qu'elle sait. Sa sévérité est fière et sa modestie est sans sévérité. Elle donne un tour à ses pensées qu'elle seule peut donner. Elle aime mieux les choses dites avec esprit et délicatesse que les façons puériles des autres, avec leur retenue sotte, honteuse, ou étudiée.

Le mot grec *aplanos* pourrait signifier la qualité de l'aimable Aplanice[15] et faire connaître qu'elle est de l'illustre maison qui a pris cette parole pour sa devise. Mais il ne ferait peut-être pas entendre le mérite et les charmes de sa personne. Son cœur est encore plus noble que sa naissance. Elle est bonne, désintéressée, généreuse, pleine d'esprit, et son esprit plein d'agrément : il est vif et juste en sa vivacité, amateur des choses naturellement dites, touché des conceptions les plus naïves[16] et plus clairvoyant que qui que ce soit pour les découvrir. Elle écrit spirituellement et sans peine ; elle aime

---

14. « C'est une fort jolie personne, écrit Tallemant (t. I, p. 204) ; mais il fallait être bien hardi pour l'épouser : c'était une terrible éveillée [c'est-à-dire elle avait une conduite fort légère] ».

15. Voir ci-dessus.

16. *Naïves* : naturelles.

les vers, elle sait en faire ; elle sait peindre en miniature et dessiner, et tout cela bien plus par son naturel que par étude ou application. La beauté est si ordinaire aux femmes de sa maison qu'il suffit d'avoir signifié la sienne par le nom que je lui ai donné. Elle aime ses amies avec empressement, les cultive avec soin et en parle avec chaleur. Son humeur est douce, gaie, égale, et, pour être naturellement libre, jamais libertin n'a mieux fait son devoir.

L'air galant est le partage de Gelonide. L'agrément qui est en elle la fait plus belle qu'elle ne l'est encore, quoique son teint, ses yeux, sa grande blancheur, la propreté[17] de sa personne, la liberté et la proportion de sa taille la rendent remarquable entre celles qui le sont le plus. Mais toutes ses actions plaisent ; l'accueil obligeant lui est tout particulier : mille personnes tâchent de l'imiter et elle n'imite qu'elle-même. Elle est bienfaisante par inclination. Son esprit est toujours porté à la joie[18], ennemi des choses qui fâchent, incrédule aux mauvaises nouvelles et plus susceptible d'espérance que de crainte. Elle est touchée des choses galantes plus que des choses sérieuses et tendres, de la galanterie plus que des galants. Son humeur est franche, ouverte et enjouée, ennemie de toute avarice, quelquefois de l'ordre même. Comme elle aime beaucoup de personnes, elle est aimée de beaucoup de monde ;

---

17. *Propreté* : élégance.

18. L'abbé de Gramont lui disait dans une chanson (cité par A. Adam, *in* Tallemant, I, p. 1241) :

> *Marquise de Pienne, mon cœur,*
> *J'admire si fort votre belle humeur,*
> *Que je n'ai pas de plaisir plus parfait*
> *Qu'en votre cabinet.*

plusieurs cultivent son amitié commme elle conserve celle de plusieurs, aimable en toutes choses jusqu'aux défauts dont on pourrait l'accuser.

Frontenie se pique d'une fidélité inviolable pour sa maîtresse et d'une complaisance aveugle pour toutes ses volontés. Mais, quoiqu'elle méprise mille belles qualités qui sont en elle, il lui est malaisé de les cacher. Sa négligence ne sert qu'à découvrir la grâce naturelle de sa beauté, qu'on peut dire être toute à elle. En effet, elle ne paraît jamais davantage que quand elle est dénuée de tout ce que les autres empruntent de l'ajustement. La fraîcheur de son teint, l'ordre et l'éclat de ses dents, et le vif incarnat de ses lèvres suffiraient seuls pour faire trois belles personnes. Avec cela, ses yeux sont clairs et remplis de lumière ; sa voix est pleine de charme et aussi douce qu'on en puisse entendre. Les vers et les chansons qu'elle fait avec facilité sont justes, comme son esprit. Son humeur est tranquille et ennemie de la contrainte, où elle a tant soit peu de répugnance, désireuse des choses qui divertissent, mais assez paresseuse pour les rechercher, quelquefois jusqu'à la nonchalance.

Y a-t-il apparence qu'on se pût ennuyer avec une si agréable compagnie ? Aussitôt donc que ces dames vinrent trouver la princesse Aurélie au château des Six Tours, on ne songea qu'à se divertir. Les bals, la comédie, les promenades, les belles conversations et la lecture, avec la bonne chère qu'on y faisait, fournissaient à chacun de quoi contenter son humeur et faisaient trouver à tout le monde cette sorte de vie si douce et si plaisante que les ballets de la Cour et les passetemps de Paris n'en rendaient à personne l'éloignement ennuyeux. Au contraire, la plupart de ceux qui étaient avec cette charmante princesse, s'étant trouvés agités dans les désordres qui venaient de tourmenter la France[19], comparaient leur félicité à celle des navires qui, ayant été mille fois sur le point d'être abîmés dans la tempête, enfin rencontrent le port par quelque accident heureux.

Un des plus beaux jours que le soleil et le printemps puissent donner à toute l'année, la princesse, lasse de se promener en carrosse, descendit avec les dames que j'ai nommées et vint à pied dans ce vallon qu'arrose si agréablement une rivière, qui n'est pas moins célèbre[20]. Elle prend sa source un peu au-dessus de ce château et, rendant cette contrée si féconde, vient enfin perdre son nom dans la Seine. Mais, en ce lieu, elle n'a encore rien qui effraie le voyageur qui est obligé de la traverser. Son eau est toujours claire et pure ; les prés, qui sont des deux côtés de ses bords, ont des fleurs en tout temps. Les collines, qui enferment ce vallon, ne sont ni trop pressées, ni trop éloignées, et les différents aspects en sont comme ils doivent être pour réjouir la vue. Des bois en éloignement, de petites plaines, des vergers plantés avec symétrie y composent l'agréable variété des parterres, qui sont faits par l'artifice des hommes ; et de ce différent assemblage se forme un tout si parfait et si charmant que ceux qui ont bâti ce vieux château, ont avec raison négligé de l'embellir d'aucun de ces ornements qui sont recherchés avec soin dans toutes les autres maisons des grands princes. Il n'y a nulle avenue que quelques arbres, qui sont plantés sans ordre des deux côtés d'un mail ; mais les saules qui bordent la rivière fort près l'un de l'autre, composent de l'épaisseur de leurs têtes un ombrage aussi

---

19. Il s'agit bien entendu des troubles de la Fronde.
20. Il s'agit du Loing.

agréable que celui des plus belles allées de tilleuls, de charmes ou de sycomores.

Ce jour-là, entre autres, l'herbe, qui n'était point encore trop grande et qui ne faisait que pousser pour la nouveauté de la saison, le soleil, qui, de peur de déplaire à la princesse, semblait modérer l'ardeur de ses rayons, et le vert naissant des arbres, varié par leurs différentes espèces, faisaient à l'envi à qui lui représenterait le plus parfaitement le riant aspect des Tuileries. Il semblait que toute la nature s'efforçât de lui donner le plaisir de la promenade.

> *Il semblait que la terre et l'air*
> *S'embellissaient à sa parole,*
> *Et que tous les enfants d'Eole*
> *Se taisaient pour l'ouïr parler.*

Un si beau jour et un si beau pays furent longtemps le sujet de la conversation. Mais enfin cet agréable objet ayant ramené à quelques-unes de la troupe l'imagination des romans, je ne sais qui ce fut qui se mit à dire que ce pays sans doute était celui d'Astrée[21]. Et insensiblement tombant sur cette matière, les Oroondates, les Polexandres et les grands Cyrus[22] furent mis sur les rangs. Et, chacune s'affectionnant à quelqu'un de ces héros, la dispute s'échauffait sans doute, si la princesse, qui jusque là n'avait presque point parlé, ne se fût venue mêler à cet entretien. Sa parole modéra l'ardeur de la contestation et chacune, se soumettant à son jugement, ne faisait qu'attendre qu'elle le prononçât.

---

21. Le Forez, patrie de la bergère Astrée, héroïne du roman d'Honoré d'Urfé, paru de 1607 à 1627. D'Urfé vante souvent l'agrément du Forez.

22. Oroondate, Polexandre, Cyrus sont les héros respectifs des romans de La Calprenède (*Cassandre*, 1642-45), Gomberville (*Polexandre,* 1637), Mlle de Scudéry (*Artamène ou le Grand Cyrus,* 1649-53).

« Quoique jusqu'ici cette lecture ne m'ait pas fort occupée, dit-elle, je ne voudrais pas la censurer, voyant qu'elle fait l'amusement de tant de gens qui ont de l'esprit. Les beaux romans ne sont pas sans instruction, quoi qu'on en veuille dire, principalement depuis qu'on y mêle l'histoire et quand ceux qui les écrivent, savants dans les mœurs des nations, imaginent des aventures qui s'y rapportent et qui nous instruisent. Qu'y a-t-il de mieux fait, de plus touchant et de plus naturel que les belles imaginations de l'*Astrée* ? Où en peut-on voir de plus extraordinaire et de mieux écrites que dans le *Polexandre* ? Que peut-on lire de plus ingénieux que l'*Ariane*[23] ? Où peut-on trouver des inventions plus héroïques que dans la *Cassandre* ? des caractères mieux variés et des aventures plus surprenantes que dans la *Cléopâtre*[24] ? La seule histoire du peintre et du musicien qui se lit dans *l'Illustre Bassa*[25], ne ravit-elle pas et ne vaut-elle pas seule les plus riches inventions des autres ? Qu'est-ce qu'une personne qui sait le monde ne doit pas dire de l'admirable variété du *Grand Cyrus,* des différentes images où chacun peut se contempler, et de ces délectables et tout à fait instructives conversations, qui font qu'on ne saurait quitter la lecture de ce bel ouvrage ?

« Mais, à dire le vrai, les grands revers[26] que d'autres

---

23. Roman de Desmarets de Saint-Sorlin (1632).

24. Autre roman de La Calprenède (1647).

25. Dans *L'Illustre Bassa,* roman de Mlle de Scudéry (1641), l'histoire d'Isabelle (II, 3) relate comment deux princes, un Espagnol et un Italien, déguisés respectivement en musicien et en peintre, ont courtisé la jeune fille et ont tenté, devant sa résistance, de l'enlever le même jour.

26. *Revers* : renversement, altération. Ces altérations de l'histoire ne manquent pas non plus dans les romans précédemment cités.

ont quelquefois donnés aux vérités historiques, ces entrevues faciles et ces longs entretiens qu'ils font faire, dans des ruelles[27], entre des hommes et des femmes, dans des pays où la facilité de se parler n'est pas si grande qu'en France, et les mœurs tout à fait françaises qu'ils donnent à des Grecs, des Persans ou des Indiens sont des choses qui sont un peu éloignées de la raison. Le but de cet art étant de divertir par des imaginations vraisemblables et naturelles, je m'étonne que tant de gens d'esprit, qui nous ont imaginé de si honnêtes Scythes et des Parthes si généreux, n'ont pris le même plaisir d'imaginer des chevaliers ou des princes français aussi accomplis, dont les aventures n'eussent pas été moins plaisantes. »

Toute la compagnie écouta attentivement le raisonnement de la princesse, et personne n'y trouva à redire, et surtout la belle Frontenie. Mais seulement elle repartit que les noms donneraient bien de la peine à qui voudrait l'entreprendre ; que naturellement les Français aimaient mieux un nom d'Artabaze, d'Iphidamante ou d'Orosmane[28] qu'un nom de Rohan, de Lorraine ou de Montmorency ; que même le pont de la Bouteresse[29], pour être un peu plus éloigné, semble être bien plus propre à produire des aventures que le pont de Saint-Cloud ou celui de Charenton ; et qu'au reste d'en user comme ceux qui ont écrit les *Histoires tragiques de ce temps*[30]

---

27. *Ruelle* . partie de la chambre à coucher où, à l'époque, les dames, à l'imitation de Mme de Rambouillet, recevaient leurs visiteurs.

28. Ces noms sont ceux de héros de romans (Iphidamante, dans *Polexandre*) ou de théâtre (Artabaze, dans *Les Visionnaires,* de Desmarets ; Orosmane, dans *L'Amour tyrannique,* de Scudéry).

29. Mentionné plusieurs fois dans l'*Astrée.*.

30. De François de Rosset (première édition, 1614).

ou le *Roman de Lizandre et Caliste*[31], il n'y aurait guère plus d'incongruité de donner des mœurs françaises à un Grec que d'appeler un Français Monsieur Pisandre ou Monsieur Ormédon, comme ces gens dont on n'a jamais ouï parler à Poitiers, dans la comédie du *Menteur*[32].

Gelonide, qui a l'esprit fort naturel et le goût excellent pour toutes ces choses, répliqua que les Espagnols n'ont pas laissé d'en user autrement avec succès ; que les nouvelles qu'ils ont faites, n'en étaient pas plus désagréables pour avoir des héros qui ont nom Richard ou Laurens[33] ; et, goûtant les raisons de la princesse :

« Je vous assure, dit-elle, que je crois que ce n'est que faute d'invention. Nous avons des noms de terminaison française aussi agréables que les Grecs ou les Romains ; et qui[34] pourrait venir à bout de trouver des aventures extrêmement naturelles, tendres et surprenantes, je crois que nous les aimerions autant passées dans la guerre de Paris[35] que dans la destruction de Troie. »

Mais Uralie, prenant la parole : « Il me semble, dit-elle, que, comme l'éloignement des lieux, l'antiquité du temps rend aussi les choses plus vénérables[36]. Outre

---

31. L'*Histoire tragi-comique de Lisandre et Caliste,* de Vital d'Audiguier (1615).

32. Dans *Le Menteur,* de Pierre Corneille (IV, 4), le héros prétend que son prétendu beau-père se fait appeler tantôt Pyrandre et tantôt Armédon.

33. Scarron, dans son *Roman comique* (I, 21), fait aussi l'éloge des nouvelles espagnoles.

34. *Qui,* sans antécédent, signifie : si quelqu'un, si on (pouvait).

35. C'est-à-dire la Fronde (1648-53).

36. Cf. la seconde préface de *Bajazet* où Racine, après avoir cité Tacite (« major e longinquo reverentia », *Annales,* I, 47), se justifie d'avoir choisi un sujet moderne, en déclarant que « l'éloignement des pays répare en quelque sorte la trop grande proximité des temps. »

que, si l'on nous racontait quelque chose de ce temps ici[37], qui fût un peu mémorable, il y aurait à craindre que personne n'en voulût rien croire, parce que, si l'on décrivait ces héros comme des gens que nous voyons dans le monde, on s'étonnerait de n'en avoir point ouï parler. »

« Et combien, repartit Aplanice, est-il venu d'aventures à notre connaissance qui ne seraient point désagréables, si elles étaient écrites ? Sait-on toutes les actions particulières[38] ? Je ne voudrais pas faire donner une bataille où il ne s'en est point donné ; mais a-t-on publié tous les accidents qui sont arrivés dans celles qu'on a données ? A-t-on divulgué toutes les galanteries qui se sont faites dans la vieille Cour[39], et saura-t-on toutes celles qui se font aujourd'hui ? Au reste, comme ces choses sont écrites ou pour divertir, ou pour instruire, qu'est-il besoin que les exemples qu'on propose soient tous de rois ou d'empereurs, comme ils le sont dans tous les romans[40] ? Un particulier qui les lira conformera-t-il ses entreprises sur des gens qui ont des armées dès qu'il leur plaît ? ou sa libéralité sur des personnes qui prodiguent les pierreries, car les diamants et les grosses perles ne manquent jamais aux héros mêmes qui ont perdu leur royaume ? »

---

37. Ici. Au XVIIe siècle, l'adverbe de lieu se joint au substantif désigné par un adjectif démonstratif. Nous dirions : ce temps-ci.

38. *Particulières* : privées.

39. On sait que ces « galanteries », dans la cour des Valois particulièrement, feront les sujets de bien des nouvelles « historiques et galantes » dans le dernier tiers du XVIIe siècle.

40. Scarron, dans le même chapitre du *Roman comique* (I, 21), loue aussi les nouvelles espagnoles, parce qu'elles « sont bien plus à notre usage et plus selon la portée de l'humanité que ces héros imaginaires de l'Antiquité. »

« Je vous assure qu'Aplanice a raison, dit l'agréable Silerite. Je me suis fait lire autrefois quelques-uns des contes de la reine de Navarre[41], et je suis persuadée que, si Madame Oisille n'allait pas si souvent à Vêpres et ne mêlait point tant de passages de l'Écriture sainte en des choses profanes, et si le style de Guebron ou de Symontaut était en quelques endroits un peu plus modeste, ce serait une chose fort divertissante. »

« Ce sont des contes de ma grand'mère[42], dit Aurélie, riant de l'application qu'elle faisait d'une chose qui se dit si vulgairement ; car j'ai ouï dire qu'elle était mère de Jeanne d'Albret, et je suis obligée d'en prendre le parti pour cette raison. Je vous avoue aussi que je trouve qu'ils avaient assez de plaisir en leur solitude et je crois que, si la reine de Navarre ne se fût point lassée d'écrire ou que le pont ne se fût point refait[43], ils raconteraient encore leurs histoires. Je pense même

---

41. Il s'agit évidemment de l'*Heptaméron* (1559) de Marguerite de Navarre. Parmi les « devisants », Mme Oisille (Louise de Savoie) est très pieuse et cite volontiers l'Écriture dans les discussions qui suivent chaque récit, tandis que Geburon (Guebron, dans l'édition de Cl. Gruget) et Symontault ont souvent des propos assez réalistes.

42. On parlait de « contes de grand'mère », de « contes de vieilles », « de ma mère l'oie ». Ici, Aurélie, c'est-à-dire Mlle de Montpensier reprend plaisamment l'expression, qui convient à sa situation, puisqu'elle descend directement de Marguerite de Navarre, qui est sa trisaïeule (Marguerite de Navarre était la mère de Jeanne d'Albret, donc la grand'mère d'Henri IV, dont Mlle de Montpensier est la petite fille).

43. On sait que les personnages de l'*Heptaméron,* revenant des Cauterets, ont été retenus en Béarn par la crue des eaux du Gave de Pau, qui avaient emporté les ponts. C'est cette immobilisation forcée qui les amène à se raconter mutuellement des histoires.

que nous ne ferions pas mal, si nous faisions comme eux[44]. »

« Rien n'est plus véritable, reprit Silerite, et rien ne peut être plus divertissant. Je ne voudrais pourtant pas qu'à leur exemple, chacune de nous récitât une histoire par jour[45], car, à la fin, nous nous en lasserions ; mais seulement que chacune en eût une à raconter. »

« Il n'est pas que nous n'en sachions toutes quelqu'une, ajouta Gelonide. Il faudrait laisser le choix des temps et des lieux comme on le voudrait choisir. Et, après tout, si nos histoires ne sont pas tout à fait dans les règles de l'art, le peu de temps que nous avons eu à nous préparer, nous servira d'excuse. »

La princesse approuva leur avis et, en même temps, voyant qu'elle était en un lieu agréable, elle s'y assit et, ayant fait seoir toutes ces dames, elle commença et raconta la première nouvelle.

Je fus fort attentif à son discours et, quelque temps après, j'écrivis cette histoire le plus conformément que je pus à ce que j'eus l'honneur de lui entendre dire[46]. Je ne puis jeter les yeux sur ce récit sans confesser que je lui ai fait perdre beaucoup de ses grâces. Mais c'est ce que le lecteur se figurera aisément et à quoi son imagination suppléerait sans doute, s'il connaissait, par le

---

44. Segrais se réclame donc de l'*Heptaméron* comme de son modèle, au moins pour la structure de son ouvrage.

45. Chacun des devisants de l'*Heptaméron* conte une histoire par jour, ce qui donne dix histoires pour chaque journée. Il est vrai qu'elles sont notablement plus courtes que les nouvelles de Segrais, qui, rompant avec la tradition de la nouvelle italienne, généralement assez brève, auront une longueur comparable à celle des *novelas* espagnoles.

46. Segrais se présente donc comme le simple secrétaire qui s'est borné à noter les récits faits par ces dames.

grand esprit de cette divine princesse et par la facilité qu'elle a de s'exprimer, que, bien que j'aie tâché de n'omettre pas une seule de ses paroles et de n'y rien ajouter, il n'y a pourtant qu'elle-même qui pût avoir écrit cette nouvelle avec autant de perfection et d'agrément qu'elle la raconta[47].

---

47. Sorte de « captatio benevolentiae », où Segrais allègue pour sa défense successivement « le peu de temps » dont ont disposé les narratrices et l'infidélité de son récit qui a perdu « beaucoup des grâces » du conte oral.

EUGÉNIE

Nouvelle première.

INTRODUCTION

Un jeune gentilhomme allemand, d'Aremberg, s'est lié d'amitié, en Italie, avec le comte d'Almont. Venu à Paris, il tombe amoureux de la femme de son ami et, travesti, il entre à son service sous le nom d'Eugénie, en l'absence du mari. Devenu le confident de la comtesse, il apprend qu'elle est aimée depuis longtemps par un certain Florençal, trop pauvre pour l'épouser, avec lequel, malgré son inclination, elle veut rompre. Elle lui accorde un dernier rendez-vous dans une lettre qu'elle confie à « Eugénie ». Aremberg déchire la lettre et se rend lui-même au rendez-vous. Il y trouve le comte, revenu plus tôt que prévu. Le comte, qui ne l'a pas reconnu, l'attaque et s'enferre sur son épée. Aremberg, désespéré d'avoir tué son ami, se retire dans un couvent, tandis que la comtesse, après s'être disculpée, épousera Florençal.

    « Des chevaliers ou des princes français », *« des aventures extrêmement naturelles, tendres et surprenantes... passées dans la guerre de Paris »* : ces suggestions de la princesse et de Gélonide, nous les trouvons réalisées dans Eugénie. Les personnages sont des gentilshommes, des Français et un Allemand, et l'intrigue, *« tendre et surprenante »* à coup sûr, sinon *« naturelle »*, se déroule en 1649, pendant la Fronde parlementaire. Les allusions, au cours du récit, à différents lieux de la capitale — le Louvre, le Palais Royal, les Tuileries — ou à des épisodes de la vie parisienne — un grand mariage, une représentation théâtrale —, le rappel de quelques péripéties de la Fronde — départ de la Cour pour Saint-

Germain, retour des Parlementaires de Rueil —, tout cela contribue à donner une apparence d'authenticité à l'aventure[1]. *On a même pu parler de « réalisme » à propos de l'amour adultère d'Aremberg pour l'épouse de son meilleur ami*[2].

Toutefois, même si Aurélie assure que son histoire « est véritable » et prétend « raconter les choses comme elles sont et non pas comme elles doivent être »[3], *l'intention du narrateur de conter une aventure « surprenante » explique la persistance du romanesque dans le récit. Les coïncidences qui amènent Aremberg à rencontrer la femme de son ami à trois reprises, la passion subite et irrésistible du jeune homme, le travesti qui lui permet d'approcher de la comtesse, la confidence à un rival de son amour pour Florençal, la lettre déchirée en mille morceaux que le mari trouve aux Tuileries et qu'il reconstitue pour découvrir son infortune, sa rencontre avec Aremberg qu'il ne reconnaît pas et le duel fatal : tout cela relève du romanesque traditionnel.*

Florençal, amoureux fidèle, discret, désintéressé, se mourant de désespoir, est bien conventionnel lui aussi. Mais il y a plus de vérité dans la psychologie des protagonistes. Bien que le récit soit fait à la troisième personne, le narrateur épouse le point de vue d'Aremberg — il le fait d'ailleurs monologuer à plusieurs reprises — et il analyse avec beaucoup de lucidité ses sentiments successifs. Le « coup de foudre » du héros pour la femme de son ami, son déchirement intérieur, ses résolutions non tenues, contrariées par les circonstances, sa jalousie quand il apprend de la comtesse qu'elle en aime un autre, son audace et ses conséquences tragiques, ses remords enfin : toute l'évolution sentimentale du person-

---

1. Noter aussi le souci du narrateur de justifier certains épisodes : la jeunesse d'Aremberg permet son travesti ; l'itinéraire suivi par le comte explique la trouvaille de la lettre.

2. « Une telle donnée, écrit D. Godwin, est d'un réalisme rare dans la littérature idéaliste de 1656 ». *Les Nouvelles françaises...*, p. 73.

3. P. 99. C'est, d'après elle, ce qui distingue la nouvelle du roman.

nage est évoquée avec précision et justesse. De même, les confidences que fait la comtesse à « Eugénie » nous révèlent ses souffrances secrètes. Sa situation et son comportement — un amour contrarié par un père, sa rigueur envers celui qu'elle ne peut épouser — sont encore conventionnels ; mais la compassion qui lui fait accorder un ultime rendez-vous à Florençal, son désarroi après le drame, les scrupules qui la font hésiter à épouser un homme qui a été indirectement cause de la mort de son mari, en font un personnage émouvant et attachant, qui annonce parfois l'héroïne de Mme de La Fayette.

Ce mélange de convention romanesque et d'innovation paraît aussi dans la forme même de la nouvelle. Comme dans le roman traditionnel, on y trouve des monologues, des lettres, une sorte de récit rétrospectif — les confidences de la comtesse à « Eugénie ». Mais les monologues d'Aremberg sont brefs et se justifient par la crise intérieure que traverse le personnage ; les deux lettres — le message à Florençal, le billet ambigu d'« Eugénie » — sont nécessaires à l'intrigue ; et les confidences de la comtesse sont piquantes — faites à un rival insoupçonné — et coupées par les réactions de l'auditeur. La narration suit l'ordre chronologique, jalonnée par des allusions aux événements historiques contemporains. Ici, point de début in medias res, point de longs retours en arrière sur le passé des personnages, point d'épisodes secondaires ou d'histoires intercalées. C'est ce qu'une des devisantes remarque en louant la « suite agréable de l'histoire » (p. 94). Enfin la variété des formes narratives — récit à la troisième personne ou interventions du narrateur, monologues pathétiques ou scènes dramatiques, alternance du style direct et du style indirect — ajoute à l'agrément de cette première nouvelle, romanesque par son sujet, mais mise au goût moderne.

La discussion qui suit le récit oppose encore les idéalistes qui reprochent à Aremberg sa passion coupable, qu'un véritable héros de roman n'aurait pas eue (Aplanice, Silerite), aux « réalistes », comme Uralie qui constate que de pareils sentiments ne sont pas si rares, ou comme Gélonide qui aurait préféré qu'Aremberg se fît tuer au siège de Cambrai, ce qui eût mieux ancré le héros dans la réalité historique. A ces cri-

tiques, comme à l'étonnement plaisant de Silerite qui ne peut concevoir qu'un Allemand soit capable d'un travestissement galant, Aurélie se borne à répondre que ce qu'elle a raconté est « véritable » (p. 99), terme décisif marquant une rupture entre l'idéalisme moral des romans traditionnels et une nouvelle comme celle-là, racontant une histoire, sinon authentique, en tout cas plus proche de la réalité vécue[4].

---

4. Voir à ce sujet, D. Godwin, *op. cit.*, p. 74.

EUGÉNIE

Un jeune gentilhomme des frontières d'Allemagne, nommé le comte d'Aremberg[1], fut envoyé par ses parents pour voir l'Italie. Passant par les montagnes avec deux valets de chambre et son gouverneur, il se trouva attaqué par sept ou huit bandits. Quoiqu'il fût dans une extrême jeunesse, il ne laissa pas de faire tout ce que pouvait un homme de cœur pour défendre sa vie. Du premier coup de pistolet qu'il tira, il en tua un sur la place et, ayant animé ses gens par son exemple, il fit longtemps croire à ces voleurs qu'ils ne viendraient pas si aisément à bout de leur entreprise qu'ils se l'étaient figuré. Néanmoins, ayant eu son gouverneur tué et un de ses gens hors de combat, il est à croire qu'il eût sans doute été obligé de céder au nombre et de périr dans cette fâcheuse rencontre, sans l'arrivée d'un gentilhomme français, qui survint avec un train pareil au sien.

Le comte d'Almont[2] — c'est ainsi qu'il s'appelait —, poussé par son propre intérêt et touché de la bonne

---

1. Aremberg. Ce nom est celui d'une branche de la maison de Ligne.

2. Almont. Ce nom, d'allure française, n'est pas historique. Sans doute Segrais n'a-t-il pas donné à ce personnage un nom de grande famille française, dont « on s'étonnerait de n'avoir point ouï parler », comme le faisait remarquer Uralie.

mine et de la jeunesse de cet étranger, s'avance généreusement[3] et, avec ses gens, recommence un furieux combat contre ces bandits. Aremberg, ayant redoublé son courage et ses forces, avec un des siens qui était un fort vaillant homme et qui n'était point encore blessé, seconda si bien leurs efforts que ceux qui purent échapper à la fureur de leurs bras, furent bientôt contraints de quitter le champ de bataille et de songer eux-mêmes à leur salut par une prompte fuite. Ces voleurs, savants dans les détours de ces montagnes, se sauvèrent promptement et les deux jeunes gentilshommes, se contentant de s'être ouvert le passage, poursuivirent leur chemin[4].

Aremberg, redevable de la vie au comte d'Almont, l'en remerciait le plus civilement qu'il lui était possible, et, d'un autre côté, Almont, qui lui avait vu faire les plus belles actions du monde, lui témoignait beaucoup de satisfaction d'avoir hasardé sa vie pour un si brave homme et beaucoup de joie d'avoir eu un si heureux succès dans son entreprise.

Aremberg avait une grande vivacité d'esprit, et ses parents l'avaient fort bien fait instruire. Il savait notre langue assez pour ne passer pas même pour étranger aux gens qui l'eussent le mieux parlée. Dans sa conversation, il découvrait de plus en plus à son libérateur des grâces qui le charmaient. Et ainsi, de ce bienfait

---

3. *Généreusement* : courageusement.

4. Ces brigands, ce combat, l'inconnu courageux et chevaleresque : tout cela rappelle le roman héroïque. Marie-Aline Raynal rapproche justement cet épisode du début de *Cassandre*, où Oroondate se porte aussi généreusement au secours d'un inconnu, près de succomber sous les coups de son adversaire (La *Nouvelle française de Segrais à Mme de Lafayette*, p. 17).

reçu par le comte allemand et du mérite que le comte d'Almont trouvait en sa personne, naquit aisément entre eux une des plus parfaites amitiés qui jamais aient été entre deux jeunes gens.

Almont avait trois ou quatre ans plus qu'Aremberg ; mais l'esprit de l'étranger était si avancé que, pour les conversations ou pour leurs passetemps, ils trouvaient entre eux beaucoup de rapport, l'un ayant acquis par son esprit ce que l'âge semblait encore lui dénier et l'autre réparant par un peu plus d'expérience le moins de vivacité qui paraissait en lui. Tous deux étaient gens de qualité et tous deux avaient même dessein, car Almont allait aussi pour voir l'Italie. Ainsi donc à Milan, à Gênes, à Venise, à Florence, à Rome et par toute l'Italie, ils voyagèrent ensemble, au grand contentement de l'un et l'autre et au grand accroissement de leur amitié qui, par une mutuelle connaissance de leur sincérité et de leur candeur[5], augmentait chaque jour.

Il advint cependant que les parents d'Aremberg, sachant l'accident qui lui était arrivé et qu'il avait perdu son gouverneur, en qui ils avaient beaucoup de confiance, le rappelèrent plus tôt qu'ils n'eussent fait, ne croyant pas, dans l'âge où il était, le devoir laisser plus longtemps maître de sa conduite et de ses actions. A Rome, il reçut des lettres qui l'obligèrent de s'en retourner en hâte ; mais ce fut avec tant de regret de quitter son ami que, sans un exprès commandement de son père, il n'y aurait jamais consenti. Et, d'un autre côté, Almont trouva depuis[6] son départ le séjour d'Italie si

---

5. *Candeur* : « bonté, sincérité, franchise d'âme » (Furetière).
6. *Depuis* : après.

ennuyeux que, bientôt après, il se retira de Rome et, sans s'amuser[7] beaucoup par les chemins, s'en revint à la Cour.

Il était fils unique et il n'avait plus ni père, ni mère. Pour cette raison, il n'y eut pas séjourné une année après son retour que tous ses parents lui conseillèrent de se marier. Il eut un peu de peine à se résoudre d'accepter si jeune un joug qu'il avait toujours ouï dire qu'on ne peut trop longtemps éviter. Mais enfin, songeant qu'il[8] était nécessaire pour le bien de ses affaires et n'étant prévenu d'aucune autre passion, plein d'estime et de respect pour la personne qu'on lui proposait, il se résolut de s'engager à sa recherche[9]. C'était une des plus belles personnes de la Cour, héritière d'une riche famille et de qualité comme lui. Si bien que, n'ayant de son côté aucun de ces défauts qui peuvent donner de l'aversion à une femme et sa maîtresse étant sous le pouvoir de son père, ce fut une chose qui, ayant été goûtée par leurs communs amis, fut conclue et arrêtée en fort peu de temps.

Cependant, Aremberg étant retourné chez lui et ses parents lui ayant donné un autre gouverneur, ils l'envoyèrent en Suède, en Hollande et en Angleterre, suivant la coutume qu'ont presque tous les gens de qualité de ce pays de faire voyager leurs enfants. En suite de quoi, à Londres, il reçut ordre de son père de venir en France, avec assurance qu'à Paris il trouverait des lettres de change et qu'il ne lui manquerait rien pour paraître dans cette Cour où, comme pour couronner

---

7. *S'amuser* : « perdre le temps inutilement » (Fur.).

8. *Il* : au neutre, signifie : cela.

9. *Recherche* : « poursuite amoureuse qu'on fait d'une fille ou d'une femme pour l'épouser » (Fur.).

tous ses voyages et achever de se perfectionner, il voulait qu'il fît un plus long séjour que dans tous les autres pays où il avait été.

Aremberg, qui depuis longtemps avait inclination pour notre langue et pour nos façons de vivre, reçut cet ordre avec joie. Mais la pensée qu'il reverrait son cher ami le comte d'Almont, ne lui eût volontiers pas donné le loisir d'attendre le vent pour passer à Calais, si son gouverneur n'avait modéré son impatience. En quelque lieu qu'il eût été, il avait toujours écrit à Almont, son ami, et il s'était passé fort peu de temps qu'il n'en eût aussi reçu des nouvelles, tant ils avaient bien conservé l'amitié qu'ils s'étaient jurée. Transporté donc de la joie qu'on se peut figurer que deux personnes, qui s'aiment uniquement[10], ont de se revoir, il ne fut pas sitôt descendu à Calais qu'il prit la poste[11] et vint à Paris, tant parce qu'il savait qu'il y trouverait son ami que parce qu'il était obligé d'y venir pour la nécessité de ses affaires. Mais certes cet exemple est une grande preuve de la fatalité qui se mêle aux affections des hommes.

Aremberg n'avait rien de plus fortement gravé dans l'esprit que son cher ami, quand il arriva dans Paris. Son gouverneur, qui avait déjà été en France, prit le soin de leur logement et, ayant déjà un hôte[12] dont il s'était fort bien trouvé, il se fit conduire chez lui par le postillon qui les avait amenés. C'était dans le quartier du Louvre[13].

---

10. *Uniquement* : « d'une manière singulière, unique » (Fur.).

11. *La poste* : c'était une façon de voyager avec des chevaux que l'on changeait de deux lieues en deux lieues (*courir la poste, chaise de poste*).

12. *Hôte* : celui qui tient une hôtellerie.

13. Segrais indique avec précision les endroits de Paris où se déroule l'action.

Aussitôt qu'ils furent descendus de cheval, les gens du comte prenant soin de sa chambre et de ses hardes[14], ce jeune étranger s'amusa à causer avec son hôte, lui demandant ce qu'on disait de nouveau. L'hôte lui répondit selon les bruits qui couraient alors. Mais comme, en entrant dans ce logis, il avait vu un grand embarras de carrosses devant la porte d'une église qui était vis-à-vis, de ce premier discours étant passés à un autre, il demanda à son hôte ce que c'était que cet embarras. L'hôte lui répondit qu'une des plus belles filles de la Cour se mariait et qu'il était venu si à propos que, s'il voulait entrer dans cette église, en attendant que l'on dressât[15] son appartement, il pouvait assister à la cérémonie. L'étranger jugea, par le récit qu'il avait ouï faire de la grandeur de Paris, que son hôte ne lui pourrait pas dire des nouvelles particulières de son ami et, se confiant en l'adresse par laquelle il lui écrivait, il ne s'informa point d'autre chose et il entra dans l'église qui lui fut montrée.

Là il vit une partie des plus belles personnes de la Cour. Mais, sans qu'il eût personne avec lui pour lui nommer celles qu'il voyait, il s'attacha d'abord[16] à la beauté d'une jeune fille ; mais il s'y attacha si fortement qu'en même temps il n'eut plus d'yeux que pour elle. Quoiqu'il y eût plusieurs belles femmes dans cet église et que tant d'agréables objets[17] eussent attiré les plus galants de la Cour, jamais il ne leva la vue de dessus elle pour en considérer d'autre et insensiblement

---

14. *Hardes* : habits.

15. *Dresser* : préparer.

16. *D'abord* : tout de suite, d'emblée.

17. *Objets* : « se dit aussi poétiquement des belles personnes qui donnent de l'amour » (Fur.).

il en devint passionnément amoureux[18]. Le grand soin qu'elle avait mis à se parer et l'empressement que tout le monde semblait avoir pour elle lui faisaient bien croire qu'elle était le sujet de la fête, ce qui l'affligeait extrêmement, ne pouvant s'empêcher d'envier la bonne fortune de celui qui allait être possesseur d'une si charmante personne. La jalousie le tourmentait déjà et cette passion, quoique naissante, peut toutefois par sa singularité être jugée une des plus étranges qu'on ait jamais ressenties.

En effet, c'était celle-là même[19] dont son hôte lui avait parlé. Mais si, jusqu'alors, il avait été combattu des plus violents sentiments qu'on puisse imaginer, jugez, je vous prie, quel dût être son désespoir quand, l'heure de mettre fin à cette cérémonie étant venue, il vit que cette belle personne s'avança vers l'autel pour donner la main au mari qui lui était destiné et qu'il semblait déjà haïr, quand enfin il discerna celui dont il regardait le bonheur avec tant d'envie et le reconnut pour son meilleur ami, le comte d'Almont[20].

Il avait toujours été dans cette église ; mais Aremberg ne le vit point, soit qu'il n'eût eu des yeux que

---

18. Cette rencontre et ce coup de foudre sont encore bien romanesques. Cf. *Les Précieuses ridicules*, sc. 4 : « (Un amant) doit voir au temple, ou à la promenade, ou dans quelque cérémonie publique la personne dont il devient amoureux ». Dans *le Grand Cyrus*, I, 2, Artamène tombe amoureux de Mandane la première fois qu'il la voit, dans un temple : « il lui fut absolument impossible d'en détourner les yeux. »

19. C'est-à-dire la jeune fille qui se marie.

20. On peut s'étonner qu'Aremberg, qui correspondait régulièrement avec Almont, n'ait pas été informé de son mariage, mais Segrais a dit plus haut que ce mariage avait été « arrêté en fort peu de temps. »

pour le premier objet qui l'avait frappé, ou qu'Almont ne se tînt pas si proche de sa maîtresse, comme ceux qui sont sur le point d'être mariés ne continuent pas si âprement[21] leur galanterie[22].

L'étranger était combattu des plus violents sentiments qu'on puisse imaginer. Tantôt, connaissant l'outrage qu'il faisait insensiblement à son ami, il voulait s'en aller. Tantôt, craignant de manquer à l'amitié qu'il lui avait jurée, il voulait lui aller témoigner la part qu'il devait prendre à sa félicité. Et quelquefois, pour sa considération particulière, il voulait s'arracher par violence d'un lieu dont un secret pressentiment l'avertissait sans cesse de se retirer. Mais il n'avait encore rien[23] aimé et le précipice était si glissant qu'il ne faut pas trouver étrange s'il s'y laissait tomber.

Tant que cette compagnie fut dans l'église, il n'en voulut point partir. Remarquant exactement tout ce qui se passait en cette cérémonie, il vit que cette belle personne approcha de l'autel avec une modestie qui, mêlant un peu de rouge à la blancheur de son teint, semblait en relever l'éclat et, de cette manière, aiguiser encore les traits qui lui perçaient le cœur. Mais, quoiqu'il n'osât concevoir aucune pensée au désavantage de son ami, s'avançant au travers de la foule, il voulut observer, plus attentivement qu'il n'avait encore fait jusqu'alors, de quelle manière elle prononcerait ce oui qui devait être si fatal à son repos. Il souhaitait quelquefois que ce fût avec une gaieté qui, faisant mourir tout à fait ses espérances, étouffât son amour et aidât

---

21. *Aprement* : ardemment.

22. C'est-à-dire ne continuent pas à faire leur cour.

23. *Rien* : personne. Voir Haase, 51, rem. 1.

à son amitié chancelante malgré toute la raison qui s'efforçait de la soutenir. Mais il ne pouvait aussi quelquefois s'empêcher de sentir naître quelque consolation en son âme, lorsque, attribuant à quelque tristesse son extrême modestie, il croyait que sa foi peut-être s'engageait sans que son cœur y fît de réflexion.

L'espoir est si charmant qu'on ne s'en peut défendre.

Sans que cet étranger souhaitât avoir de l'espérance et sans qu'il eût aucun sujet d'en concevoir de la modeste retenue d'un objet aussi vertueux que charmant, il se laissait flatter[24] à des opinions bien injustes. Il s'imaginait qu'Almont n'avait pas augmenté ni en grâce, ni en bonne mine, et que la comtesse sa femme (car déjà elle l'était devenue et le mot était prononcé), ayant tourné la vue vers un vénérable vieillard qui paraissait son père, semblait lui avoir reproché son obéissance par un regard accompagné de quelque tristesse, quand la cérémonie voulut qu'elle lui demandât son consentement avant que de donner le sien.

Ainsi, après l'avoir suivie jusqu'au carrosse, mêlé dans toute la troupe, et après s'être tenu sous le portique du temple, tant que ce carrosse qui l'entraîna put être devant ses yeux, il se retira à son logis, aussi tourmenté que peut-être jamais personne l'ait été par une passion invincible.

Sous prétexte de lassitude, il se mit au lit, quoiqu'il ne fût pas encore midi. Mais il n'avait garde d'y trouver le repos qu'il y cherchait. Il avait de l'honneur autant qu'homme du monde ; il aimait son ami comme lui-même ; mais il n'avait jamais rien vu de plus beau que cette femme et il se sentait tellement destiné pour l'aimer que, n'osant s'y résoudre et ne pouvant en

---

24. C'est-à-dire : il s'abandonnait à des opinions flatteuses.

même temps s'en empêcher, il faisait en lui-même les plus tristes plaintes que jamais la douleur ait fait faire à personne.

« Hélas, disait-il, ce que je croyais si fabuleux[25] est donc véritable que l'homme n'est pas libre d'aimer ou de n'aimer pas comme il lui plaît ? La raison ne sert donc de rien pour régler nos affections, quand le destin veut s'en mêler ? Il faut devenir injuste, il faut manquer à son amitié, lorsqu'une passion violente le commande ? Non, non, c'est un abus. Il n'est point dit qu'on soit un ingrat et un perfide sans y consentir.

« Mais, reprenait-il aussitôt, on devient bien insensé sans le vouloir. Ah ! mon cher Almont, qui était plus obligé de se réjouir de ta bonne fortune que celui qu'elle fait mourir d'envie ? Je ne respire le jour que par toi. Mais, comme tu m'as sauvé la vie sans savoir qui j'étais, tu m'assassines sans songer que tu me perces le cœur. Tu te maries peut-être sans penser à ce que tu fais ; et le Ciel t'enrichit d'un bien qui eût fait toute ma félicité. Oh ! que j'eusse été bien plus heureux, si tu m'eusses laissé mourir dans les montagnes, que d'être contraint de t'immoler toute ma joie et de vivre sans jamais pouvoir rien aimer !

« Car, ou tout ce que j'ai ouï raconter de l'amour est faux, ou, comme jusqu'ici j'ai été exempt d'une si violente passion et la ressens maintenant si vive et si pressante, il faut que cette femme ait été destinée pour faire mon tourment, puisqu'en même temps que je vois qu'il m'est défendu de tourner les yeux vers elle, je sens qu'elle eût fait tout mon bonheur, s'il m'eût été permis de l'aimer. »

-----

25. *Fabuleux* : « qui est faux, inventé à plaisir » (Fur.).

Je n'aurais jamais fait[26], si je voulais entreprendre d'exprimer toutes les pensées qui passèrent par l'esprit du jeune comte, tant que le jour dura. Comme il avait feint de dormir et que cette considération fut cause que ses gens se retirèrent de sa chambre, s'abandonnant à son ennui[27], sa douleur le transportait si fort qu'il ne pouvait quelquefois s'empêcher de parler seul et d'exprimer par ses paroles prononcées assez haut la violente douleur qu'il sentait.

Mais, quand la nuit fut venue et que, pour n'avoir presque point mangé de tout le jour, il se laissa abattre par sa lassitude et par son amour, toutes ses imaginations, moins dissipées encore que durant le jour, se ramassèrent pour le tourmenter, lui représentant incessamment le bonheur de son ami et le malheur de sa condition. Enfin pourtant, faisant encore pour cette fois triompher l'honneur et le devoir, il résolut qu'il ne verrait point Almont, de peur que, par la vue de sa femme, qu'il lui ferait voir sans doute, il ne sentît augmenter son mal, aimant mieux manquer à son ami par incivilité que de s'exposer à lui manquer en la fidélité qu'il lui avait jurée. Sur le point du jour, vaincu du travail[28] des journées précédentes et d'une si longue veille, il s'endormit.

Mais, comme de hasard il[29] était fête ce jour-là, son gouverneur, qui était homme fort pieux, le fit éveiller pour aller à la messe. Il était si tard que l'hôte lui dit qu'il n'en trouverait plus qu'à une église de certains religieux qui ont permission d'en dire fort tard. Il s'y en

---

26. *Fait* : terminé.

27. *Ennui* : chagrin, tourment désespoir.

28. *Travail* : fatigue.

29. *Il* : neutre : ce.

alla[30]. Et remarquez comme Amour le poursuivait vivement : la jeune comtesse ne fut pas beaucoup[31] diligente ; se trouvant donc en la même peine que l'étranger, elle fut dans la même église. Cette seconde vue combattit cruellement les belles résolutions que l'amitié lui avait inspirées. Il tint bon pourtant et il résolut encore de fuir tout ce qui lui pouvait faire voir une personne si dangereuse et d'oublier plutôt son ami que d'être contraint d'aimer sa femme.

Mais on ne peut éviter son malheur. Ne sachant que faire, comme un étranger qui arrive dans Paris, il lui vint en fantaisie d'aller le lendemain à la comédie[32]. Il s'y en va avec quelques gentilshommes de son pays qui, ayant su son arrivée, l'étaient venu voir. On les mène en une loge. Il n'y eut pas sitôt pris sa place que l'on ouvrit celle qui était tout proche[33] et il y vit entrer un grand nombre de dames. Elles prirent leurs places comme elles se trouvèrent. Les chandelles du théâtre n'étaient point encore allumées. Toutefois, autant qu'on pouvait voir dans l'obscurité, Aremberg, qui était tout auprès de cette loge, étant le premier de la sienne qui était au-dessous de l'autre[34], voyait bien qu'il y avait une femme de fort belle taille et de fort bonne mine auprès de lui ; mais il ne la reconnaissait point encore.

---

30. *Il s'y en alla* : il y alla. Aller et s'en aller s'emploient indifféremment au XVIIe siècle.

31. *Beaucoup* : cet adverbe pouvait modifier un adjectif ou un adverbe avec le sens de : « grandement ».

32. *Comédie* : théâtre.

33. *Proche* : adverbe : près, à proximité, auprès.

34. La loge de d'Aremberg est à gauche de celle où sont entrées les dames, et d'Aremberg, étant placé dans sa loge au premier rang à droite, se trouve à côté de la comtesse.

Enfin, lorsque la toile fut levée, quel dût être son étonnement quand il reconnut que c'était la comtesse ! Durant l'obscurité, elle s'était démasquée[31], et cette toile, qui couvrait le théâtre, fut si promptement levée qu'elle fut surprise. Elle se remasqua presque en même temps ; mais, quoiqu'Aremberg ne l'eût vue que comme un éclair, il en fut consumé. Et, depuis ce temps-là, son amitié eut beau combattre, elle n'en put revenir[36].

« Ah ! dit-il soudain en lui-même, il faut que l'amour triomphe, puisque le destin s'en mêle ! J'ai fui, j'ai combattu et j'avais peut-être vaincu[37]. Mais enfin, si c'est un crime d'aimer l'objet du monde le plus aimable, l'amour me l'a proposé, mais c'est le Ciel ou le hasard qui l'achève. »

Il ne fut pas fort attentif aux acteurs, si ce n'était que quelquefois les jugements qu'il oyait faire dans la loge voisine, l'obligeaient d'y appliquer son attention, principalement quand la comtesse d'Almont parlait. Et il lui semblait que c'était si judicieusement et si à propos que, dès lors, il ne crut pas qu'on pût avoir plus d'esprit. Que vous dirai-je enfin ? Cette passion, née d'une manière si bizarre, n'avait garde d'avoir des progrès qui lui fussent fort dissemblables.

L'amour que le comte d'Aremberg conçut par un accident si extraordinaire, lui mit dans l'esprit la plus

---

35. *Démasquée* : au XVIIᵉ siècle, les dames portaient volontiers un masque — un « loup » de velours souvent — pour protéger leur peau des atteintes de l'air et aussi pour n'être pas reconnues en des lieux publics comme le théâtre.

36. *Revenir* : s'en remettre.

37. Souvenir des mots célèbres — « veni, vidi, vici » —, par lesquels César annonça au sénat sa victoire sur Pharnace, à Zéla, en 47 av. J.-C.

hasardeuse pensée qui peut-être ait jamais été conçue par un jeune homme de dix-sept à dix-huit ans : car alors il n'en avait pas davantage[38]. Jugeant bien qu'il ne pourrait plus vivre sans se faire connaître à un objet qui s'était si souverainement rendu le maître de toutes ses affections, et n'ayant que deux choses à combattre en cette rencontre, son gouverneur et son ami, il résolut de commencer par se défaire du premier.

Le lendemain, sans s'ouvrir de son dessein qu'à un de ses valets de chambre en qui il se fiait plus qu'en l'autre, il se retira de son logis avec la plus grande quantité d'argent qu'il put et, sachant le quartier où demeurait le comte d'Almont, s'en alla se loger le plus proche de sa maison qu'il lui fut possible, déguisant son nom et ne se faisant passer que pour un simple gentilhomme.

Ce fut ce jour même que le roi sortit de Paris pour aller à Saint-Germain[39] et que l'on résolut au Conseil d'assiéger cette grande ville. Si bien qu'à peine Aremberg fut logé proche du comte d'Almont qu'il apprit qu'il était parti et qu'il avait suivi la Cour. Cette nouvelle réjouit le comte étranger, malgré qu'il en eût, non qu'en même temps il ne sentît quelques remords de sa joie et qu'il bâtît encore de grandes espérances sur son

---

38. Segrais a conscience de ce qu'il y a d'extraordinaire dans cette aventure, mais il tente de la rendre plausible en faisant remarquer l'âge de son héros : sa jeunesse explique sa folle entreprise et, en même temps, ses traits juvéniles facilitent son travesti.

39. Le jeune roi, la reine et Mazarin s'enfuient de Paris la nuit du 5 au 6 janvier 1649 et gagnent Saint-Germain. Le Parlement, ayant déclaré Mazarin « ennemi public » et pris en main le gouvernement, l'armée royale, sous Condé, fait le blocus de la capitale. Le départ du comte pour Saint-Germain facilite le stratagème d'Aremberg. L'événement historique, ici, conditionne la fiction.

éloignement : car il prévoyait bien que l'amitié d'Almont n'était pas la seule difficulté qu'il aurait à combattre. Mais, ne pouvant s'empêcher de se réjouir de ce que, s'il fallait entrer chez lui avec un dessein qu'il ne pouvait quelquefois approuver, du moins il ne ferait point à son ami l'outrage et l'assassinat de le rendre l'instrument de la ruine de son honneur, en se faisant introduire chez lui par lui-même, quoique c'eût bien été le plus court[40].

Soit donc qu'Amour voulût qu'il y eût du caprice dans tout le cours de cette passion comme en son commencement, soit qu'il crût qu'il ne s'introduirait pas aisément chez cette femme qui, durant l'absence de son mari, ne voyait presque personne, ou bien qu'enfin attendre le retour du comte d'Almont fût une voie qui eût semblé trop longue à son impatience, comme Amour est inventif, il se mit en l'esprit le plus étrange dessein dont un jeune homme puisse être capable.

Il s'était logé chez une femme veuve qui tenait un logis garni, et il avait choisi cette maison, non seulement parce qu'elle était proche de celle du comte d'Almont, mais parce qu'il avait appris aussi que cette femme y avait quelques habitudes[41]. Il la gagne à force de présents et, lui déclarant enfin son dessein, un jour qu'il sut de cette femme que la comtesse cherchait une demoiselle[42], il lui offrit toutes choses si elle pouvait faire en sorte qu'il y entrât en cette condition. Il lui fait voir la facilité qu'il y aurait, à cause qu'il n'avait point encore de barbe, qu'il était d'une taille bien pro-

---

40. Et aussi « le plus naturel et plus émouvant », comme le remarque justement M.A. Raynal (*op. cit.,* p. 29).

41. *Habitudes* : accès auprès de quelqu'un.

42. *Demoiselle* : suivante, demoiselle de compagnie.

portionnée, mais point trop grande, et qu'il n'avait pas les traits du visage trop grossiers[43]. Cette femme, intéressée comme l'ordinaire des gens de cette sorte, gagnée par la solidité de ses présents et flattée par l'espérance de ses promesses, lui promit de s'y employer et, par un ministère[44] dont le détail n'est de nulle conséquence, y réussit enfin. Si bien qu'ayant fait goûter à la comtesse que c'était une étrangère de bonne maison qui, s'étant trouvée en France, était obligée de servir par la nécessité du temps qui, durant le siège, devait apparemment être fâcheux, lui en ayant répondu et lui ayant fait assurer[45] de sa fidélité par les plus honnêtes gens qui fussent de sa connaissance, elle la lui mena deux ou trois jours après. La comtesse en fut contente, elle accepta son service et elle la retint dès ce jour même[46].

On peut se figurer le contentement du jeune étranger et combien la comtesse était promptement obéie en tout ce qu'elle commandait à Eugénie (car c'est ainsi qu'il se fit appeler). Certes, si, en changeant ses habits, il eût pu aussi changer de sexe, il était[47] trop heureux. La comtesse, qui voyait le grand soin et l'assiduité que cette fille prenait pour la servir et l'affection[48] qu'elle faisait paraître pour tout ce qui la regardait, ne pouvait s'empêcher de s'en louer. Étant bonne naturellement, elle commençait peu à peu à payer ses services

---

43. Par ces détails, Segrais essaie de donner le plus de vraisemblance possible à son histoire.

44. *Ministère* : bons offices.

45. *Assurer* : répondre de, garantir.

46. Pareils travestis d'un galant pour approcher sa maîtresse ne manquent ni dans les romans, ni dans les tragi-comédies.

47. *Était* : aurait été.

48. *Affection* : sollicitude, dévouement.

de confiance et de bonne volonté. Mais le pauvre Aremberg ne pouvait oublier ce qu'il était et il n'était guère
en état de se contenter de l'agrément que sa maîtresse
donnait au service d'Eugénie et du discernement qu'elle
faisait d'elle d'avec tous les autres domestiques.

La comtesse était une des plus aimables personnes
du monde, et ce qui avait pris cet étranger était ce
qu'elle avait encore de moins redoutable. Son esprit
était agréable et solide au dernier point ; elle avait
l'humeur du monde la plus charmante ; enfin elle était
extrêmement aimable, et il la voyait à tous les moments
du jour. Si bien que peut-être jamais homme n'est
devenu amoureux au point qu'il le devint.

Cependant son tourment lui plaisait et ses peines lui
étaient agréables, comme le sont d'ordinaire tous les
commencements de quelque servitude que ce puisse
être, quand elle est volontaire. Il était si charmé de tant
de grâces qu'il découvrait en sa maîtresse qu'au plus
fort de son désespoir, il ne pouvait s'empêcher de
remercier le Ciel de l'avoir soumis à une personne si
accomplie, puisque c'était lui seul qui, par sa provi-
dence, semblait avoir fait son choix. Et souvent, en lui-
même, pour trouver quelque consolation à l'excès de
ses ennuis, il tâchait de se persuader qu'il était heureux
en ce que, semblant être né pour mourir d'amour,
c'était du moins pour un objet qui en était si digne.

Mais deux choses le désespéraient : la vertu de cette
dame et la peur de l'avenir. Quoique les perruques, dont
plusieurs femmes avaient amené l'invention de ce
temps-là, lui aidassent extrêmement à se déguiser, il
songeait toutefois bien que cela ne pouvait pas durer
toujours. Il appréhendait le retour du comte d'Almont
et, dans la crainte où il était qu'il ne vînt à le reconnaître, il souhaitait ardemment la continuation d'une

guerre dont tant de monde souhaitait la fin. Mais ce n'était pas encore son plus grand tourment : il n'osait se découvrir à la comtesse, car rien ne l'enhardissait. Dans la peur qu'il avait d'être reconnu par son ami, au moins il avait encore quelque sujet d'espérer, par le changement de son visage depuis qu'il ne l'avait vu et par le changement de ses habits qu'il avait pris si différents de ceux qu'il avait en Italie. Mais dans ses désirs, dont la violence augmentait chaque jour, il ne pouvait concevoir aucune espérance. Il remarquait une si grande retenue en sa maîtresse qu'il n'osait songer à se déclarer, ayant toutes sortes de raisons de craindre d'être banni dès l'heure même. Ainsi, dans l'appréhension du plus grand mal qui lui pût arriver, il se contentait d'une condition qui du moins avait ses consolations.

Il lui parlait quelquefois de son mari ; mais, si elle ne lui faisait pas voir beaucoup d'affection, il ne pouvait rien remarquer en elle qui lui pût faire soupçonner sa vertu.

Un jour entre autres, comme, par les raisons que j'ai dites, sa maîtresse lui avait permis de prendre beaucoup de familiarité avec elle lorsqu'elles étaient seules, tombant sur le sujet du comte d'Almont : « Mais, ne le verrai-je jamais Madame ? dit cette prétendue Eugénie. Certes je ne saurais penser qu'il ait pour vous autant d'affection que vous voulez me faire croire. Pourrait-il vivre éloigné de vous si longtemps ? Voilà pourtant comme deviennent les plus passionnés amants, quand ils sont maris. » Ces paroles firent un peu rêver la comtesse ; et son mouchoir[49], qui se souleva, fit espérer à ce pauvre amant qu'elle avait étouffé quelque sou-

---

49. *Mouchoir* : il s'agit du mouchoir de cou, de dentelle, dont les dames cachaient leur gorge.

pir qui s'était voulu élever malgré elle. Mais il n'avait garde d'en entendre l'explication. Et puis ce qu'elle lui répondait faisait mourir toutes ses espérances : elle justifiait le retardement de son mari sur la difficulté de rentrer dans Paris et d'en ressortir[50]. Et par hasard elle se mit à lui dire qu'il était bien aise qu'elle l'eût à son service ; et, sur ce sujet, elle lui montra une lettre qu'il lui avait écrite depuis peu, où il lui en parlait.

La nuit apporta d'étranges inquiétudes à Eugénie, et le jour qui suivit ne lui rendit pas le calme qui lui était si nécessaire. Quelque temps après dîner, elle sut que sa maîtresse était en son cabinet et elle s'y en alla. L'état où elle la trouva lui donna d'abord beaucoup à penser. La comtesse tenait dans son tablier quelques papiers, dont il y en avait encore beaucoup d'ouverts, et elle semblait les avoir pris dans un des tiroirs d'un petit cabinet[51] fort riche, près duquel elle était assise. Lorsqu'Eugénie entra, elle parut un peu étonnée ; elle repoussa le tiroir et, renversant son tablier, elle en couvrit ces papiers qu'elle tenait. Même il sembla à Eugénie que quelques larmes coulaient encore du long de ses joues, quoique, aussitôt qu'elle entra, la comtesse eût porté son mouchoir[52] à son visage. Ayant pourtant reconnu que c'était Eugénie, elle se remit aussitôt. Mais le trouble qui l'avait agitée sembla par contagion passer dans l'esprit de cette prétendue fille et il n'y fut pas longtemps sans s'y augmenter étrangement.

Car oyez, je vous supplie, cette aventure. Aremberg, si bien déguisé, faisait tous ses efforts pour pénétrer

---

50. Paris était bloqué par les troupes royales.

51. *Cabinet* : ici, le mot désigne une sorte de secrétaire.

52. *Mouchoir* : cette fois, il s'agit d'un mouchoir de poche.

dans l'esprit de la comtesse et pour découvrir si elle
n'avait jamais rien aimé. Mais jusque là, quelques soins
qu'il y eût pris, il n'en avait jamais pu rien savoir. La
comtesse lui avait toujours répondu fort froidement, soit
qu'en ceia elle n'eût suivi que son humeur, qui était
fort réservée et fort couverte[53], ou qu'elle eût cru
n'avoir pas encore lieu de se confier à cette fille. Mais
enfin, soit qu'elle fût pressée par le besoin qu'elle avait
d'une confidente dans l'affaire qui s'offrait à elle, soit
que cette fois Aremberg maniât plus adroitement son
esprit qu'il n'avait fait, aidé par l'occasion qui se présentait, elle ne put lui refuser sa confidence. Écoutez
le discours qu'elle fit à cette fille et comprenez, s'il est
possible de le comprendre, l'état où se trouvait le pauvre Aremberg dans le difficile personnage qu'il lui fallait jouer.

« Eugénie, lui dit cette comtesse, tu me crois la plus
heureuse personne qu'il y ait au monde et j'ai sujet de
l'être. J'ai un mari aimable pour sa personne et qui vit
fort bien avec moi, et j'en ai aussi toute la reconnaissance imaginable. Mais que les parents se trompent
bien, ou qu'ils nous traitent cruellement, quand ils pensent que la reconnaissance et le devoir peuvent régler
nos affections ! Dieu m'est témoin que rien ne me peut
obliger d'avoir la moindre pensée contre ce que je dois
à la foi que j'ai donnée. Et, si j'ai murmuré du commandement de mon père — je ne connaissais presque
point le mari qu'il m'a choisi, quand je l'ai épousé —,
je n'ai point sujet de m'en repentir. Mais apprends que,
s'il vit bien avec moi, j'ai acheté bien cher le bon traitement que j'en reçois. Écoute le sacrifice que j'ai fait,
apprends la victoire qu'il m'a fallu remporter sur moi-

---

53. *Couverte* : discrète, peu communicative.

même et, par la confiance que j'ai en toi, aide à mon esprit à trouver le repos qu'il cherche. »

On ne peut se figurer l'étonnement de la pauvre Eugénie, ne sachant où ses paroles pouvaient aboutir. Mais qui eût pu lire dans son cœur y eût vu de bien plus sanglants combats, quand la comtesse, achevant son discours, lui donna sa confidence entière et lui découvrit enfin que, depuis sa plus tendre jeunesse, elle avait été constamment[54] aimée d'un jeune gentilhomme de grande maison, parfaitement honnête homme, appelé Florençal, doué de toutes les qualités de l'esprit et du corps qui peuvent rendre un chevalier accompli.

A cet aveu, le pauvre Aremberg pensa tomber en faiblesse, lui voyant prononcer le nom de son rival avec tant d'affection. Quelque effort qu'il se fît, il ne put s'empêcher de faire paraître son trouble à un tel point que la comtesse s'en aperçut et lui demanda ce qui la surprenait si fort. Aremberg, un peu confus, fit un extrême effort sur lui-même et répara pourtant par son adresse l'erreur que son amour lui pensa[55] faire commettre, lui disant, pour justifier son étonnement, que ce qui l'avait surpris était que, pour avoir ouï parler de ce gentilhomme qui était en si grande réputation et pour le connaître même depuis quelques jours, il n'avait point ouï dire qu'il eût eu de l'amour pour elle. Mais ce que la comtesse lui repartit n'aida pas beaucoup à apaiser son étrange souci.

« Hélas ! ma chère Eugénie, reprit-elle, comment aurais-tu ouï parler d'une chose dont personne n'a jamais rien su ? Florençal m'a aimée d'une si parfaite

---

54. *Constamment* : avec constance, persévérance.
55. *Pensa* : faillit.

amitié[56] qu'il n'en a jamais témoigné rien à personne. Il est d'une maison qui ne cède en rien à celle de mon mari, ni à la mienne. Mais il est cadet, comme tu peux savoir, et il a si peu de bien que, connaissant l'humeur de mon père, il n'a jamais songé à m'épouser, ayant aussi trop d'estime pour moi pour concevoir des espérances qui eussent pu m'offenser. Je puis t'avouer que, si une femme a quelque obligation à un homme d'une affection honnête, constante et désintéressée, je ne puis refuser ce souvenir à celle qu'il a eue pour moi. Il a refusé cent partis qui lui pouvaient faire sa fortune, contre le commandement que je lui ai fait, et s'est conduit avec tant de sagesse et avec tant de retenue que, hors les témoignages particuliers que j'ai reçus de sa constance, jamais on n'a rien pu soupçonner de son attachement. »

Ces paroles étaient autant de coups de poignard pour la triste Eugénie. Mais jusque là, elle n'avait point encore ouï prononcer l'arrêt de sa mort, car la comtesse ne s'était point encore déclarée des[57] sentiments qu'elle avait pour cet heureux rival, jusqu'à ce qu'elle poursuivit[58] en ces termes :

« Ce qui te doit le plus étonner, c'est qu'il n'a eu aucune assurance que sa passion me fût seulement agréable : car jamais je ne me suis expliquée si avant avec personne qu'avec toi. Tantôt je le repoussais si rudement que je m'étonne de sa folle persévérance ; tantôt je le menaçais de rendre sa passion ridicule ; et si, quelquefois, je lui paraissais plus favorable, tout ce

---

56. *Amitié* : affection. Cf. « l'honnête amitié » des bergers d'Urfé.

57. *Des* : au sujet de.

58. *Poursuivit* : l'indicatif marque la réalité de l'action. Nous emploierions maintenant le subjonctif.

radoucissement n'allait qu'à l'écouter avec un peu plus d'attention et à lui faire remarquer que je n'en souffrais point d'autre. Que sert enfin de te dissimuler ? Je te confesse que ses soins[59] me plaisaient et qu'autant qu'une fille, qui est sous l'obéissance, pouvait disposer de son inclination, il avait tout à fait tourné la mienne de son parti. Et je t'avoue que j'aurais facilement suivi le choix que le Ciel et mon cœur semblaient avoir fait pour moi, si j'eusse pu espérer d'y faire un jour consentir mon père.

Mais que sert le mérite où manque la fortune ?[60]

Tu as pu apprendre la réputation qu'il a d'esprit, de courage et de galanterie[61]. Tu vois sa bonne grâce, sa bonne mine et son adresse. Mais si je t'avais raconté le cours de sa passion et la suite de son amour, tu avouerais sans doute qu'il est encore sans comparaison plus aimable pour une maîtresse que pour tout le reste du monde, dont il a si généralement acquis l'estime. Tu condamnerais mes rigueurs, tu admirerais sa constance et tu conclurais sans doute, comme j'ai souvent fait moi-même, que je ne méritais point d'être servie[62] par un si parfait chevalier, ou qu'il méritait lui-même un plus heureux destin que celui qu'il a rencontré, en passant inutilement sa jeunesse à m'aimer sans fruit et à se voir réduit au désespoir pour récompense. »

A ces mots, la comtesse, tournant pas hasard les yeux

---

59. *Soins* : « assiduités, marques de dévouement à la personne aimée » (Dubois et Lagane).

60. *Polyeucte*, I, 3, v. 185.

61. *Galanterie* : « grâce, élégance, raffinement dans les manières » (Dubois et Lagane).

62. *Servie* : servir, c'est « rendre des soins à une femme pour qui on a de l'amour » (AC.).

sur ces papiers qu'elle avait tirés du cabinet, elle en prit un dans sa main et, achevant de l'ouvrir, car il n'était pas replié tout à fait :

« Eugénie, lui dit-elle, tiens, lis ces vers : c'est la moindre marque que je te puis donner de son esprit ; mais peut-être ne te déplairont-ils pas. Au moins ils me plurent dans le temps qu'ils furent faits, peut-être parce qu'ils me flattaient, peut-être parce que ce fut moi qui lui en donnai le sujet. Il s'était blessé à un doigt. Comme il fait aisément les vers, je ne sais par quelle aventure, un soir que nous étions chez une dame de mes amies, je lui dis que la nouveauté du sujet le devait obliger à faire quelque chose sur son mal. »

En même temps, la comtesse donna ce papier ouvert à Eugénie qui, l'ayant pris, y lut ces paroles :

> *Au triste état où je me voi,*
> *Aimable Iris, que sera-ce de moi,*
> *Si vous n'avez pitié de mon cruel martyre ?*
> *Hélas ! je n'ose vous le dire,*
> *Et j'ai si mal au doigt*
> *Que je ne saurais vous l'écrire.*
>
> *Incomparable affliction !*
> *Pour exprimer ma passion,*
> *Je suis au bout de mon adresse.*
> *Car de vous le mander par un beau compliment,*
> *Outre que, sans grande largesse,*
> *On trouve difficilement*
> *Confidente qui s'intéresse,*
> *Ou messager qui parle éloquemment,*
> *Ce serait, avec sa maîtresse,*
> *En user, ce me semble, un peu bien librement.*
> *Mais cependant l'affaire presse.*

« Il était le premier à faire raillerie de ce qu'il n'était pas riche, reprit la comtesse, en interrompant Eugénie en cet endroit. Mais il faut que tu saches encore que ces vers, qui parlent d'une confidente intéressée, sont la suite de quelques discours que nous avions eus auparavant sur le sujet d'une dame si avare qu'on disait d'elle, qu'ayant une de ses filles[63] à laquelle, devant tous ses amants, elle témoignait plus de confidence[64] qu'à aucune autre, elle lui faisait promettre son assistance à tous en particulier ; et l'on ajoutait que, comme c'était à qui lui donnerait le plus de tant de rivaux, elle partageait les présents avec elle. Si bien que cet endroit était encore une application spirituelle à la raillerie qu'on faisait alors de la manière que cette dame avait trouvée de s'enrichir.

« Mais voyez le reste. Car peut-être, comme vous êtes étrangère, quoique vous sachiez fort bien notre langue, vous ne serez pas touchée de ces choses qui ne consistent qu'en une expression assez aisée et assez naturelle. »

Eugénie, sans lui répondre, acheva de lire ces autres vers :

> *O le galant poulet dont j'avais le dessein !*
> *Si j'eusse pu me servir de ma main,*
> *O qu'il eût été doux ! ô qu'il eût été tendre !*
> *Mais las ! j'en perds l'espoir et vois d'un œil marri*
> *Que, de l'air dont vos yeux commencent à s'y prendre,*
> *Mon cœur sera réduit en cendre,*
> *Avant que mon doigt soit guéri.*
>
> *Mais que m'est-il besoin de parler ou d'écrire ?*
> *Si vous voulez, de mon martyre*
> *Et la cause et l'effet en même temps savoir,*
> *Aimable Iris, de tant d'attraits pourvue,*
> *Daignez sur moi jeter la vue*
> *Et consultez votre miroir.*
> *Pour juger de mon désespoir,*
> *Il ne faut que vous avoir vue ;*
> *Hélas ! il ne faut que me voir.*

---

63. *Filles* : suivantes.
64. *Confidence* : confiance.

« Le lendemain, reprit la comtesse, il me donna ces vers lui-même, chez une de mes amies où il me vint trouver ; et, quoiqu'il n'osât me déclarer que c'était pour moi qu'il les avait faits, je ne pouvais pas m'empêcher de le voir. Car outre que c'était moi qui lui en avais donné le sujet, je remarquais encore qu'il ne les avait faits sous le nom d'Iris que parce qu'il m'avait ouï dire que, de tous les noms qui se mettent dans les chansons ou dans les vers, c'était celui que j'aimais le mieux. Les vers ont cette commodité pour les galants que c'est presque un moyen infaillible pour parler de leur passion sans qu'on s'en puisse offenser. Ainsi, me plaisant assez en la conversation du chevalier (car, comme il est cadet de sa maison, tu sais que c'est la qualité qu'il a prise pour se distinguer de ses frères)[65], je ne voulais point surtout qu'il me donnât sujet de l'éviter, ce que j'eusse été obligée de faire, s'il en fût venu à une déclaration plus ouverte. Il le remarquait fort bien, et sa passion m'était plutôt connue par son extrême assiduité et par tous ces[66] petits soins que ceux qui aiment véritablement prennent sans y penser, que par ses discours que je n'aurais pu souffrir.

« Tant de respect et tant de discrétion accompagnaient son procédé[67] que la plus sévère vertu n'aurait pu s'en offenser. Contre l'ordinaire coutume de tous les jeunes gens de la Cour, qui ne se déclarent galants d'une dame qu'afin de faire croire en même temps qu'ils ne sont point mal reçus, jamais il ne fit aucune

---

65. Les cadets, qui ne pouvaient prétendre aux titres (marquis, comtes) réservés aux aînés, se faisaient appeler chevaliers ou bien écuyers.

66. *Ces*. L'édition originale porte « ses ».

67. *Procédé* : manière d'agir.

action qui me pût faire remarquer que son dessein était comme le leur. Des vers, des chansons et des lettres écrites tantôt sous le nom d'un autre, tantôt sous le sien, mais toujours avec quelque adresse particulière et sur quelque sujet dont je ne pouvais m'offenser, furent longtemps les seuls moyens dont il se servait.

« Entre autres, vois ce madrigal. Un jour, je gardais le lit, me trouvant incommodée d'un mal de tête qui me tourmentait. Je voyais le monde néanmoins. Mais comme enfin je me plaignis de ne pouvoir plus parler et que cela redoublait mon mal, je chassai ceux qui m'étaient venus voir, étant assez familière avec eux tous. Sur quoi, s'approchant avant que de s'en aller, il me dit à l'oreille ces vers qu'il fit sur le champ, et je les trouvai si fort à mon gré que depuis je le priai de me les écrire. » Eugénie prit encore ce papier et, le lisant, vit qu'il contenait seulement ces paroles :

> *En vous faisant parler, votre santé s'altère ?*
> *Eh bien, auprès de vous, Iris, il se faut taire.*
> *Mais au moins connaissez combien, de mes langueurs,*
> *   Votre langueur est différente :*
> *C'est pour[68] parler que votre mal s'augmente,*
> *C'est pour me taire que je meurs[69].*

« Je n'aurais jamais fait, reprit la comtesse, si je te faisais voir toutes les marques que je recevais de sa galanterie et de sa passion. J'aime toutes ces choses, et cela était cause qu'il s'y appliquait peut-être plus qu'il

---

68. *Pour* : marque ici la cause. C'est en parlant que votre mal s'augmente.

69. Ce madrigal figure dans les *Œuvres* de Segrais (Slatkine, I, p. 273). « L'impromptu est justement la pierre de touche de l'esprit », fait dire Molière à une de ses précieuses (*Précieuses ridicules*, sc. 9).

n'aurait pas[70] fait, quoique cela lui fût si naturel que, le plus souvent, c'était devant moi et sans peine.

« Regarde encore celui-ci. J'étais seule avec lui et je rêvais. Et, lui ayant dit que j'avais quelque chose en l'esprit et que je le priais de ne me dire mot et qu'il fît des vers s'il voulait, presque en même temps, il prit une écritoire qui était sur la table et, me disant que pour cette fois j'aurais nom Uranie, puisque la rime le voulait, il y laissa ce madrigal :

> *Je suis jaloux, belle Uranie,*
> *Et ce n'est point de mille amants*
> *Qui, chaque jour, dans leurs tourments,*
> *Accusent votre tyrannie.*
> *Votre esprit est l'heureux rival*
> *De qui le bonheur sans égal*
> *Me met à toute heure en alarme :*
> *Jamais son entretien ne vous cause d'ennui,*
> *Lui seul vous possède et vous charme*
> *Et rien ne vous plaît après lui.*

La comtesse, qui remarqua qu'Eugénie donnait son approbation si froidement à tous ces vers, crut qu'elle s'en[71] ennuyait. Mais elle imputait toujours cette insensibilité à la difficulté de comprendre les délicatesses de notre langue. Ramassant donc ces papiers :

« Tu t'ennuierais, poursuivit-elle, de lire tout. Les autres sont presque d'un même style ; mais tu n'en verrais aucun qui ne fût plein d'esprit et surtout, quoique très passionnés, si respectueux que je t'avoue que je ne pouvais m'empêcher de m'en laisser flatter, et si insen-

---

70. *Pas* : « accompagne souvent *ne* au XVIIe siècle dans des constructions où cette particule suffit à elle seule aujourd'hui » (A. Haase, n° 102).

71. *S'en ennuyait* : s'ennuyait de ces vers.

siblement qu'à la fin j'eus regret d'y[72] avoir pris une si grande habitude, parce que je te confesse qu'il[73] m'était étrange[74] quand j'étais longtemps sans le voir.

« Il n'en connaissait rien pourtant[75]. J'avais pris tant d'empire sur lui que je l'obligeais de se contenter de mon amitié. Car je lui donnais toujours à connaître que, s'il m'aimait véritablement, il devait craindre de perdre par trop de liberté l'estime que j'avais pour sa personne et la confiance que je prenais en lui. De cette sorte, quoique tu voies beaucoup de ses lettres, elles sont toutes de telle manière que, quand on les verrait, on n'y pourrait rien trouver que des nouvelles, si j'étais à la campagne, ou des compliments[76], s'il m'était arrivé quelque accident qui en exigeât de la civilité de mes amis. Ou, s'il se licencie quelquefois, c'est sous des termes si difficiles à entendre pour tout autre que le plus fâcheux mari ne saurait s'en offenser. Toutefois je te confesse que je ne les ai tirées de ce cabinet, où je les avais toujours conservées, que pour les brûler. Mais,

---

72. *Y* : à ceux-ci, à ces vers. « Y, dans son acception de pronom, s'employait avec une liberté absolue dans l'ancienne langue » (Haase, 10, ii).

73. *Il* : neutre : cela.

74. *Étrange* : qui sort de l'ordinaire, et par suite, difficile à supporter, douloureux. Cf. *le Cid,* I, 6, v. 298 : « O Dieu ! l'étrange peine ! »

75. Cf. les reproches d'Artamène à Mandane (*Le grand Cyrus,* I, ii) : « Vous m'avez caché une partie de votre bienveillance et vous ne m'en avez presque jamais donné d'autres preuves que celles que j'ai pu tirer de faibles conjectures de n'être pas haï de vous. » Cité par M.A. Raynal (*op. cit.,* p. 42). De même, Amestris n'a jamais déclaré à Aglatidas les sentiments qu'elle éprouvait pour lui (*Ibid.,* I, iii).

76. *Compliments* : « paroles de civilité, de condoléances » (Dubois et Lagane).

pour en savoir le sujet, écoute le reste de mon aventure. »

A ces mots, la comtesse fit un grand soupir et s'arrêta un peu pour reprendre haleine. Mais, certes, ce ne fut pas mal à propos pour le pauvre Aremberg : car il n'en pouvait plus, tant sa douleur étouffée le pressait cruellement. Il soupira donc avec la comtesse. Mais, si la propre douleur de la maîtresse ne l'eût entièrement occupée elle-même, elle devait[77] bien s'apercevoir que le grand soupir d'Eugénie ne pouvait pas seulement partir de la compassion d'une confidente. Toutefois, n'ayant garde de vouloir la tirer d'erreur :

« Ah ! Madame, lui dit-il, que la fortune est cruelle ! Qu'il est difficile d'aimer sans être misérable ! Et que les jugements qu'on fait du malheur ou de la félicité des hommes sont trompeurs, quand on les fait sur les apparences ! »

Aremberg ne put dénier[78] ces paroles à son tourment, croyant bien que la comtesse n'entrerait pas aisément dans leur sens équivoque pour son rival et pour lui.

« En effet, reprit-elle, tu as bien raison, ma chère Eugénie. Tu n'aurais pas aisément deviné tout ce que je t'ai appris. Mais tout ce que je t'ai appris n'est rien encore au prix de ce que j'ai à te dire. Toutes ces marques que je t'ai fait voir de la passion de Florençal, ne sont rien en comparaison des solides obligations que je lui ai. Il m'a respectée comme sa maîtresse ; mais il m'a aimée comme une sœur qu'on aime bien, et il a toujours pris mes intérêts comme si sa fortune avait été entre mes mains. Je t'ai déjà dit qu'il a méprisé l'affection de plusieurs personnes qui auraient sans

---

77. *Devait* : aurait dû.

78. *Dénier* : refuser.

doute fait son établissement[79] et, quelque jour, je t'en raconterai des particularités qui te surprendront. Par plusieurs fois, il a exposé sa vie pour les intérêts de ma maison ; mais avec si peu de bruit et d'éclat qu'une fois entre autres, il nous défit d'un dangereux ennemi qui, connaissant mon père fort âgé, nous tourmentait sans cesse. Cet homme était notre voisin en une des maisons que nous avons à la campagne et incessamment nous en recevions du déplaisir. Par malheur pour lui, il vint à Paris. Comme Florençal en avait souvent ouï faire des plaintes à mon père et à moi, sans que nous en sussions rien, ni qu'aucun autre en soupçonnât jamais la moindre chose, il prit querelle avec lui et ils se battirent ; mais si sanglamment[80] que Florençal le tua sur la place de deux grands coups d'épée et revint dangereusement blessé. Cet homme avait des parents et des amis puissants et, sans que[81] Florençal en avait aussi beaucoup et que l'action était belle, il se mettait en une étrange peine en ma considération : car, n'ayant nul sujet de faire une querelle à ce gentilhomme, quelque adresse qu'il eût, il ne put si bien faire qu'il ne parût toujours que c'était lui qui l'avait poussé[82] sur un sujet assez léger. Aussi, avant que de tirer l'épée, le tenant sur le pré, il ne craignit pas de lui dire que ce n'était qu'en considération de mon père qu'il le voulait voir

---

79. *Établissement* : situation sociale. Florençal aurait pu, en se mariant, asseoir sa situation.

80. *Sanglamment* : adverbe désuet. « D'une manière cruelle et sanglante » (Richelet, 1680).

81. *Sans que* : n'eût été que. « Dans l'ancienne langue, sans que gouvernait souvent l'indicatif, lorsque l'action exprimée marquait un fait positif » (Haase, 82 A).

82. *Poussé* : attaqué vivement.

l'épée à la main, bien assuré qu'il le tuerait ou qu'il y serait tué, se battant avec lui sans quartier : ce que l'autre accepta, car, quoiqu'il fût très brutal, il était vaillant.

« Je n'ai point de frères, comme tu sais, et j'ai un cousin germain que mon père aime comme son fils et qui est presque tous les jours céans. Florençal a lié une amitié étroite avec lui. Comme il était bien plus avancé dans le monde, il a pris un soin particulier pour l'introduire partout et, dans la bataille de Lens[83], il le tira d'entre les mains de trois Allemands qui l'amenaient prisonnier. Au retour de cette campagne, il l'empêcha d'être assassiné en une fâcheuse rencontre et courut un grand danger dans ce funeste accident[84], comme tu peux déjà nous l'avoir ouï dire beaucoup de fois.

Je te raconterais encore mille obligations essentielles que je lui ai ; mais il vaut mieux venir à la conclusion et au sujet pourquoi[85] je t'ai raconté tout ceci.

« Tu vois que je ne me suis pas fort engagée en cette affection et que l'avantage qu'il a sur moi ne me donne rien à craindre. Mais, que sert-il de te dissimuler ? Je ne veux point m'exposer plus longtemps à la durée de ce commerce. Mon mari me traite bien ; il en peut concevoir de l'ombrage. J'aimerais mieux mourir que d'avoir rien commis contre ce que je dois à ma réputation. Pourquoi donc plus longtemps demeurer dans le

---

83. La bataille de Lens : la ville de Lens, assiégée en 1648 par l'archiduc Léopold, à qui elle se rendit le 19 août, fut reprise par Condé le lendemain.

84. *Accident* : coup du sort, heureux ou malheureux.

85. *Pourquoi* : pour lequel. Selon Vaugelas, on doit se servir du pronom relatif *qui* après une préposition, en parlant d'une personne, de *quoi,* en parlant d'une chose (Haase, 34).

péril ? Je ruinerai la fortune d'un gentilhomme, à qui
je ne puis m'empêcher d'en souhaiter une très heureuse.
J'ai donc tout à fait résolu de rompre avec lui. Je ne
te dissimule point que je me fais une violence extrême ;
mais il faut enfin que la raison se montre la plus forte.
J'ai tiré du cabinet tous ces papiers, qui ne servaient
qu'à maintenir dans mon souvenir des pensées qui trou-
blaient mon repos. Je les ai lus pour la dernière fois
et je te confesse qu'en les lisant avec dessein de ne les
revoir jamais, je n'ai pu retenir mes larmes. Mais il faut
bien mettre une fin à toutes ces choses, et[86] écoute si
celle que j'ai résolue dans mon esprit n'est pas selon
ta pensée.

« Cette grande sévérité, que je lui ai toujours fait
paraître, n'a pu étouffer l'amour qu'il a eu pour moi.
Je ne crois pas qu'il ait jamais eu de prétention de
m'épouser. Mais figure-toi ce que c'est d'un amant[87]
qui aime avec une forte inclination et représente-toi
l'état où il s'est vu, quand il a considéré que j'en épou-
sais un autre qui peut-être, dans ce temps, ne m'aimait
pas tant que lui. Il m'a dit tout ce que cette passion
peut faire dire à une personne qui en est véritablement
atteinte. Il m'a fait redouter mille extravagances. Mais
enfin il en a usé comme un honnête homme.

« Quatre ou cinq jours avant celui de mon mariage,
il s'en alla à la campagne, sur le prétexte de quelque
affaire ; et regarde le péril où il s'est mis depuis cinq
ou six jours. Il est venu en cette ville, malgré l'étroite
garde qu'on fait aux portes. Il a fait tout ce qu'il a pu
pour me voir céans ; mais je ne l'ai pu souffrir. Au con-

---

86. *Et* : aussi bien.

87. *D'un amant* : *de* est causal, selon Haase (107). Nous dirions :
ce que c'est qu'un amant.

traire, l'ayant trouvé, il y a deux jours, chez une dame
de mes amies, où tu vis que je parlai à lui, je lui fis
connaître que je voulais vivre avec lui autrement que
je n'avais pas fait, ce qui l'irrita si fort qu'à peine le
pus-je empêcher d'éclater.

« Hier, à la messe, ce fut encore pis. Enfin c'est pour
ce sujet que la comtesse de Fronsac a été si longtemps
ce matin avec moi. Cette dame est sa parente et fort
honnête femme. Elle a condamné sa folie avec moi ;
mais, m'ayant rapporté l'état de son désespoir, toute
sage et toute vertueuse qu'elle est, elle m'a portée à lui
accorder la dernière grâce qu'il me demande, qui n'est
autre chose que, du moins, il me puisse dire adieu pour
la dernière fois. Il est résolu d'aller en Suède où
l'appelle le mérite de cette grande reine[88] qui la gouverne aujourd'hui, et il m'a demandé pour toute faveur
qu'il me puisse voir céans une heure. J'ai fait tout ce
que j'ai pu pour m'en défendre, et tout ce que j'ai pu
gagner sur moi a été que je demandais du temps pour
y songer. Enfin je lui ai mandé que, sur les quatre heures, il se trouvât dans le jardin du Palais Royal[89] et que,
si je résolvais quelque chose en sa faveur, quelqu'un
irait l'y trouver de ma part.

« J'ai fait cette réponse pour deux raisons. La première, parce que je ne me fiais pas tout à fait à cette
dame. Et l'autre, parce que, comme je t'ai déjà dit, je
voulais un peu de temps pour songer si je devais accor-

---

88. Christine de Suède, encore reine en 1649, année où se passe
le récit. Elle devait abdiquer en 1654 et se trouvait à Paris en 1656,
au moment où Segrais achevait ses *Nouvelles françaises*.

89. Le Palais Royal, édifié pour Richelieu, portait d'abord le nom
de Palais Cardinal. La reine, qui y habita à partir de 1639, lui donna
le nom de Palais Royal.

der cette grâce. J'y ai songé donc tout ce matin, depuis que cette dame est partie, et sans doute Florençal n'aurait rien obtenu sans une nouvelle qui est survenue à même temps.

« Un de mes laquais est revenu de Saint-Germain, qui m'a apporté une lettre de mon mari par laquelle il me mande que la conférence est accordée[90] et que demain, sans faute, il sera ici. Cela a renversé toutes mes résolutions. J'ai redouté l'extravagance d'un amant désespéré et enfin, ayant craint qu'elle n'éclatât pour mille raisons que tu peux voir comme moi, j'ai cru que je te devais envoyer au Palais Royal le trouver avec une lettre que je lui ai écrite. Je me fie en toi plus qu'à personne et je crois aussi que tu m'y serviras plus fidèlement. Fais tout ce que tu pourras pour le dissuader de me voir ; mais enfin, si tu le vois bien opiniâtre, donne-lui cette lettre et dis-lui que, ce soir, la porte du jardin qui regarde sur la petite rue sera ouverte. Mais qu'il songe bien à ce que je fais pour lui ! »

Ces dernières paroles perçaient le cœur d'Aremberg. Mais, comme elles lui promettaient aussi l'éloignement de son rival, elles donnèrent quelque consolation à son esprit qui, certes, en avait grand besoin. Jouant donc un peu mieux son personnage qu'il n'avait fait jusqu'alors, il fit cent serments de fidélité à sa maîtresse, de sorte qu'en étant persuadée, elle lui donna cette lettre et, lui recommandant la diligence, elle lui dit qu'elle la pourrait venir retrouver chez une dame de ses plus particulières amies, chez qui elle allait passer le soir[91].

---

90. Il s'agit de la conférence pour la paix avec les Frondeurs, qui aboutit à la paix de Rueil, le 11 mars 1649.

91. *Soir* : l'après-midi. « Se dit aussi de la partie du jour qui est depuis midi » (Fur.).

En même temps, elle s'approcha du feu et y jeta tous ces papiers qu'elle tenait dans son tablier, ne pouvant toutefois, quelque résolution qu'elle voulût faire paraître, s'empêcher de faire un grand soupir, en condamnant si cruellement au feu des marques d'une passion qui lui était si chère, et ne pouvant aussi, quelque hâte qu'elle eût de s'aller habiller, s'en éloigner, tant qu'il en demeura quelques restes. Mais l'amoureux étranger, qui vit le commencement de ce sacrifice, sortit plus tôt, songeant en lui-même qu'il en avait de bien plus cruels à faire, s'il pouvait obliger Aremberg à faire le devoir d'Eugénie.

Il partit du cabinet et, se dépêchant pour se trouver à l'heure du rendez-vous qui s'avançait, il sort du logis de la comtesse en chaise[92]. Mais, au lieu de se faire porter tout droit au Palais Royal, il se fait porter chez sa seconde hôtesse. Son valet de chambre y était toujours demeuré avec son équipage et ses habits et, de temps en temps, il allait chez la comtesse recevoir ses commandements sous le prétexte d'être du pays d'Eugénie et de venir quérir ses lettres ou de lui en apporter.

Aussitôt qu'Aremberg fut dans cette maison, il se fit ouvrir sa chambre et, n'en pouvant plus de douleur, comme il est aisé de se le figurer par tous les violents sentiments dont il était combattu, il se jeta sur un lit pour tâcher de donner quelque relâche à son esprit. Son valet de chambre, qui l'avait servi dans son voyage d'Italie et qui était à lui depuis longtemps, autorisé par l'affection dont son maître récompensait sa fidélité, qui était rare et singulière, prit la hardiesse de lui demander ce qui le tourmentait. Mais il lui dit seulement qu'il

---

92. *Chaise* : chaise à porteurs.

le laissât et qu'il n'était pas en état de se pouvoir exprimer.

De dire aussi toutes les étranges pensées qui lui passaient par l'esprit, c'est ce qui ne se peut concevoir. La jalousie contre son rival le possédait au dernier point et d'abord, au lieu de songer à s'acquitter de sa commission, il est assez vraisemblable que lui, qui était extrêmement vaillant, se mit plutôt en l'esprit de s'aller défaire d'un si dangereux rival, ou bien de mettre du moins une fin à de si cruelles aventures en trouvant la mort dans le sanglant combat qu'il méditait[93].

Il quitte aussitôt les habits et le nom de la fausse Eugénie, voulant reprendre le personnage du véritable Aremberg et, consolé en quelque manière par le désespoir de sa résolution déterminée, après avoir envoyé son valet de chambre congédier ses porteurs, de peur qu'ils ne le connussent au sortir de ce logis, il partit à pied, à dessein d'aller trouver le chevalier de Florençal au Palais Royal et de l'obliger de sortir pour se battre, si le respect du lieu l'empêchait de le satisfaire sur le champ.

A peine pourtant eut-il passé d'une rue dans l'autre que, rentrant un peu en son bon sens et songeant à ce qu'il allait faire, il s'arrêta, se demandant à lui-même où il allait et quel était son dessein.

« Eh bien ! disait-il, je tuerai mon rival, ou bien je recevrai la mort par lui. Mais si je le tue, quel profit de ma victoire ? Comment revoir l'aimable objet dont je suis charmé ? Et si je ne vais le trouver que pour cher-

---

93. M.A. Raynal remarque avec raison que c'est bien là « une attitude de héros de roman » (*op. cit.,* p. 50). Aremberg, désespéré et désirant la mort, se comporte comme Céladon, Oroondate ou Artamène en pareille circonstance.

cher la mort, ne puis-je pas toujours bien la trouver par mon désespoir ou par ma douleur ? »

Cette pensée fit naître une grande irrésolution dans son esprit. Et, comme il n'avait pas assez de chemin à faire pour la résoudre, il ne voulut point s'exposer à la vue de son rival qui, par sa présence, exciterait sans doute tant de colère en son cœur qu'il ne saurait plus ce qu'il ferait.

Au lieu d'aller aussitôt au Palais Royal, il va aux Tuileries[94] pour songer avec un peu plus de loisir à ce qu'il aurait à faire, s'imaginant que, pour la saison[95], ce lieu serait assez solitaire. Il y va donc et, laissant la grande allée à main gauche, il prend cette petite allée du milieu qui borne d'un côté le labyrinthe et le carré d'eau[96], comme celle qu'il jugea la moins fréquentée. Là, on peut penser combien d'étranges desseins lui passèrent par l'esprit. Certes aussi, peut-être jamais personne ne s'est trouvé en une si fâcheuse conjoncture. C'était à qui lui livrerait de plus rudes assauts, de l'amour, de l'amitié, de la jalousie et du destin qui s'y mêlait sur le tout. Car quel étrange personnage à faire d'aller quérir son rival soi-même et de l'amener en un lieu où l'on ne lui avait pu dissimuler qu'il n'était point mal voulu[97] ! Quel déplaisir d'avoir entrepris tout ce

---

94. Au jardin des Tuileries, achevé sous Louis XIV par Le Nôtre.

95. *Pour la saison* : à cause de la saison. Nous sommes en mars.

96. Ces endroits célèbres du jardin des Tuileries sont mentionnés dans la *Comédie des Tuileries*. Le labyrinthe, « fouillis géométrique de cyprès » (J. Hillairet), fournit un cadre « pastoral » à la pièce, où l'héroïne, Cléonice, se jette de désespoir dans le « carré d'eau », mais en est tirée par le jardinier (Acte IV).

97. *Mal voulu* : « vouloir, joint avec le mot de bien ou de mal, signifie : avoir de l'amitié ou de la haine pour quelqu'un » (Fur.). Dans *la Princesse de Montpensier*, Chabannes fera cet « étrange personnage », en introduisant Guise chez la princesse.

qu'il avait fait pour obtenir un cœur qui n'était plus à donner ou qui ne le serait jamais !

« Hélas ! disait-il en lui-même, où en suis-je réduit ? Au moins, s'il m'était permis de donner quelques espérances à mon amour, je souffrirais avec constance[98] ; mais ce que j'ai fait pour l'objet que j'adore, est-il plus considérable qu'une amitié de trois ou quatre ans, si discrète et si respectueuse, et fortifiée par tant de services ? »

Dans ces entrefaits, sa raison, qui revenait un peu, lui remontrait l'injustice du dessein avec lequel il était sorti de son logis.

« J'ai été jaloux, poursuivait-il, et de qui ? d'un pauvre malheureux qui, pour récompense de la plus parfaite amour[99] qu'on ait jamais eue pour personne, est contraint de quitter son pays et d'aller chercher une meilleure fortune au bout du monde. Quel est donc mon dessein ? Que puis-je espérer de l'outrage que je fais à mon amitié ? Et dois-je demeurer plus longtemps dans un dessein si insensé pour moi et si injurieux pour mon ami ? »

En même temps, il songeait que le comte d'Almont reviendrait le lendemain. Il songeait aussi que, si la comtesse achevait[100] son dessein, il allait être défait de son rival.

« Mais, quand ainsi serait, poursuivait-il, qu'en puis-je espérer ? Ma perfidie me rendra-t-elle plus aimable

---

98. *Constance* : fermeté, force de caractère.

99. Le mot est indifféremment des deux genres au XVIIe siècle (sauf quand il désigne l'amour de Dieu, auquel cas, il est toujours masculin).

100. *Achevait* : menait à son terme.

que tant de générosité[101] qu'elle trouve en ce chevalier ? Et puis-je être assez insensé pour me flatter de la folle opinion qu'ayant avoué mon pays, je pourrai demeurer plus longtemps dans mon déguisement et ne point rougir, quand je reverrai Almont, qui me demandera des nouvelles de son cher Aremberg ? Pourrai-je soutenir mon crime avec assez d'audace pour résister à la honte d'avoir manqué à un si fidèle ami ? Et ce que je crains de faire pour moi-même, irai-je le faire pour mon rival ? Si je le fais venir au rendez-vous, cet amant trop heureux encore en sa disgrâce, s'il pouvait reconnaître son bonheur, l'outrage que je ferai à mon ami sera-t-il moindre que celui que je lui ai voulu faire moi-même ? Ah ! non, non ! Ne nous rendons point l'instrument de la félicité de mon rival et du plus grand déplaisir que mon ami et moi puissions recevoir. »

Il se persuadait insensiblement de demeurer dans cette résolution. Mais, quand les considérations de son amour se mêlaient avec celle-ci, il ne savait que résoudre. Enfin, après une heure ou deux de la plus grande inquiétude où peut-être homme ait jamais été, pour satisfaire à son ami et à soi-même, il prit une soudaine résolution que toutes les pensées qui, depuis, lui passèrent par l'esprit, ne purent changer.

Il résolut qu'il n'irait point trouver son rival au Palais Royal et, pressé par son amour et par le retour du comte d'Almont, il conclut de jouer du moins une fois le personnage d'Aremberg : d'aller ce soir, au lieu de son rival, à la porte du jardin qui lui devait être ouverte ; de se jeter aux pieds de la comtesse ; de lui raconter ce que la passion qu'il avait pour elle l'avait obligé de

---

101. *Générosité* : « Grandeur d'âme, de courage, magnanimité, bravoure » (Fur.).

faire ; et si, après cet effort, son amour ne pouvait se flatter d'aucune espérance, d'aller chercher la mort dans la guerre qui était si cruellement allumée, devant ses yeux. En même temps, sans examiner davantage, il déchira la lettre de la comtesse qu'il tenait en sa main, après l'avoir lue et fait mille réflexions différentes sur les termes où le bonheur de son rival était exprimé. Il était alors auprès du labyrinthe et, croyant que c'était assez de la déchirer en plusieurs morceaux, il se contenta de les jeter à l'entrée de la palissade[102].

Aussitôt il s'en revint chez lui et, tirant ses plus beaux habits, il passa le reste de la journée à s'ajuster[103] avec plus de soin qu'il n'avait jamais fait, après avoir commandé à son valet de chambre d'aller chez la comtesse d'Almont et de donner à son portier un billet, qu'il écrivit devant lui et qu'il cacheta, avec ordre de dire à ce portier que, s'il y avait quelqu'un des laquais de la comtesse, il le lui donnât pour le porter chez cette dame où elle passait la journée. Ce qui fut fait comme il l'avait prévu.

Et la comtesse reçut en cette visite le billet de la fausse Eugénie, par lequel elle la suppliait de l'excuser, si elle ne lui allait pas rendre compte de sa commission. Elle lui disait pour excuse qu'elle était chez une de ses amies, où elle avait trouvé un homme de son pays qui partait le lendemain et qu'elle ne pouvait laisser échapper l'occasion d'écrire à ses parents. Mais cette fausse Eugénie, ne pouvant oublier Aremberg, avait encore ajouté ces paroles au bas de ce billet :

« J'ai exécuté vos ordres selon que je le devais, et vous verrez sans doute ce soir l'amant de tous le plus

---

102. *Palissade* : haie de verdure bordant une allée.

103. *S'ajuster* : s'apprêter, se parer.

passionné, mais le plus malheureux aussi de tous ceux qui ont jamais su véritablement ce que c'était que d'aimer. »

La comtesse d'Almont n'eut garde[104] de pénétrer dans le sens équivoque des dernières paroles de ce billet. Elle s'en retourna le soir assez tard chez elle, s'armant de toute sa vertu et se fortifiant, autant qu'il lui était possible, dans le dessein qu'elle avait pris de bannir pour jamais le pauvre Florençal. Mais un dessein si juste pensa avoir un malheureux succès[105].

Elle ne fut pas sitôt chez elle qu'on lui dit que son mari était revenu, qu'il avait été dans son cabinet et dans la chambre d'Eugénie quelque temps, et qu'il en était sorti fort inquiet et fort chagrin. La comtesse ne s'émut point de cette nouvelle, ne pouvant se défier de rien. Elle s'imagina que, comme la conférence avait plus tôt été conclue qu'on ne le croyait, il était peut-être revenu avec les députés[106]. Mais quand elle apprit qu'il avait fait ouvrir son cabinet et les cassettes d'Eugénie, elle se trouva en une étrange inquiétude. Elle ne savait que juger. De croire qu'Eugénie l'eût trahie pour son mari qu'elle n'avait point encore vu, elle n'en pouvait concevoir le moindre soupçon. Et puis la violence qu'il avait faite à ses cassettes aussi bien qu'à son cabinet la justifiait, ce semble, de toute la défiance qu'elle pouvait avoir contre elle. Son absence l'embarrassait plus que tout. Car elle ne savait où la trouver et elle se trouvait embarrassée d'un rendez-vous qui, tout

---

104. *N'eut garde de* : fut loin de, ne songea pas à.

105. *Succès* : issue, résultat. Un adjectif précise si ce résultat a été ou non favorable.

106. Il s'agit des députés du Parlement, revenus de Rueil après la conclusion de la paix.

innocent qu'il était, lui donnait d'étranges alarmes. Se confiant toutefois sur son innocence, elle s'assurait[107], se résolvant cependant de jouer au plus sûr, qui était de faire verrouiller la porte du jardin, aimant mieux que son amant eût encore cette traverse que d'exposer sa vie et son honneur, outre qu'il lui était impossible de satisfaire à la promesse qu'elle lui avait faite. Mais elle ne voyait pas tout le péril qu'elle courait.

Il est vrai que, comme elle l'avait prévu, le comte d'Almont avait avancé son retour. Il était venu avec les députés du Parlement pour se servir de l'escorte qui les accompagnait ; mais, n'ayant point voulu traverser la ville avec eux, par une fantaisie, ou parce qu'effectivement ce jour-là était fort beau pour la saison, il descendit de cheval à cette entrée des Tuileries qui est proche la porte de Saint-Honoré, renvoyant ses chevaux et donnant ordre à ses gens de lui amener son carrosse à l'autre porte, qui est vis-à-vis du grand escalier du Louvre.

A peine eut-il fait un tour dans la grande allée que, ne trouvant point encore son carrosse venu, Aremberg, lui et sa femme furent si malheureux que, pour varier sa promenade, il prit l'autre allée, rêvant et se promenant lentement comme un homme seul. Les morceaux de la lettre de sa femme se présentèrent à ses yeux. Il y en avait quelques-uns qui étaient demeurés dans cette allée, quoique l'intention d'Aremberg eût été de les jeter de l'autre côté de la palissade, dans le labyrinthe. Si bien qu'Almont, reconnaissant soudain l'écriture de sa femme et tombant par hasard sur quelque morceau où le mot d'amour était écrit, cela lui donna d'abord[108]

---

107. *S'assurait* : se rassurait.

108. *D'abord* : aussitôt, tout de suite.

une curiosité assez capable d'entrer dans la fantaisie[109] d'un mari qui avait épousé une belle femme et qui ne se croyait pas le plus honnête homme[110] de la Cour.

Il entre donc dans le labyrinthe, ramasse encore tout ce qui était de ce côté-là, comme il avait fait[111] ceux qui étaient dans l'allée, et même quelques-uns qui étaient demeurés accrochés dans le bois de la palissade ; et enfin, cherchant son malheur par une curiosité dont il ne put se défendre, il va à la porte où devait venir son carrosse, attendant avec impatience qu'il vînt.

Aussitôt qu'il vit ses gens arrivés, il leur demanda si sa femme n'était point au logis et, ayant appris qu'il n'y avait personne, il s'y fait conduire et monte soudain en son cabinet. Là, prenant un soin qui ne se peut exprimer pour joindre tous ces morceaux par le sens qui le guidait, quoiqu'il y en eût pour le moins vingt, il en vint à bout avec une peine incroyable. Et enfin, les ayant recollés par ordre sur un autre papier, il vit que ce billet était conçu en ces termes :

« Où trouvez-vous qu'il soit permis de se plaindre, quand on[112] est infiniment coupable et que, parce que je me montre plus sage que vous, je dois porter la peine de vos extravagances ? Qu'ai-je affaire de vos larmes et de quoi vous peut servir ma vue ? Vous n'êtes que

---

109. *Fantaisie* : esprit, pensée.

110. *Honnête homme* : « On le dit premièrement de l'homme de bien, du galant homme, qui a pris l'air du monde qui sait vivre ; qui a du mérite et de la probité » (Fur.).

111. *Fait* : « Faire, tenant la place d'un autre verbe, avec un complément à l'accusatif, était d'un usage courant autrefois et l'est encore au XVIIe siècle » (Haase).

112. *On* : représente ici la deuxième personne (vous), et marque quelque distance.

pour[113] me persécuter et vous voulez, par votre procédé, me faire trouver de la joie, quand je serai défaite de vous. Venez donc, j'y consens. Venez ce soir, sur les neuf heures. La porte du jardin vous sera ouverte. Mais venez recevoir de mon amitié le châtiment qui est dû à votre amour, si vous n'aimez mieux que je die[114] votre importunité. »

Quoique, selon l'intention de la comtesse, cette lettre ne fût pas fort criminelle, on peut juger l'effet qu'elle devait faire sur l'esprit d'un mari, si l'on considère que ces termes, avec toute leur rudesse, marquaient cependant un rendez-vous à une heure indue et dans un temps où on le croyait à la campagne.

Aussi le comte d'Almont ne s'en trouva pas peu inquiété. La réputation de sa femme ne pouvait l'assurer. Il y avait presque deux mois qu'il ne l'avait vue. Quoiqu'il fût assez raisonnable en toutes ses autres actions, le grand esprit qu'il trouvait en elle augmentait son soupçon. Car naturellement les gens qui en ont peu sont soupçonneux et il n'y a personne qui ait si mauvaise opinion du sexe que ceux qui n'ont guère pratiqué les femmes, comme lui qui, dès le sortir de l'académie[115], fut envoyé en Italie et, bientôt après son retour, fut engagé en une recherche pour mariage. Se trouvant donc autant embarrassé qu'un homme le peut être et ne sachant que juger de cette lettre, parce qu'effectivement il n'avait jamais ouï faire la moindre médisance de sa femme lorsqu'elle était fille, pour s'en éclaircir davantage, il lui vint en la fantaisie que, si ce

---

113. *Vous n'êtes que pour* : vous êtes fait seulement pour.

114. *Die* : ancien subjonctif du verbe dire.

115. *Académie* : « Se dit du lieu où la noblesse apprend à monter à cheval et les autres exercices » (Ac.).

commerce dont il était alarmé était quelque galanterie de longue main, assurément il en trouverait des marques dans son cabinet. Il le fait donc ouvrir. Mais le Ciel qui veillait pour le salut de la comtesse, y étant obligé par son innocence, heureusement lui avait fait prévoir ce péril. Ce jour-là même, elle avait brûlé tout ce qu'elle avait de lettres du chevalier de Florençal, comme je l'ai dit. Et ainsi son mari ne trouva autre chose dans tous les tiroirs de son cabinet que des lettres de ses amies ou de ses parents.

Almont ne se remit pas pour cela de son inquiétude. Ayant vu, par les lettres que sa femme lui avait écrites à Saint-Germain, qu'elle lui parlait avec grande affection de cette demoiselle qu'elle avait prise depuis son départ, il crut que, si sa femme avait quelque galanterie, infailliblement elle serait de la confidence. Il demande donc où elle couchait et, s'étant fait mener à sa chambre, il y fait ouvrir les cassettes qu'on lui dit être à elle. Mais jugez combien ce pauvre homme se tourmentait pour s'embarrasser de plus en plus. Il fouille partout, renverse toutes ses hardes, sans trouver rien que plusieurs lettres, qui d'abord frappèrent ses yeux comme celles qui étaient écrites de sa propre main. Sachant qu'il n'avait point tant écrit à sa femme depuis qu'il était à Saint-Germain, cela l'oblige de les considérer plus attentivement. Il les regarde et enfin il les reconnaît pour celles mêmes qu'il avait écrites à son ami Aremberg pendant tous ses voyages de Suède, de Hollande et d'Angleterre, et depuis plus d'un an qu'ils ne s'étaient vus.

Que peut-il croire de cette aventure ? C'est ce qu'il est impossible de se figurer : car, de s'imaginer ce que c'était effectivement, c'est une chose si singulière qu'elle n'eût pu tomber dans le sens de quelque homme que ce puisse être. Il demeure interdit et confus. Sa femme ne revient point ; il ne veut point la voir avant de s'être éclairci davantage de son soupçon ; il ne veut point être contraint de lui confesser pourquoi il a fait enfoncer son cabinet, de peur qu'elle ne se justifiât si bien qu'il eût sujet de se repentir de sa promptitude. Il demande Eugénie pour apprendre d'elle par quel moyen ses lettres étaient tombées entre ses mains : on lui dit qu'elle était sortie avant sa femme et qu'elle n'était point revenue depuis.

Enfin, ne sachant que faire et ne sachant que penser, il sort de son logis pour aller consulter quelqu'un de ses amis. Il va trouver un vieux gentilhomme qui, de fort longtemps, était attaché à sa maison. Cet homme approuve sa conduite, lui faisant voir par des raisons très fortes qu'il avait très prudemment fait de se retirer, de peur d'éclater[116] avant que de savoir s'il en avait sujet ou non, lui faisant voir, par tout ce que l'expérience pouvait avoir ajouté au bon sens qu'il avait naturellement, combien le procédé d'un homme doit être délicat et adroit en ces rencontres, et d'un homme marié depuis trois mois.

Enfin le comte résolut de s'en aller à la porte du jardin, pour s'éclaircir lui-même de son soupçon, à l'heure qui était marquée dans la lettre qu'il avait ramassée, jugeant par la nouveauté de l'écriture que ce pourrait être ce soir-même que le rendez-vous était donné. Avançant même l'heure, il quitte ce vieux gentilhomme, qui voulut s'en aller avec lui ; mais il l'en empêcha et même il laissa son carrosse et ses gens à la prochaine rue, ne voulant pas qu'aucun s'aperçût de son soupçon et se

---

116. *Éclater* : faire un éclat.

confiant en son épée, comme celui[117] qui véritablement était très vaillant.

Cependant les grandes inquiétudes de la comtesse augmentaient cruellement, voyant qu'Eugénie ne revenait point et n'ayant personne à qui elle pût se confier. Tout ce qu'elle put faire fut de descendre elle-même dans le jardin, de verrouiller la porte et de regarder si elle était bien fermée, jugeant que peut-être Florençal pourrait avoir appris le retour de son mari et, en tout cas, aimant mieux réserver à[118] s'en excuser avec lui que de le précipiter avec elle dans un péril si évident.

Aremberg, d'un autre côté, se préparait à une bizarre aventure. Il tremblait en songeant à son entreprise et il étudiait avec grand soin la harangue qu'il pourrait faire à la comtesse, en lui découvrant ce qu'il était et l'extrémité où l'avait réduit la passion qu'il avait conçue pour elle. Mais, s'il se préparait bien à un cruel démêlé, ce n'était pas sans doute à celui où il se vit engagé.

Le logis où il s'était habillé n'était pas fort loin de celui du comte d'Almont, comme je l'ai fait entendre, et la porte du jardin en était encore plus proche que celle de la cour. N'ayant donc que vingt ou trente pas à faire, il sort tout seul, n'ayant pas voulu que le valet de chambre, qu'il avait fait demeurer avec lui, l'accompagnât et n'ayant que son épée au côté, qu'il avait encore plutôt mise pour parure que pour défense, n'ayant garde de prévoir ce qui lui arriva.

Almont se tenait au coin d'une petite rue, d'où il considérait attentivement la porte du jardin. Aremberg s'y en vient tout droit, à l'heure marquée dans la lettre,

---

117. *Celui* : quelqu'un. Nous dirions : en homme qui.

118. *Réserver à* : se réserver de.

et il la pousse, croyant qu'elle serait ouverte, comme
la comtesse lui avait dit de le dire au chevalier de Florençal. Le mari ne manqua point de l'observer ; mais,
voyant que la porte ne s'était point ouverte, il voulut
attendre jusqu'au bout pour voir ce qui en arriverait.

Aremberg se tint à la porte quelque temps ; mais,
voyant qu'on ne l'ouvrait point, de peur de donner
soupçon, il se promenait, passant et repassant devant
la porte de temps en temps et la poussant doucement
de la main, pour voir si elle ne s'ouvrirait point. La
nuit n'était pas si obscure que le comte d'Almont ne
vît bien toutes les actions d'Aremberg ; mais elle n'était
pourtant pas assez claire pour lui laisser remarquer les
traits de son visage, qu'il ne voyait que fort confusément. Il remarquait, à sa taille, que cet homme ne lui
était pas inconnu ; mais il n'avait garde de se mettre
en l'esprit que c'était son meilleur ami et, de tout ce
qu'il connaissait de gens de la Cour, il ne pouvait jeter
son soupçon sur aucun.

A la fin toutefois, la patience de cet homme irritant
la sienne et sortant de son embuscade, il vint fondre
sur lui, l'épée à la main, lui demandant ce qu'il cherchait à cette porte. Aremberg, surpris autant qu'un
homme le peut être, le reconnut à la voix aussitôt ; mais
il se voit si pressé par lui qu'il ne sait que répondre.
De lui dire[119] son nom, que pourra-t-il lui alléguer de
ses allées et venues devant cette porte et de l'envie qu'il
a témoignée d'y entrer ? Il recule donc sans rien répondre ; mais l'autre le pousse[120] et si vivement que, pour
sauver sa vie, il est obligé de mettre aussi l'épée à la

---

119. *De lui dire* : s'il lui dit, quant à lui dire.
120. *Pousse* : attaque vivement.

main, sans autre dessein toutefois que de reculer, en
parant, jusqu'à son logis, ou dans l'espérance qu'il
pourrait passer quelqu'un qui les séparerait. Mais son
logis n'était pas si proche et personne ne passait.

Enfin, en quelque péril où il s'exposât pour ne
repousser point la force par la force et quelque soin
qu'il prît pour ne blesser point son ami, il ne put éviter
son malheur. Le comte d'Almont s'abandonna tellement à son ressentiment que, de lui-même, il s'enferra
dans l'épée d'Aremberg ; et son sang se mit à couler
en si grande abondance que son malheureux ami s'aperçut de son désastre[121], et, voyant aussi qu'en même
temps il commença à trébucher et que son bras et son
épée tombaient de faiblesse :

« Ah ! mon cher Almont, s'écria-t-il, en se jetant
entre ses bras, à quel malheur m'avez-vous réduit ? »

Cette voix frappa encore les sens du comte blessé ;
mais il ne la reconnut que confusément et, quoique
Aremberg continuât ses tristes plaintes, il n'en entendit rien depuis. Il était blessé si dangereusement qu'il
tomba aussitôt en une grande faiblesse et perdit toute
connaissance. Aremberg le crut mort, mais, sans considérer le péril où il s'exposait, il ne put sitôt
l'abandonner.

Ce lieu était fort écarté, car c'était vers ces rues les
plus désertes qui sont au quartier du Marais[122]. Insensé
et furieux, il fut longtemps sans vouloir abandonner
le corps de son ami, faisant ouïr les plus tristes gémis-
sements qu'on puisse entendre, sans que personne vînt ;

---

121. *Désastre* : « grand malheur » (Fur.).

122. Ce quartier de Paris, bâti sous Louis XIII, fut appelé ainsi
à cause des nombreux jardins maraîchers qui s'y trouvaient. C'était
un quartier aristocratique, dont le centre était la Place Royale.

car, presque de tous côtés, cette rue n'était bornée que par des jardins des maisons qui avaient leur regard sur d'autres[123].

Mais enfin, la raison revenant un peu à Aremberg, il songea en quel péril il exposait non seulement sa vie (car il ne la considérait guère en l'état où il était), mais l'honneur de sa maîtresse et le sien, s'il était surpris auprès de son ami qu'il avait tué. Il se mit à considérer, autant qu'il le pouvait dans le désordre où il était, que tout ce qu'il pouvait dire, pour raconter la vérité de cette aventure, était si peu vraisemblable[124] qu'il serait sans doute puni comme un assassin et que, venant à être reconnu, comme il ne pouvait l'éviter, il ne pourrait alléguer que de très mauvaises raisons pour sa défense et pour celle de la comtesse.

Oyant donc enfin venir des gens, il se retira et regagna ce logis où il avait changé d'habits, certes bien à propos pour lui, car ces gens qu'il entendit venir étaient les laquais du comte d'Almont qui, s'ennuyant d'attendre, passèrent par curiosité dans cette rue pour savoir si leur maître y était encore et s'il n'avait point besoin de son carrosse. On peut se figurer quel fut leur étonnement, quand ils le trouvèrent en cet état. D'abord ils le crurent mort ; mais, ayant promptement été quérir son carrosse, ils trouvèrent qu'il respirait encore, quand ils le mirent dedans pour le remporter en son logis.

Le désordre et la douleur de la comtesse ne se peut[125]

---

123. C'est-à-dire qui donnaient sur d'autres.

124. *Si peu vraisemblable* : Segrais en est conscient.

125. *Ne se peut* : bien qu'il y ait plusieurs sujets, au XVIIe siècle, « le verbe se met souvent au singulier, lorsque les sujets sont réunis par la conjonction et, parce qu'ils se présentent à l'esprit comme formant un tout » (Haase, 146). Cf. l'usage latin d'accorder le verbe avec le plus rapproché de plusieurs sujets.

concevoir, lorsqu'elle vit son mari couvert de sang et qu'elle apprit des laquais qu'ils l'avaient trouvé en cet état, à sept ou huit pas de la porte du jardin. Elle ne douta point que ce n'eût été Florençal. Ainsi l'on peut s'imaginer l'excès de sa douleur par les sujets qu'elle en avait. Cent fois elle détesta sa vie et son imprudence ; cent fois elle souhaita la mort et cent fois elle fut sur le point de se la donner. Et peut-être l'eût-elle fait pour se délivrer de la forte accusation qui se préparait contre son innocence, si elle n'eût été assistée du Ciel particulièrement et si, étant extrêmement pieuse[126], elle n'eût eu aussitôt recours à Dieu, lui remettant son honneur et sa vie entre les mains.

Le mari revint[127] cependant et, aussitôt qu'elle se voulut présenter devant lui, il la pria de s'éloigner et d'envoyer quérir son père. Ces paroles lui mirent le poignard dans le cœur, car elle vit bien, par les regards de son mari, qu'il la soupçonnait d'être cause de sa mort. Elle obéit pourtant et elle envoya quérir son père, se rendant aussi au conseil des médecins, qui lui dirent qu'il était fort important, pour le salut de son mari, de ne le pas faire parler et s'armant, autant qu'elle le put, de constance et de fermeté contre les plus cruels assauts de la fortune.

Les médecins et les chirurgiens, ayant visité la plaie du comte, dirent qu'ils n'en pourraient juger jusqu'à ce qu'on eût levé le premier appareil et lui ordonnèrent de se reposer. Mais, le lendemain, d'un commun

---

126. Il n'a guère été question jusqu'ici de la piété de la comtesse. C'est sa raison, plutôt que la religion, qui l'a soutenue, lorsqu'elle combattait son inclination pour Florençal.

127. *Revint* : revint à lui, reprit ses sens.

accord, ils la jugèrent mortelle et lui dirent qu'il pouvait songer à sa conscience et à ses affaires.

Son beau-père était venu cependant. Ayant donc chassé tout le monde de sa chambre, hors sa femme et lui et un de ses parents, qui était son héritier, autant qu'il pouvait parler dans l'état où il était, il se mit à raconter son aventure, le soupçon qu'il avait eu par la lettre qu'il avait trouvée aux Tuileries, qui était encore dans ses habits et qu'il leur donna à lire ; ensuite, comme il avait été blessé, ne désavouant pourtant point que cet homme, qu'il n'avait jamais pu connaître, avait autant évité qu'il lui avait été possible de le blesser et que, de lui-même, il s'était enferré dans son épée ; qu'ensuite, il avait reconnu sa voix, mais qu'il n'avait jamais pu se remettre en l'esprit de qui elle était.

Cette pauvre femme fondait en pleurs, voyant par toutes ces marques que nul autre que Florençal n'avait tué son mari et, le jugeant infailliblement par la résistance qu'il avait faite pour ne le point blesser, elle s'imaginait que, toute innocente qu'elle était, elle était coupable d'un si grand crime[128]. Connaissant toutefois combien son intention en était éloignée, elle ne perdit point courage, quoique son père, qui était un homme fort emporté, l'outrageât de paroles indignement et la menaçât d'être lui-même sa partie[129] et de travailler à sa condamnation.

Elle se jeta à genoux proche[130] du lit de son mari et, priant son père d'écouter sa justification, elle se mit

---

128. Dans le roman de Mme de La Fayette, Mme de Clèves, également innocente, se juge aussi responsable de la mort de son mari.

129. *Sa partie* : son adversaire, devant la cour de justice.

130. *Proche* : près, auprès de.

ingénuement[131] à raconter la chose comme elle était arrivée. Elle représenta à son père la grande assiduité que Florençal avait eue pour son service. Elle lui avoua que, depuis longtemps, il l'avait aimée et, lui faisant remarquer son procédé discret et respectueux, ajouta ensuite, de la manière dont je l'ai raconté, ce qu'il avait fait pour elle et le peu qu'elle avait fait pour lui. Elle leur dit hardiment qu'elle n'avait point balancé pour suivre son devoir et enfin, elle leur particularisa[132] cette dernière aventure comme elle s'était passée, la justifia par les termes de la lettre et prit à témoin de son innocence Eugénie et la parente de Florençal qui l'était venue voir, la journée précédente, avouant pour conclusion qu'elle ne savait pas pourquoi Eugénie n'était point revenue et comme quoi[133] Florençal pouvait avoir perdu cette lettre aux Tuileries, puisque c'était au Palais Royal que cette fille la lui avait donnée.

Le mari écoutait ses raisons avec assez de disposition de la croire, ayant effectivement de l'affection pour elle. Il voyait tant de candeur et de simplicité en sa narration que, quand il jetait les yeux sur elle ou se souvenait des termes de la lettre, il était convaincu de son innocence[134]. Mais, quand il se représentait le peu d'apparence qu'il y avait que ce fût le chevalier de Florençal, qu'il connaissait extrêmement et qui était d'une

---

131. *Ingénuement* : avec franchise.

132. *Particulariser* : raconter en détails.

133. *Comme quoi* : comment.

134. Il y a une scène analogue dans *la Princesse de Clèves,* quand Mme de Clèves se justifie au chevet de son mari mourant. Lui aussi est « presque convaincu de son innocence » (éd. Magne-Niderst, p. 374-76).

taille tout à fait différente de celui contre lequel il s'était battu, il ne savait que juger.

D'ailleurs ce parent, qui était son héritier, insistait fort contre elle, croyant qu'il le devait par l'obligation qu'il avait de poursuivre la comtesse, qui était apparemment cause de la mort de son mari, et pour empêcher peut-être que, l'amour que son cousin avait pour elle revenant, il ne lui fît quelque part considérable de ses biens. Il alléguait qu'elle accusait à tort le chevalier de Florençal, puisqu'il était dangereusement malade ; que, le jour même que le comte fut blessé, il l'avait rencontré, à l'entrée de la nuit, à la porte du Palais Royal, se trouvant si mal qu'il l'avait arrêté et l'avait prié de lui prêter une chaise dans laquelle il était et de prendre son carrosse, parce que déjà son mal le tourmentait si fort qu'il ne pouvait gagner son logis qu'à peine ; que, comme il était fort de ses amis, cela l'avait obligé de l'accompagner jusque chez lui ; qu'aussitôt il s'était mis au lit, malade d'une grosse fièvre, et que, le lendemain, il l'avait encore été voir et qu'il l'avait trouvé plus mal : ce qui était vrai en toutes ces circonstances, car ce pauvre amant, désespéré des mépris de la comtesse et se croyant trompé, quand, après avoir longtemps attendu dans le jardin du Palais Royal, il vit que personne ne venait de sa part, en eut tant de douleur qu'il en pensa mourir.

Ainsi cette infortunée comtesse demeura longtemps dans l'impossibilité de se justifier. Ce qu'elle avait dit à la parente du chevalier était peu de chose et Eugénie ne se retrouvait point ; ce qui augmentait encore extrêmement l'apparence de son crime et le soupçon que le mari et le père pouvaient prendre qu'elle avait quelque galant qu'elle ne voulait pas accuser. Car il était assez vraisemblable qu'elle avait fait évader Eugénie de peur qu'étant complice, elle ne se vît contrainte, dans les tourments[135], d'avouer tout.

Le père, sur tous, donnait fort dans ce raisonnement, s'imaginant que, parce qu'en effet il n'avait jamais mal pensé de la longue affection que ce chevalier avait eue pour elle, elle s'en servait plutôt que d'un autre, afin qu'il ajoutât plutôt foi à ses excuses. Mais ce que le parent et le mari alléguaient, l'un, d'avoir été ailleurs avec Florençal durant tout le temps que se passa cette action, et l'autre, de la certitude qu'il avait que ce n'était point lui, ne le confirmait pas peu dans ses injustes soupçons. Ainsi, s'emportant contre sa fille avec ce parent qui était fort brutal, il n'y a point de menaces qu'ils ne lui fissent.

Affligée donc autant qu'il est possible et voyant qu'avec raison ils avaient lieu de ne la pas croire, elle ne demandait plus que la mort, se lassant enfin de débattre si longtemps la cause d'une innocence si cruellement poursuivie par le malheur et convaincue par tant de fausses apparences. Elle se rendait, ce semble, leur disant que tout ce qu'elle avait dit était la pure vérité, mais que, puisque son infortune était telle qu'elle ne pouvait se justifier et qu'effectivement, innocente ou coupable, elle était cause de la mort de son mari, elle ne demandait point de grâce ; qu'ils la fissent mourir, s'ils voulaient ; que, quelque jour, la vérité se découvrirait et qu'aussi bien la vie ne lui pouvait être agréable désormais.

Mais Dieu ne voulut pas plus longtemps laisser l'innocence au supplice. Dans ce moment, deux religieux frappèrent à la porte et le portier vint bientôt à celle de sa chambre, criant au travers que ces religieux

---

135. *Tourments* : tortures (pour la faire avouer).

avaient demandé si le comte d'Almont n'était point encore mort et qu'ils avaient une chose d'extrême importance à lui dire, du moins à la comtesse ou à son père.

Le comte ordonna qu'on les fît entrer. Un d'eux se retira par respect et l'autre, ayant fait approcher la comtesse, son père et ce parent, commença à leur dire qu'il venait les éclaircir d'une étrange aventure. Et aussitôt, il se mit à leur raconter comme le comte d'Aremberg l'avait envoyé quérir, lui avait confessé qu'il était devenu passionnément amoureux de la comtesse, le propre jour que le comte l'épousa ; comme il s'était mis à son service, déguisé en fille ; la confidence qu'elle lui avait faite de l'amitié honnête que le chevalier de Florençal avait eue pour elle, la racontant comme ce comte étranger la lui avait racontée, autant qu'il lui fut possible à l'avantage de cette pauvre femme ; ensuite, comme il avait résolu d'aller en la place de son rival, ayant déchiré sa lettre aux Tuileries ; et enfin comme, malgré tout ce qu'il avait pu faire pour éviter son malheur, c'était lui qui l'avait tué si malheureusement, lui disant encore de sa part qu'il lui en demandait pardon et qu'il allait mener une vie si triste et si lugubre qu'il espérait de sa douleur qu'il ne le survivrait pas longtemps.

Cette narration, que ce religieux fit avec toutes les circonstances et qui se rapportait[136] entièrement à tout ce que la comtesse avait allégué, la justifiait entièrement ; et le mari n'en doutait déjà plus, se souvenant de la taille de celui contre lequel il s'était battu et rappelant en sa mémoire le ton de voix et les paroles qu'il

---

136. *Se rapporter* : avoir du rapport.

avait ouïes au moment qu'il fut blessé. Mais, quand ce religieux eut ajouté que, pour preuve de ce que le comte d'Aremberg lui avait allégué, on trouverait encore, dans les cassettes de la fausse Eugénie, toutes les lettres que le comte d'Almont lui avait écrites en Allemagne, en Suède et en Angleterre et partout ailleurs, depuis leur séparation, et que le mari se ressouvint comme il les avait trouvées effectivement et qu'elles l'avaient tant embarrassé, il commença désormais à demander pardon à sa femme et à prier son beau-père de l'obtenir.

Ce religieux, le voyant en si beau chemin, l'exhorta en même temps à pardonner sa mort au comte d'Aremberg. Le comte d'Almont lui répondit que, ne sachant point qui c'était, il avait néanmoins témoigné à sa femme que c'était lui-même qui en était la seule cause et qu'il s'était enferré dans l'épée de son ennemi, mais qu'enfin, étant tout à fait éclairci de cette aventure, il n'en avait nul ressentiment ; qu'il priait sa femme et son parent de ne point poursuivre sa mort, ajoutant qu'au reste on ne peut éviter son destin et leur racontant qu'à Rome, un fameux astrologue, qu'Aremberg et lui avaient consulté séparément, leur avait dit, sur leur horoscope qu'il avait étudiée[137], à lui, qu'il sauverait la vie à celui qui lui donnerait la mort, et au comte d'Aremberg, qu'il aurait le plus grand malheur qu'un homme puisse avoir en sa vie, puisqu'il tuerait son meilleur ami.

Ce religieux prit la parole sur ce sujet, lui remontrant fort savamment la vanité de cette science, et, autant que la conjoncture présente pouvait peu permettre un

---

137. *Horoscope* : est masculin ou féminin selon Richelet (*Dic.*, 1680).

long discours, il en fit un fort beau sur ce sujet et il allégua de fortes raisons pour faire voir comme souvent Dieu permet que la sotte curiosité des hommes soit punie par elle-même[138].

Le comte, en même temps, n'ayant plus rien sur sa conscience qui l'inquiétât, fit tous les devoirs de sa religion et se prépara à la mort fort chrétiennement ; et puis il disposa de ses biens, autant qu'il le put, à l'avantage de sa femme, ensuite de quoi, ayant recommandé son âme à Dieu, il expira entre les bras de cette malheureuse personne, que la douleur rendit longtemps aussi morte que lui.

Elle se crut obligée de poursuivre sa mort, quoiqu'il lui eût fait promettre le contraire. Un des valets de chambre d'Aremberg fut pris, qui confirma par sa déposition ce que ce religieux avait dit, et, celles de ses deux différents hôtes et de tous leurs valets s'y trouvant conformes, il n'y eut plus de sujet de douter de sa condamnation. Mais la veuve, ni les parents d'Almont ne purent jamais rien découvrir de la retraite de ce comte allemand, ce religieux étant obligé de ne leur en rien apprendre.

Car, pour reprendre les choses d'un peu plus loin, il est nécessaire de savoir qu'Aremberg s'étant d'abord retiré chez cette femme par laquelle il fut introduit chez la comtesse, il s'alla enfermer dans sa chambre, furieux, désespéré et abattu de douleur. Il apprit à son valet de

---

138. M.A. Raynal (*op. cit.,* p. 70) remarque avec raison que « tout ceci est un pur hors d'œuvre », mais que « le personnage de l'astrologue était de mode dans les romans ». Cf. *Zaïde* ou *la Princesse de Clèves,* de Mme de La Fayette. Elle ajoute justement qu'ici « Segrais satisfait au goût persistant de l'astrologie sans manquer à l'orthodoxie. »

chambre ce qui lui était arrivé, lui donnant commission d'aller, autour du logis du comte, observer toutes
choses et ne pouvant s'empêcher de lui dire que, si son
ami en mourait, il se voulait aller jeter aux pieds de
la comtesse et la prier de lui faire faire son procès.

Ce jeune homme ne lui répondit rien ; mais, autant
embarrassé qu'on le peut être, il se mit à songer à ce
qu'il pouvait faire de mieux en cette fâcheuse conjoncture et enfin, fermant la porte sur son maître, de peur
qu'il ne s'avisât de s'en aller par quelque extravagance
chez le comte qu'il venait de tuer, il crut qu'il ne pouvait mieux faire que de courir en hâte à leur premier
logis pour voir si son gouverneur n'y serait point
encore. Quoiqu'il fût déjà un peu tard et que le quartier où ils étaient en fût éloigné, il y courut le plus vite
qu'il put.

Par bonheur, ce gouverneur y était encore, ayant
demeuré tout ce temps pour tâcher d'apprendre quelque chose de la fuite du jeune comte, ou n'ayant pas
pu s'en aller, à cause du siège. Ce valet de chambre se
jette à ses pieds, lui demande pardon de s'être dévoué
si aveuglément aux volontés de son maître si jeune et
enfin il lui raconte le malheur qui lui était arrivé et le
désespoir où il était. Le gouverneur, qui était un homme
prudent, crut qu'il ne fallait point perdre de temps :
il le suit et trouve Aremberg dans un état encore plus
étrange et plus déplorable que cet homme n'avait pu
le lui représenter. Il voulait se tuer, s'aller rendre prisonnier et faire enfin tout ce que peut faire un homme
ennemi de sa vie, désespéré par le malheur et transporté
de rage.

Son gouverneur avait beaucoup d'empire sur son
esprit en toutes autres rencontres ; mais, pour celle-ci,
il eut besoin de toute la dextérité possible pour le met-

tre à la raison tant soit peu. La première chose qu'il
tâcha de gagner sur son esprit, ce fut de l'éloigner de
ce logis, ce qu'il eut pourtant bien de la peine à faire.
La nuit s'y passa presque tout entière, sans qu'il y eût
pu rien gagner. En partie pourtant par son adresse, en
partie par la crainte de ses parents, dont il lui remit
l'amitié devant les yeux, lui faisant voir qu'il leur donnerait la mort, et par les saints enseignements de ce religieux, qui était de la connaissance du gouverneur, qu'il
envoya quérir aussitôt en son monastère, n'étant pas
fort loin de là, il l'obligea de se retirer en la cellule de
ce saint homme. Là enfin, pour omettre mille particularités qui ne sont de nulle importance, il conclut que,
pour l'honneur de la comtesse et pour le salut du chevalier de Florençal ou de quelque autre innocent, qui
serait peut-être accusé de la mort du comte d'Almont,
il devait leur faire savoir comme tout s'était passé. Le
religieux se chargea volontiers de cette commission et
l'exécuta comme j'ai dit.

Depuis Aremberg, revenant peu à peu de son grand
désespoir, commença à considérer qu'il ne pouvait être
homicide de soi-même sans perdre son âme ; mais, ne
pouvant aimer la vie après le malheur qui lui était
arrivé, il résolut de l'employer entière à le pleurer. Il
sortit de Paris quelque temps après et, au lieu de retourner chez ses parents, il s'en alla en Italie se jeter dans
un monastère du même ordre dont était ce religieux
qui avait si fort contribué à lui faire retrouver sa raison, qu'il avait tout à fait égarée. Un an après, il fit
profession et il vit encore en la réputation d'un très saint
religieux, pleurant incessamment ses fautes, détestant
sa passion insensée et tâchant d'expier par ses larmes,
par ses jeûnes et par ses prières, le crime d'avoir donné
la mort à son meilleur ami.

La comtesse, cependant, se trouvant fort riche par elle-même et par les dons de son mari, ne voulut jamais entendre[139] à aucun de tous les partis que son père lui proposa. Cet homme, intéressé comme un vieillard, ne voulut jamais rien donner au mérite et à la longue persévérance de Florençal. Sa fille ne le voulut point épouser contre son consentement, quoiqu'elle le pût par les lois[140]. Mais aussi elle n'en voulut jamais accepter un autre. Et enfin, ce vieillard déraisonnable et fâcheux étant mort un peu après que les deux années de son deuil furent expirées, se voyant libre et en état de disposer d'elle, comme une personne qui avait assez de bien pour faire la fortune d'un gentilhomme de sa condition, elle refusa généreusement les meilleurs partis de la Cour et, après son deuil fini, elle épousa le chevalier de Florençal.

Elle fut tout ce temps à s'y résoudre. Car, lorsqu'elle songeait que l'amitié qu'elle avait eue pour lui était en quelque manière cause de la mort de son premier mari[141], elle ne pouvait penser à un second mariage. Mais enfin, toutes ses amies et tous ses parents lui ayant fait connaître combien véritablement son amitié était une cause très innocente de cette mort, comme le crime d'Aremberg avait été bien avéré et comme, au contraire, Florençal fut bien justifié par la maladie qu'il eut dans ce temps-là, la longue persévérance de ce pauvre amant et mille services qu'il lui rendit pendant son

---

139. *Entendre* à : consentir à.

140. La comtesse, étant veuve, n'a pas besoin du consentement de son père.

141. La princesse de Clèves éprouve les mêmes sentiments et se juge aussi responsable de la mort de son mari. C'est une des raisons qui l'empêcheront d'épouser le duc de Nemours.

veuvage, et, plus que tout cela, l'autorité d'une personne aussi éminente par sa vertu que par sa grande naissance, l'emportèrent sur son scrupule et, se joignant à l'inclination naturelle qu'elle avait pour ce chevalier, obtinrent enfin la récompense qu'il avait si bien méritée[142].

Il prit en se mariant la qualité de marquis et le nom d'une autre terre, pour se distinguer d'un frère qui portait déjà ce nom-là. Il était en état de prétendre aux plus hautes dignités de la Cour et aux plus belles charges de l'armée, mais, détestant toute ambition et se contentant de l'amour d'une femme si vertueuse comme elle s'est contentée de la sienne, ils se retirèrent dans une fort belle maison, en une des plus agréables provinces de la France, et ils vivent encore aujourd'hui dans une union et dans une félicité dignes de l'envie des plus heureux et des mieux établis à la Cour.

A peine Aurélie eut fini de cette sorte l'histoire qu'elle raconta que le long silence des dames, qui l'avaient si attentivement écoutée, se changea tout d'un coup en un murmure agréable d'acclamations et d'éloges. Leur attention, lasse, ce semble, d'être resserrée, se déborda tout d'un coup avec impétuosité, comme un fleuve qui rompt ses digues, et, toutes s'efforçant à l'envi de dire leur sentiment des agréables choses qu'elles avaient ouï raconter, pas une ne voulait être la dernière à se faire entendre. L'une vantait la facilité que cette grande princesse a de parler sur toutes sortes de sujets ; l'autre,

---

142. Dénouement heureux, comme dans beaucoup de romans héroïques, où les héroïnes, mariées sans amour, finissent par perdre leur mari et épouser leur amant. Voir Amestris, dans *le Grand Cyrus*, ou Statira, dans *Cassandre*.

la grâce qui orne tous ses discours ; celle-ci, la suite
agréable de son histoire ; celle-là, la vertu de la personne dont elle avait raconté les aventures ; et enfin,
de tant de remarques, insensiblement, il s'allait former
un concert de louanges où chacune voulait tenir sa partie, si elle ne leur eût ôté la parole, en la reprenant de
cette sorte :

« Nous passerions chaque journée à nous louer, dit-
elle, si nous ne remédions à une chose qui serait si inutile. Comme c'est apparemment à moi à faire les lois
du divertissement que nous nous sommes proposé,
j'ordonne sur toutes choses qu'après que la dame aura
cessé de parler, on raisonnera tant qu'on voudra sur
la nouvelle qu'elle aura récitée, mais qu'on ne se don-
nera aucune louange. Le premier et l'unique fruit que
nous devons nous en proposer, est de passer six journées un peu plus doucement. J'ordonne donc qu'on ne
dise rien que de véritable, qu'on commence son histoire
sans aucune préface et sans me l'adresser : car il me
semble qu'insensiblement on m'érigerait en une de ces
nymphes de *l'Astrée* devant qui les bergers vont con-
tester leurs différends[143]. Et même, pour faire en sorte
que le récit que chacune fera, devant ou après sa com-
pagne, soit sans conséquence des rangs des maisons,
je déclare qu'il n'y en aura point. La première fois, on
tirera au sort. Celle qui sera élue par le sort nommera,
le jour d'après, celle qu'elle voudra qui lui succède ;
celle-là, une autre, et ainsi jusqu'à la fin... »

« J'ordonnerais donc aussi, dit l'agréable Gélonide,
avec cet air qui accompagne toutes ses actions et ses

---

143. Ainsi, dans le roman de d'Urfé, la « nymphe » Léonide juge
le différend qui oppose Thamire et Calidon à propos de Célidée (II, 2),
ou réconcilie Doris et le jaloux Palémon (II, 9).

paroles, si je pouvais ordonner quelque chose où est une grande princesse comme vous, que celle qui sera élue par le sort ou nommée par celle qui la précédera, le sût avant que de sortir, pour être maîtresse de la promenade et arbitre du lieu où elle voudra raconter son histoire. Car, jugeant des autres par moi-même, je vous assure qu'il y a tel lieu où je trouve que mon récit aurait trois fois plus de grâce qu'en un autre. »

« Vous ne serez point dédite pour si peu de chose, reprit la princesse, souriant de la plaisante difficulté que Gélonide lui avait faite ; et, pour montrer que je ne suis pas fâchée que vous ayez toutes un peu plus de temps que je n'en ai eu, je consens que nous voyions dès cette heure celle qui sera maîtresse de la journée de demain. »

« Vous pouviez bien, répondit Aplanice, nous donner cet avantage sans que, pour cela, nous puissions espérer que nos histoires approchent de celle que vous nous avez apprise. »

« J'ai déjà défendu les louanges, reprit Aurélie. Mais voyons pour qui le sort se déclarera, car je trouve que cela doit signifier quelque chose. »

En même temps, elle tira une lettre de sa poche, dont il y avait une feuille où il n'y avait rien d'écrit. Quelqu'une avait des tablettes, où il y avait un crayon, qui le lui donna. Ayant donc mis cette feuille de papier en cinq morceaux d'égale grandeur et fait un trait de ce crayon dans un :

« La dame à qui celui-ci écherra, dit-elle, en le montrant, sera celle qui devra demain raconter une histoire. »

Elle prit en même temps un de nos chapeaux et, après avoir plié ces cinq billets et les avoir mêlés, elle les distribua à ces dames.

Celle qui eut celui qui était écrit fut la charmante Uralie, et aussitôt la princesse lui dit que c'était à elle à entretenir le lendemain la compagnie.

« Elle commencerait bien dès aujourd'hui, dit l'inimitable Silerite, sans nous rien raconter, car elle n'est pas une personne qui manque d'entretien[144]. »

« Cependant, reprit Uralie, vous répondez pour moi et vous vous chargez comme cela de mes compliments ? Je vous le pardonne pour cette fois, car, en vérité, vous le pouvez bien. Je suis si remplie de compassion pour le pauvre Aremberg que je vous avoue que je n'étais pas trop en état de répondre à la princesse. »

« Et Florençal, dit la belle Frontenie, qui, après trois ou quatre ans d'une amitié si constante, si honnête et si désintéressée, se vit sur le point de mourir de douleur, vous fait-il moins de pitié ? »

« Celui-là a eu ce qu'il souhaitait et ce qu'il méritait bien, reprit Uralie, et je ne serais pas d'avis qu'on le lui ôtât pour le donner à son rival. Mais je vous avoue que je trouve tant de malheur dans l'autre que je ne puis m'empêcher de le plaindre. »

« Je le plains comme vous, ajouta Aplanice, car je vous confesse que, lisant les romans, je me range volontiers du parti des amants disgraciés. Mais enfin, soit malheur en celui-ci, soit quelque erreur condamnable, il aimait la femme de son meilleur ami et il le tua, et je trouve qu'on a mis des dames aux Feuillantines[145], qui n'avaient tué personne et qui n'avaient point fait galanterie avec les maris de leurs amies. »

---

144. *Entretien* : conversation.

145. Le couvent des Feuillantines, fondé par Anne d'Autriche, au faubourg Saint-Jacques, en 1622, servait de prison pour les dames qu'on voulait punir pour leur inconduite.

« Pour ce qui est de tuer son ami, dit Uralie, à la vérité, cela n'arrive pas tous les jours. Mais, pour aimer sa femme, s'il fallait que tous ceux à qui ce malheur-là arrive choisissent un couvent, Paris serait en danger de devenir un grand monastère. »

« Cela n'empêche pas, dit Silerite, que ce manquement de foi ne soit contre les beaux sentiments, et vous savez que, dans les romans, il ne faut pas faire ni dire rien qui y déroge. En effet, quoique je ne veuille pas me montrer la plus sévère de toutes envers Eugénie, pour qui je vous confesse que j'ai beaucoup d'inclination, je trouve que ce n'était pas en user bien honnêtement que de se laisser emporter à la passion qu'il conçut pour la femme d'un homme qui lui avait sauvé la vie, encore moins d'entrer dans sa maison avec une intention pareille à la sienne. »

« Il faut du moins avouer, reprit Uralie, qu'un homme qui malgré lui se voit contraint, comme Aremberg, d'aimer la femme de son ami, n'est pas moins à plaindre que ces misérables qui, par un destin du tout invincible, se voient contraints d'aimer qui ne les aime pas, et beaucoup plus encore que ceux qui, malgré les lois du sang ou les considérations de ce qu'on est né, se laissent emporter à des passions si fort inégales ou beaucoup plus défendues. »

« Si ce qu'on dit que l'amour n'est pas volontaire, est vrai, répondit Frontenie, quand Aremberg n'eût pas été excusable, il serait beaucoup à plaindre. Mais, si je le plains plus que les derniers que vous avez allégués, je ne saurais avoir autant de pitié de lui que j'en ai de ceux qui s'obstinent, par la rigueur d'une malheureuse constellation, à aimer ce qui ne peut les aimer. Car enfin ce n'est pas une chose que la conscience puisse reprocher et il est malaisé de l'avoir bonne et d'être content de soi en la place d'Aremberg. »

« Ce débat est fort aisé à accorder, dit Aplanice, sur le sujet de ce jeune comte allemand : car l'un et l'autre se trouvaient en lui, puisqu'il avait une passion qu'il ne pouvait justifier à lui-même et que cette passion lui était fort inutile. Mais, s'il faut encore juger lequel est le plus à plaindre, je crois que, bien que le dernier soit plus excusable que l'autre, ils sont tous deux également dignes de pitié, puisque tous deux ne sont pas volontaires, mais qu'on peut dire qu'aimer la femme de son ami est une plus grande faute et qu'aimer qui ne vous aime pas est une plus grande folie. »

La princesse se leva dans ce moment et les dames se levèrent pour la suivre. Mais, si ce changement changea un peu la conversation, il[146] ne la rompit pas tout à fait.

« Quoi qu'il en soit, dit Gélonide, je serais contente si, plutôt que de se faire religieux, il s'allait faire tuer au siège de Cambrai[147], qui fut, ce me semble, la même année et où il y eut assez d'Allemands tués pour faire croire qu'il fut du nombre. »

« Et moi, ajouta Silerite, il me plairait tout à fait, s'il était d'une autre nation ; car il me semble qu'un Allemand déguisé en fille est quelque chose de bien extraordinaire[148] ».

« Je suis bien aise, reprit Aurélie, de vous entendre parler ainsi, car j'aime mieux qu'on me reprenne que

---

146. Le texte original porte : elle.

147. Cambrai fut assiégé par le comte d'Harcourt, sans succès, du 24 juin au 4 juillet 1649. Faire mourir Aremberg à cette occasion aurait constitué un dénouement plus vraisemblable.

148. Le travesti d'un Français ou d'un Italien l'eût-il été moins ? L'étonnement de Silerite s'explique parce qu'elle juge les Allemands peu capables de galanterie.

de souffrir qu'on me loue. Je n'aurais qu'à vous répondre à toutes deux que nous avons entrepris de raconter les choses comme elles sont et non pas comme elles doivent être ; qu'au reste, il me semble que c'est la différence qu'il y a entre le roman et la nouvelle, que le roman écrit ces choses comme la bienséance le veut et à la manière du poète, mais que la nouvelle doit un peu davantage tenir de l'histoire et s'attacher plutôt à donner les images des choses comme d'ordinaire nous les voyons arriver que comme notre imagination se les figure[149]. J'ai donc reçu cette nouvelle comme on me l'a apprise, et je ne suis garant d'autre chose. Mais, après tout, je ne trouve pas qu'il y ait à redire de faire qu'Aremberg se repente un peu du crime que son malheur et sa passion lui firent commettre. Si vous l'aimiez pourtant mieux tué au siège de Cambrai, je ne vous contredirai pas pour si peu de chose et je laisse à votre bon plaisir la liberté de vous en imaginer ce qu'il vous plaira.

« Pour vous, Silerite, je n'ai que la même chose à vous dire. Il me suffit que ce que j'ai raconté est véritable[150]. Mais vous êtes un peu bien cruelle à toute une nation de ne vouloir pas qu'elle puisse avoir un seul homme capable d'une action galante. Toutefois je ne veux pas vous être plus sévère qu'à Gélonide : si vous ne trouvez pas bon qu'Aremberg soit Allemand, comme je vous assure de bonne part qu'il l'était, vous pouvez vous l'imaginer de telle contrée qu'il vous plaira. Faites-le Italien, faites-le Piémontais ; qu'il soit

---

149. Il semble qu'il y ait ici quelque confusion entre le vrai (« raconter les choses comme elles sont ») et le vraisemblable (« donner les images des choses comme d'ordinaire nous les voyons arriver »).

150. Mais fort peu vraisemblable !

Anglais ou Castillan, et même, si vous voulez, de Suède, de Pologne ou de Danemark. »

Ces paroles proférées sans dessein excitèrent une plaisante dispute, car aussitôt chacune de ces dames entreprit de protéger une de ces nations, et ces villes de Grèce qui ont tant disputé pour savoir qui avait donné naissance à Homère, n'ont jamais eu de si grands débats entre elles qu'il y en eut entre ces dames pour déterminer de quel pays devait être Eugénie. Je ne sais point ce qui en fut décidé, car, en même temps, la princesse remonta dans son carrosse et je n'entendis plus rien de cette conversation. Je sais bien qu'Uralie parlait assez haut pour la Pologne et que Gélonide s'écriait de même que ce pouvait être fort apparemment un Suédois, depuis que la célèbre princesse qui gouverne ce royaume[151] avait rendu sa Cour si poli. Mais il y en avait encore quelqu'une qui ne voulait point qu'on se dédît de l'Allemagne, et d'autres qui appuyaient fort pour le Piémont, au préjudice de toutes les autres contrées de l'Italie. Mais je n'entendis point le jugement dernier.

Tandis que, de cette sorte, Aurélie se promenait en carrosse, sa meute, qui chassait là auprès, fit partir un lièvre. Comme si ce petit animal eût été d'accord avec cette divine princesse qui ne songeait qu'à divertir ces dames, il régla si bien son chemin que, bien que le pays ne soit pas trop facile, le carrosse put aisément aller par tous les côtés où il se fit chasser, ce qui fut si agréable qu'on ne peut pas imaginer un plus grand plaisir : car les chiens, malgré leur ardeur, s'accordèrent toujours au trot des chevaux. Ce qui fut cause qu'Auré-

---

151. Christine de Suède, majeure en 1645, régna jusqu'en 1654, date à laquelle elle abdiqua en faveur de son cousin.

lie, goûtant ce plaisir que le hasard lui suscitait, en prit un nouvel avis :

« Cela est le mieux du monde, dit-elle, et, puisqu'aujourd'hui j'ai été si heureuse de vous trouver un divertissement si agréable sans beaucoup de soin, j'ajoute encore aux statuts que j'ai faits pour tâcher de le rendre plus agréable, que, comme chacune sera maîtresse de la journée pendant laquelle elle récitera son histoire, elle aura soin du divertissement des autres et l'ordonnera à sa fantaisie. »

Personne ne s'opposa à cette nouvelle loi, et il eût fallu être bien bizarre pour n'être pas contente des différents plaisirs où l'on employa cette première journée.

La seconde ne fut pas si belle. Comme c'était au commencement du printemps, qui est la saison où le temps est le plus inconstant, ce jour-là, le ciel fut couvert de quelques nuages qui firent appréhender de la pluie, et même il se trouva assez froid pour faire perdre à ces dames le désir de la promenade. Uralie, qui en devait être l'arbitre et qui connut qu'on attendait qu'elle fît savoir sa volonté, dit qu'elle ne haïssait pas la maison, qu'il n'était pas juste qu'elle eût un aussi beau jour que la princesse et, s'adressant à elle :

« Vous savez que j'aime la ruelle et les grands carreaux[152] sur toutes choses, et, comme chacune doit choisir où elle établira son trône, entrez, s'il vous plaît, dans votre cabinet et vous couchez sur le petit lit qui y est. Après, je trouverai ma place et ces dames la leur. Avec une si belle compagnie, il ne me sera point désagréable d'avoir encore pour auditeurs toutes les illustres personnes qui y sont peintes. Il me semble que nous

---

152. *Carreaux* : coussins carrés de velours.

ferons avouer à la princesse de Conty, qui y est avec toutes les dames de cette vieille Cour, que notre roman vaut bien le sien[153]. »

Je ne parlerai point de l'agrément et des ornements de ce cabinet. Il faudrait en venir à la description de tout l'appartement, qui est fort commode et fort bien entendu, et ceux qui connaissent Uralie ont impatience de savoir ce qu'elle raconta. Qu'ils l'écoutent donc parler, car c'est ainsi qu'elle commença.

---

153. Louise-Marguerite de Lorraine, mariée en 1605 à François de Bourbon, prince de Conty, appartenait à l'entourage de la jeune Anne d'Autriche, avec la duchesse de Chevreuse et Mme de Verneuil. Elle avait écrit *Les Adventures de la Cour de Perse,* où, « sous des noms étrangers, sont racontées plusieurs histoires d'amour et de guerre arrivées de notre temps » (Voir Tallemant, éd. A. Adam, I, p. 707, note 4). L'ouvrage avait paru en 1629.

ADÉLAYDE

Nouvelle deuxième.

INTRODUCTION

La comtesse de Toulouse voudrait marier sa fille à Carlo-man, fils du comte de Provence ; mais celui-ci s'éprend d'Adélayde, comtesse de Roussillon. En découvrant des let-tres, la comtesse de Toulouse apprend cet amour et envoie Adélayde en Calabre, pour y épouser le vieux duc. En mer, Adélayde, qui se croit trahie par son amant, persuade Las-caris, son geolier, de lui substituer sa propre fille et de la laisser entrer dans un couvent en Catalogne. Lascaris lui donne des habits d'homme et un bateau. Mais le bateau est attaqué par des pirates et Adélayde est faite prisonnière.

Cependant Carloman, désespéré, s'est rendu en Calabre pour y retrouver celle qu'il croit infidèle. Il se joint à des comédiens qui jouent chaque soir devant elle. Enfin une femme de la duchesse lui donne un rendez-vous. Il prend une barque, grimpe à sa chambre, mais doit s'enfuir à l'arrivée du mari, sans avoir vu la duchesse. Il tombe à l'eau et se hisse dans une barque, qui est entraînée au large.

Il va être englouti, quand Adélayde, qui s'est échappée sur un vaisseau avec d'autres captifs, l'aperçoit et le sauve d'une mort certaine. Sans le reconnaître, il lui conte son aventure calabraise, ce qui provoque sa jalousie. Mais, au moment de le débarquer en Italie, elle s'aperçoit, en voyant le portrait qu'il a gardé sur lui, que c'était elle qu'il cherchait en Cala-bre et qu'il l'a toujours aimée. Elle se fait reconnaître et tous deux retournent heureux en Provence.

Dans la discussion sur les romans du début de l'ouvrage, Uralie estimait que, « comme l'éloignement des lieux, l'anti-

quité du temps rend aussi les choses plus vénérables », et, au commencement de son récit, elle répète qu'elle « aime que les choses soient passées il y a plusieurs siècles ». Voilà pourquoi, sans doute, elle situe son récit dans un Moyen-âge imprécis[1]. Elle affirme toutefois l'authenticité d'une histoire qu'elle prétend tenir de gens d'une « grande probité » qui pourraient citer leurs sources.

En fait, Segrais a emprunté le sujet de cette nouvelle à un roman de Voiture, l'Histoire d'Alcidalis et de Zélide[2], dont Adélayde reprend fidèlement les péripéties. Chez Voiture, le roi d'Aragon, père d'Alcidalis, se remarie avec la comtesse de Barcelone, Rosalve, qui elle aussi veut faire épouser sa fille au jeune prince. Ce dernier s'éprend de la jeune fille du duc de Ténare, orpheline de ses parents et confiée à la comtesse, comme Adélayde à la comtesse de Provence. La comtesse de Barcelone, mécontente de cet amour qui contrarie ses projets, fait embarquer secrètement Zélide à Barcelone pour la marier au prince de Tarente. La jeune fille, désespérée, obtient du capitaine qu'il lui substitue sa propre fille, Erminie, qui débarque à Tarente, tandis que la vraie Zélide part pour la Sardaigne, habillée en homme. Elle est prise par des pirates barbaresques et, après quelque temps de captivité où elle s'illustre en combattant aux côtés des pirates, elle est libérée.

Le narrateur retourne alors au jeune prince — Carloman chez Segrais, Alcidalis chez Voiture —. Désespéré, il part pour l'Italie, où le vieux duc, épris et jaloux, séquestre sa femme. Le prince s'engage dans une troupe d'esclaves — de comédiens chez Segrais —, qui distraient la duchesse par leurs jou-

---

1. « Il y a si longtemps ». On peut penser que l'action se passe au XIIe siècle. En 1125, un traité partageait la Provence entre Alphonse Jourdan, comte de Toulouse, marquis de Provence, et Raimond Bérenger, « comte de Provence ». Mais le « royaume d'Arles » existait dès le IXe siècle, jusqu'à son incorporation à l'Empire au XIe. De toute façon, les noms des protagonistes de la nouvelle ne sont pas attestés par l'histoire.

2. Voiture, Œuvres, édition A. Ubicini, Paris, 1855.

tes et leurs combats, et il s'y distingue. *Une femme lui donne un rendez-bous, au pied d'une tour battue par les flots ; on lui lance une échelle de soie, il y grimpe, est introduit dans la chambre obscure où l'attend la duchesse, mais il doit s'enfuir à l'arrivée du duc et se hisse dans sa barque que la tempête entraîne au large.*

Ici, les récits divergent quelque peu. Dans le roman de Voiture, *Alcidalis est sauvé par un capitaine aragonais auquel il conte son histoire ; puis, après un combat acharné contre des pirates qui ont attaqué leur vaisseau, il recueille un naufragé : c'est Zélide ! et les amants, réunis, s'abandonnent à la joie.* Chez Segrais, on l'a vu, c'est Zélide elle-même qui recueille Carloman et qui ne se fait reconnaître qu'après plusieurs péripéties. Mais le dénouement est le même dans les deux récits : *les amants reviennent en Aragon,* chez Voiture, *en Provence,* chez Segrais ; *le prince, dont le père est mort, est couronné et épouse la jeune fille.*

Le roman de Voiture compliquait cette histoire, relativement simple, par d'autres péripéties romanesques : les aventures du capitaine aragonais, de la belle Léonice et de Cléogène ; un séjour des deux amants à Rhodes, où Alcidalis montrait encore son courage, tirant Léonice des griffes d'un tigre ou s'illustrant aux jeux ; de nouveaux combats, etc. Segrais a laissé de côté ces aventures qui concernaient d'autres personnages et qui retardaient l'intrigue principale.

Outre ces suppressions, il y a quelques différences entre les deux récits. L'épisode des clefs perdues, qui permet à la comtesse de Provence de découvrir les amours du prince, ne figure pas chez Voiture ; pas plus que les atermoiements de l'héroïne qui, croyant son amant infidèle, ne se fait pas tout de suite reconnaître, après l'avoir sauvé. Rosalve, la reine d'Aragon, est moins perfide que la comtesse de Provence et ne laisse pas croire à la pauvre Zélide que son amant l'a trahie, alors que la lettre de la comtesse provoque chez Adélayde un douloureux débat intérieur. Mais, pour l'essentiel, Segrais suit le roman : personnages, intrigue, péripéties d'Alcidalis et Zélide se retrouvent dans Adélayde ; *la composition du récit est identique et l'imitation est parfois* littérale³. *Toutefois le même souci de concentration qui a amené Segrais à supprimer les épisodes romanesques de la fin d'*Alcidalis et Zélide, *lui fait abréger quelques passages de son modèle : ainsi l'argumentation de la comtesse pour décider Zélide à épouser le duc italien ou le long plaidoyer de la jeune fille pour fléchir le capitaine sont moins développés dans* Adélayde ; *et le récit de la mésaventure du héros chez la duchesse est plus alerte chez Segrais que dans le roman de Voiture, qui s'attarde à analyser les sentiments du prince ou à décrire les circonstances matérielles⁴. Ce souci, déjà classique, de concentration est pourtant contrarié par le goût marqué du narrateur — Uralie — pour le romanesque.*

De fait, le récit d'Uralie est l'un des plus romanesques du recueil. Les protagonistes, idéalisés, sont beaux, courageux, fidèles. Adélayde est si belle que la narratrice ne trouve pas de mots pour décrire sa taille, son air, ses yeux, ses traits⁵. Quant à Carloman, il était, selon elle, « aussi bien fait qu'on

---

3. Cf. Voiture, p. 311 (discours de la comtesse à l'héroïne) : « Le duc de Tarente est un prince sage, vertueux et habile, estimé de tous ses voisins… Il me témoigne il y a longtemps une grande passion pour vous » ; et Segrais : « Le duc de Calabre est un prince aimé de ses sujets et redouté de ses voisins. Il vous a demandée pour femme » (p. 305). Ou encore, Voiture, p. 315 (la proposition de l'héroïne au capitaine) : « Le duc de Tarente m'attend et ne m'a jamais vue. Vous avez ici votre nièce, qui est de mon âge, de ma taille et à peu près de mon visage. Vous la pouvez mettre en ma place » ; et Segrais, p. 324 : « Le duc de Calabre ne m'a jamais vue… Votre fille est belle, autant ou plus que je le puis être ; elle est du même âge que moi et d'une taille fort approchant de la mienne… Ne pouvez-vous pas lui faire épouser le duc ? » Etc.

4. La tour, la mer agitée, les bruits, l'échelle et le linge qui y est attaché « afin qu'elle se pût voir » le cabinet où le héros attend, la porte secrète…

5. « Jamais il ne fut rien de si beau » ; « sa taille était aussi noble et belle qu'on le puisse imaginer » ; « ses yeux avaient un éclat qu'on ne peut concevoir » ; etc. (p. 115). C'est la rhétorique de l'indicible.

le puisse imaginer ; il avait beaucoup d'esprit ; il était libé-
ral, magnifique, et l'homme du monde le plus amoureux »[6].
Leurs aventures relèvent aussi du romanesque le plus tradi-
tionnel. Ces amants sont, bien entendu, persécutés : l'ambi-
tieuse comtesse de Toulouse, qui a surpris une correspondance
secrète, les sépare en embarquant Adélayde pour la Calabre,
et, pour chacun des amants, les aventures les plus extraordi-
naires — et aussi les plus conventionnelles — se succèdent :
substitution, travesti, attaque de corsaires et captivité, éva-
sion, pour Adélayde ; déguisement, rendez-vous secret,
échelle de soie où grimpe le galant, arrivée du mari, chute,
barque désemparée et sauvetage in extremis, *pour Carloman,*
avant les retrouvailles et la reconnaissance finale. On retrouve
ici les poncifs les plus éculés du roman baroque.

   On y trouve aussi les étapes conventionnelles et l'attirail
obligé de toute aventure sentimentale, ce « réalisme galant »
dont parle R. Godenne[7]. *Ce sont les entretiens à mots cou-*
verts des amants devant des importuns (p. 117) ; les emblè-
mes symboliques des cachets de leurs lettres (p. 119, 121) ;
ces lettres même, où l'héroïne exprime sa passion, ses souf-
frances, ou sa joie d'un amour partagé (p. 121-123) ; le bra-
celet de cheveux et le portrait qui accompagnent les lettres
(p. 125) ; les vers amoureux et la chanson par lesquels Car-
loman pense émouvoir celle qui, croit-il, l'a trahi
(p. 148-150) ; les monologues douloureux surtout — il y en
a sept, dont certains en plusieurs parties séparées par le récit[8]
—, où les héros expriment leur désespoir ou leurs dilemmes,
de façon très théâtrale, en multipliant invocations et interro-
gations oratoires.

   A ce romanesque sentimental, on pourrait rattacher le débat
de casuistique amoureuse auquel participent les devisantes,
après le récit d'Uralie. A la question posée par Frontenie —

---

6. P. 116-117.

7. *In* : *Histoire d'Hypolite comte de Douglas,* p. XII.

8. Voir pp. 131-32 ; 133, 134, 143-44, 144-45, 146, 162, 164,
170-71.

*Quel est celui qui souffre le plus de l'absence, de l'amant aimé
ou de celui qui ne l'est pas ? —, les dames donnent des répon-
ses opposées, motivées par des arguments ingénieux. Les unes
(Gélonide, Aplanice) soutiennent que le plus malheureux est
l'amant non aimé, qui, outre le déplaisir de n'être pas aimé,
éprouve de la jalousie, n'a pas l'espoir de se faire aimer et
n'attend rien à son retour. Les autres (Frontenie, Silerite) esti-
ment que celui qui n'est pas aimé n'est pas le plus malheureux, car il ne craint pas de perdre un amour qu'il n'a pas
et peut se consoler, tandis que celui qui est aimé redoute de
ne l'être plus et souffre de penser à ce qu'il a perdu. Aurélie
clôt le débat en déclarant que le plus malheureux de tous est
l'amant qui ignore s'il est aimé, parce qu'il éprouve les inquiétudes et les souffrances des deux autres. Cette discussion sur
un point de psychologie amoureuse rappelle évidemment les
entretiens du même ordre des romans de Mlle de Scudéry[9].*

*La conduite de la nouvelle est plus originale. Pas de début
in medias res, ni de récits rétrospectifs : la narratrice suit
l'ordre chronologique des événements. La séparation des
amants l'oblige seulement à raconter successivement ce qu'il
advient à l'un et l'autre : aventures d'Adélayde depuis son
enlèvement jusqu'à sa captivité (p. 127-141), voyage en Calabre et malheurs de Carloman (p. 141-157), évasion d'Adélayde et sauvetage de Carloman (p. 157-161). Au milieu de
l'histoire d'Adélayde, une brève allusion au mariage de la fille
de Lascaris en Calabre (p. 139), dans le récit de l'équipée de
Carloman en Italie, un rappel de la captivité d'Adélayde*

---

9. Dans le *Grand Cyrus*, III, 1, par exemple, les interlocuteurs
se demandent quel est le plus à plaindre de l'amant séparé de sa maîtresse, de l'amant non aimé, de l'amant qui a perdu sa maîtresse,
ou de l'amant jaloux. Martésie, arbitre du débat, déclare que c'est
l'amant dont la maîtresse est morte. Peut-être Segrais a-t-il voulu
rivaliser avec l'illustre Sapho, que la Grande Mademoiselle n'aimait
guère. Voir A. Niderst, *Madeleine de Scudéry, Paul Pellisson et leur
monde,* Paris, 1976, p. 433.

(p. 149 et 150) rendent sensible au lecteur la simultanéité des aventures[10].

Le récit qu'Uralie est censée faire aux autres dames, garde souvent un tour oral. La narratrice intervient de temps à autre s'adressant à son auditoire qui a réagi à la lecture des lettres d'amour d'Adélayde (p. 123), ajoutant à son récit un commentaire psychologique (p. 116, 169) ou littéraire (p. 114, 149), ou donnant après coup un éclaircissement (p. 147). Surtout la narration est rapide. Nous n'avons pas, comme dans les romans baroques, de description de palais — du château où est enfermée la duchesse, on apprend seulement que les fenêtres étaient hautes ou munies de barreaux de fer (p. 143) —, ni de récits circonstanciés de combats — on sait seulement que « ce ne fut que par un carnage épouvantable » que le corsaire s'empara du vaisseau d'Adélayde (p. 140). Les monologues sont relativement brefs ou coupés par la narration. Uralie nous donne le texte de quatre lettres, mais elle refuse de poursuivre la lecture (p. 123), et, à maintes reprises, elle signifie son intention de faire court*[11]. Seul, le dénouement peut sembler un peu long. Adélayde ne se fait pas connaître tout de suite, lorsque Carloman lui raconte son aventure en Calabre ; la lettre qu'elle lui écrit est parfaitement inutile ; et il faut une nouvelle entrevue pour qu'elle s'aperçoive enfin, en voyant le portrait que son amant gardait sur lui, que c'est elle qu'il avait toujours aimée. Cette longue méprise prolonge une situation plaisante — Adélayde remarque qu'elle « jouait la comédie de la jalouse d'elle-même » (p. 177) —, mais on peut trouver que la reconnaissance attendue est un peu longue à venir.*

---

10. Notons la lourdeur des transitions : « Mais il est à propos de suivre Adélayde » (p. 127) ; « Il est assez juste que nous retournions à lui » (p. 141), etc. Signalons aussi la maladresse du narrateur qui fait raconter par Carloman sa mésaventure calabraise, que le lecteur connaît déjà (p. 167-168).

11. « Je ne vous dirai point » (p. 142) ; « pour oublier mille particularités inutiles » (p. 158), etc.

Quoi qu'il en soit, ces péripéties dramatiques, ces épreu-ves douloureuses d'amants courageux et fidèles, ces mépri-ses piquantes illustrent bien le romanesque sentimental auquel bien des lecteurs restaient attachés.

ADÉLAYDE

Il régnait un prince en Provence, il y a si longtemps, que je ne suis pas même bien certaine si c'était un comte de Provence ou un roi d'Arles[1]. Car, comme ç'a été mon avis sur le sujet des romans, j'aime que les choses soient passées il y a plusieurs siècles et il me semble qu'elles en sont plus vénérables. Il me suffit que ceux dont j'ai appris mon histoire étaient gens de si grande probité que, pour tous les biens du monde, ils n'auraient pas voulu dire un mensonge, et si savants dans l'histoire qu'ils citeraient fort bien les auteurs dont ils l'ont tirée, de sorte que, sur leur parole, je ne crains point d'assurer qu'il n'y a rien de si véritable.

Ce prince donc, soit roi, soit comte, mais qui sera toujours le dernier dans le récit[2], était d'une humeur si paresseuse qu'il se déchargeait du soin de son état sur la vigilance et sur l'habileté de sa femme. Cette habile princesse meurt ; mais, en même temps, meurt aussi un souverain de ses voisins, dont l'état était gouverné de la même façon que le sien. Bientôt après, cet homme, si heureux à épouser d'habiles femmes, épousa

---

1. Voir l'introduction.
2. *Le dernier* : c'est-à-dire comte.

la veuve de son voisin, qui était le comte de Toulouse[3]. Cette autre comtesse accepta sa recherche avec joie et conclut ce mariage sur la première proposition qu'il lui en fit faire par l'espérance qu'elle eut de gouverner cet autre état avec le sien et de joindre ces deux provinces, en mariant une fille unique qu'elle avait à un fils que ce comte de Provence avait aussi de son premier lit et qui, par conséquent, était son présomptif héritier.

Mais rarement ces mariages qui sont projetés de si loin s'exécutent, et vous pouvez bien penser que, malgré la facilité du mari et l'habileté de la femme, celui-ci ne s'acheva pas, parce que, s'il se fût achevé, la Provence eût été réunie avec le Languedoc et mon conte serait fini, ce qui ne doit pas être, car je n'aurais plus rien à dire et c'est à quoi vous ne vous attendez pas.

En même temps, le comte de Roussillon[4] meurt, laissant sa femme et une fille unique qu'il avait héritières de son état. Deux neveux de ce comte contestent la succession : ils conviennent de prendre pour arbitres le comte de Provence et sa femme, et, pour cet effet, ils viennent tous en Provence. Comme ils commençaient à disputer leurs intérêts devant les juges qu'ils avaient choisis, la comtesse de Roussillon tombe malade et

---

3. Il est difficile de mettre un nom sur ce « comte de Toulouse ». En ce qui concerne les rapports entre comtes de Provence et comtes de Toulouse, on sait qu'en 1125, Alphonse Jourdain, comte de Toulouse, avait terminé la guerre qu'il menait contre Raimond Bérenger III, comte de Barcelone, par un partage de la Provence : Avignon, Orange, Valence et Die lui revenaient sous le titre de marquisat de Provence ; le reste du pays allant au comte de Barcelone, qui prenait le titre de comte de Provence.

4. Les comtes de Roussillon, d'abord simples gouverneurs amovibles, réussirent à la fin du IXe siècle à s'établir dans leur province. Le comté passa en 1178 au roi d'Aragon.

bientôt elle est à l'extrémité. Sentant qu'elle allait mourir, elle envoie prier la comtesse de Provence de la venir voir et elle lui demande deux grâces : l'une, d'avoir soin des intérêts de sa fille, et l'autre, de la marier, quand elle serait en état de cela. La comtesse de Provence lui accorde ce qu'elle lui demande et, bientôt après, cette autre princesse meurt, ayant expressément chargé sa fille de respecter comme sa mère cette princesse dont elle était venue implorer le secours. La comtesse de Provence fait mener cette jeune princesse dans l'appartement de sa fille et témoigne n'en avoir pas moins de soin.

Ce fut de celle-là que le jeune prince devint amoureux. Elle s'appelait Adélayde et lui, il s'appelait Carloman, de sorte que Carloman et Adélayde se trouvèrent tellement au gré l'un de l'autre que toute l'habileté de la comtesse de Provence ne put accomplir le mariage qu'elle avait proposé en faisant le sien. De tout cela, il n'en faut point chercher d'autre cause que la beauté et l'esprit d'Adélayde, et la bonne grâce et la gentillesse de Carloman.

Jamais il ne fut rien de plus beau qu'Adélayde. Sa mère avait été l'admiration et l'amour de tous ceux qui l'avaient vue ; mais ceux qui voyaient sa fille y trouvaient encore beaucoup plus de charmes qu'en elle. Sa taille était aussi noble et belle qu'on la puisse imaginer, et, dans son port, il y avait un air qui était si fort d'une personne de grande qualité qu'il n'était pas possible de la voir sans la respecter. Ses yeux, son teint et sa bouche avaient un éclat qu'on ne peut concevoir, et je ne dis rien de la délicatesse et de la régularité de tous ses traits, puisque la pensée ne peut atteindre à une si grande perfection. Mais, parmi tant de charmes, on voyait sur son visage une certaine langueur mêlée de tant d'agrément, une modestie si douce et si attrayante et un tout, enfin, si céleste et si touchant qu'elle faisait dire à tout le monde qu'il y avait je ne sais quoi d'angélique en elle. Ce n'est donc pas une merveille si Carloman en devint éperdument amoureux, et je me suis étonnée beaucoup de fois que cette comtesse, qui était une si habile femme, ayant envie que Carloman aimât sa fille, laissât Adélayde auprès d'elle, car il était bien difficile d'en pouvoir aimer une autre en un lieu où on la voyait.

Néanmoins, soit qu'elle crût que l'intérêt aveuglerait Carloman, ou qu'elle se contentât de la grande vigilance avec laquelle elle faisait observer toutes les actions de sa fille, d'Adélayde et de lui, elle fut longtemps qu'elle ne les sépara point, se confiant principalement en la prudence et en la sévérité d'une gouvernante qu'elle avait donnée à la jeune comtesse de Roussillon, car cette femme ne souffrait pas qu'Adélayde parlât à qui que ce soit qu'en sa présence.

Ainsi, ces pauvres amants furent longtemps qu'ils ne s'entretenaient que par les tristes regards qu'ils se jetaient, et cette aventure est telle que, dans une si longue durée d'amour, ils furent toujours tellement persécutés du malheur qu'il leur fut presque impossible de se parler. Mais, comme ils avaient extrêmement de l'esprit et qu'il n'y a rien de si industrieux que l'amour, toutes ces difficultés ne servaient qu'à les obliger de s'entredonner des preuves de leur adresse et de leur industrie[5]. Non seulement Carloman était aussi bien fait qu'on le puisse imaginer, il avait beaucoup d'esprit, il

---

5. *Industrie* : « dextérité, invention » (Furetière).

était libéral[6], magnifique[7], et l'homme du monde le plus amoureux. Il est donc aisé de croire qu'il ne manqua pas de moyens pour faire connaître sa passion. Je dis pour la faire connaître, car, apparemment, ce fut ce qui lui dût être le plus difficile, puisqu'il fallait la lui faire connaître à elle seule et qu'il ne la voyait que devant le monde. Toutefois, soit par lettres, soit par confidences, soit par les regards, Adélayde connut bientôt que Carloman était amoureux d'elle et, voyant la discrétion qu'il avait pour ne faire connaître sa passion qu'à elle seule, elle consentit qu'il l'aimât.

Ainsi, dans les commencements, ils s'entendaient si bien qu'ils trompaient toute la Cour, et même Amour les rendait si savants que leurs ennemis leur servaient de truchements sans le savoir. Car, ne se pouvant parler que devant la gouvernante, ils avaient des termes si significatifs pour eux seuls et de si excellents chiffres[8] dans leur entretien, pour ainsi dire, que la vieille était de toutes leurs conversations sans y pouvoir rien comprendre. Mais, ce qui leur fut encore plus divertissant, c'est que Carloman, n'osant parler de sa passion à Adélayde et étant contraint de feindre avec la jeune comtesse de Toulouse pour obliger sa mère, cette fille était si stupide qu'ils se servaient de ce prétexte sans qu'elle s'en aperçût, jusque là qu'il lui disait tout haut ce qu'il voulait qu'Adélayde entendît : ce qui était si bien con-

---

6. *Libéral* : généreux. « Qui donne abondamment, mais avec raison et jugement, en sorte qu'il ne soit ni prodigue, ni avare » (Fur.).

7. *Magnifique* : « Qui se plait à donner et à faire des dépenses éclatantes... C'est une qualité nécessaire aux princes que d'être magnifiques » (Fur.).

8. *Chiffres* : mots codés qui ne peuvent être compris que par ceux qui sont d'intelligence.

certé entre eux que jamais Adélayde n'en devint jalouse
et que, par ce moyen, Carloman lui faisait entendre toutes choses.

Néanmoins, quoique la comtesse de Provence ne sût
rien de la passion de Carloman, il ne lui fallait pas la
moitié de son adresse pour deviner que non seulement
il ne pressait point son mariage avec sa fille, mais qu'il
n'était pas fort aise qu'on lui en parlât : ce qui lui donnait de grandes inquiétudes et ce qui l'obligeait de mettre tout en usage pour découvrir si Carloman n'était
point amoureux en quelque autre lieu. Il dissimulait
encore si bien sur ce sujet que, quand elle le voyait si
gai et si empressé[9] après tous les divertissements qui
éloignent le plus de la passion qui fait aimer, elle ne
savait qu'en croire. Elle pensait au commencement qu'il
n'y avait que le libertinage de la jeunesse qui le portait
à ne se vouloir pas si tôt marier, et apparemment elle
ne se fût jamais avisée de le persécuter, sans un accident qui lui arriva.

Il jouait un jour avec elle et, en tirant de ses poches
quelque chose, deux clefs lui tombèrent. Soit que ces
clefs fussent fort petites, ou qu'il fût trop attentif à son
jeu, ou bien qu'elles fussent tombées sur un tapis de
pied ou sur des carreaux, il ne s'aperçut point de ce
qui lui était tombé, quoique ce fût le plus précieux gage
qu'il possédât. On ne trouva ces deux petites clefs
qu'après qu'il fut parti et la comtesse, qui les vit relever, fut sur le point de commander qu'on courût après
le prince pour les lui rendre ; mais, apercevant tout d'un
coup je ne sais quoi de brillant qui y était attaché, elle
eut la curiosité de le voir. C'étaient quatre ou cinq

---

9. *Empressé* : ardent.

cachets de différentes sortes, les uns de ses armes, d'autres des chiffres de sa fille, car il affectait[10] ces fausses apparences, du consentement d'Adélayde, pour mieux cacher la passion qu'il avait pour elle. Mais, parmi tous ces cachets, la comtesse en remarqua un qui était plus précieux que tous les autres ensembles, car il était taillé sur un diamant fort considérable et enchassé avec un artifice exquis. Il était encore attaché à part et un petit morceau de cire, qui y était demeuré, fit remarquer à la comtesse qu'apparemment il n'y avait pas longtemps qu'il s'en était servi : ce qui fut cause qu'elle le considéra encore plus attentivement et qu'elle voulut examiner ce qui y était gravé. Voyant que c'était un mont Etna qui jetait des flammes, comme il est d'ordinaire représenté, et que ces paroles « La cause en est cachée » étaient écrites autour, elle songea que tout cela n'était point fait sans dessein. L'esprit du prince qui pouvait avoir inventé cette devise et le peu d'empressement qu'il avait pour épouser sa fille, lui firent penser que l'embrasement de ce mont, dont on ne connaît point la cause, n'était peut-être qu'une figure[11] de quelque amour cachée qui l'empêchait d'épouser sa fille. Aussitôt, comme elle avait l'esprit extrêmement vif, maniant ces cachets et considérant ces deux petites clefs, elle jugea qu'infailliblement, de la manière dont elles étaient faites et par le soin qu'il avait de les porter, elles étaient dépositaires de ses plus importants secrets.

Le comte de Provence, le jeune prince et elle logeaient dans un même palais : ce qui fut cause que,

---

10. *Affecter*: « Feindre, contrefaire » (Fur.).

11. *Figure* : représentation figurative, symbolique.

voyant d'une des fenêtres de sa chambre que ce prince se promenait dans le jardin, elle passa aussitôt dans l'appartement de son mari et, par une galerie qui y était jointe, elle se rend dans celui du prince. Par malheur pour lui, le valet de chambre qui était de garde était un homme qui, depuis longtemps, était gagné par elle et il était auprès de Carloman comme un espion qu'elle y avait mis pour lui rapporter tout ce qu'il faisait. Par hasard encore, il était seul. Elle lui commande donc d'ouvrir le cabinet de son maître et, jugeant par les deux petites clefs qu'elle avait trouvées que l'une, qui était plus grande que l'autre, devait être celle de la cassette, et la plus petite, la clef de quelque petit coffre qui pourrait être enfermé dedans, elle n'eut pas plus tôt vu la cassette qu'elle en voulut faire l'épreuve.

En effet, elle ne se trompait pas. Cette cassette était de grandes pièces de cristal artistement enchâssées ; mais, soit qu'elle l'eût vue autrefois, soit qu'elle attendît de satisfaire sa curiosité en une autre saison, elle ne s'amusa pas à en considérer ou la richesse ou l'artifice[12], et encore moins celle de plusieurs pierreries rares et précieuses qui étaient enfermées dedans, principalement quand elle aperçut le petit coffret que son imagination s'était proposé. Il était d'or ciselé, tout couvert de pierreries et, outre sa richesse, il était d'une si ingénieuse invention que toute autre qu'une mère qui ne songeait qu'à marier sa fille, l'eût considéré fort longtemps ; mais elle n'avait hâte que de l'ouvrir.

Et jugez quels furent ses sentiments, quand elle vit qu'il était tout plein de lettres, se doutant bien que ce n'étaient point celles de sa fille, puisqu'elle devait bien

---

12. *Artifice* : art de la fabrication.

s'attendre que l'amour que le prince avait pour elle ne se traitait pas si méthodiquement[13]. Aussitôt elle prend une de ces lettres. La cire et le cachet y étaient encore demeurés, et certes, il n'était pas besoin qu'elle l'ouvrît pour lui donner de grands soupçons, car elle était sans suscription. Et, considérant premièrement l'empreinte de ce cachet pour tâcher d'en reconnaître le chiffre[14], elle vit que ce n'en était point un, mais une devise qui ne marquait pas une intrigue naissante : car c'était un petit Amour forgeron, qui tenait deux cœurs sur une enclume et semblait les battre pour les unir, avec ces paroles écrites autour : « Des deux je n'en fais qu'un ». Tout cela l'alarmait étrangement. Jugez donc ce que ce dut être, quand elle vit que la lettre qu'elle avait prise était conçue en ces termes :

« Ne vous semble-t-il point qu'aujourd'hui notre dragon a redoublé sa vigilance ? Ne vous étonnez pas, si je ne vous ai point regardé comme de coutume et si je n'ai point parlé devant elle. Bien loin de l'oser, il me semble qu'elle lisait dans ma pensée et la crainte que j'en avais me faisait baisser les yeux. Si la cause vous en est connue, vous ne devez point en être fâché. Si vous l'êtes pourtant, comme je l'appréhende, mettez-vous à la raison et contentez-vous que, tout clairvoyants que sont nos ennemis, ils ne vous verront jamais sortir de mon cœur. C'est où l'amour vous a placé et où l'amour vous conservera, tant que vous serez aussi discret que je vous serai fidèle. »

Il est aisé de croire que la comtesse ne se contenta pas de la lecture de cette lettre. Prenant ce petit coffre

---

13. *Méthodiquement* : « par art et avec un certain ordre » (Fur.).

14. *Chiffre* : ici, « entrelacement de lettres initiales » (Littré).

et s'approchant d'une fenêtre, d'où elle voyait que Carloman était toujours dans le jardin, elle fait dessein de
ne laisser rien dedans qu'elle n'eût diligemment examiné. Comme elle prenait donc ces billets à mesure
qu'ils lui tombaient sous la main, ouvrant le second,
elle vit qu'il était de la même écriture, mais qu'il ne
contenait que ce couplet de chanson :

> *Je pleure, je me plains et je souffre un martyre*
> *A qui rien n'est égal.*
> *Hélas ! si c'est Amour qui fait que je soupire,*
> *Qu'Amour est un grand mal !*[15]

Le troisième qu'elle prit, et qu'elle ouvrit aussitôt,
contenait ces paroles :

« Je crois que vous m'aimez : n'est-ce pas assez vous
dire ? Non, vous murmurez encore. En voulez-vous
davantage ? je vous permets de m'aimer. Quoi ! n'êtes-
vous point content ? sans mentir, vous êtes bien difficile ! Pour vous dire donc quelque chose de plus, je
ne vous hais point. Mais il semble que ce terme vous
offense. Vous êtes le plus importun de tous les hommes et il faut bien se défaire de vous. Eh bien ! je vous
aime. C'est maintenant un peu trop, et du moins de
la moitié. Mais je vous dirai aussi que ce n'est qu'à
votre importunité seule que je l'accorde, si votre obéissance et votre fidélité ne tâchent de le mériter. »

Celle qu'elle prit immédiatement après s'expliquait
en ces mots :

« Je ne sais lequel est le plus insensé de nous deux,
vous de m'aimer et moi de le souffrir. Quand je songe
aux hasards où nous expose un dessein si mal conçu,

---

15. Cette chanson figure dans les *Œuvres* de Segrais, éd. 1755,
tome I, p. 305 (Slatkine Reprints).

que celui qui pourrait l'empêcher obligerait l'autre !
Mais nous avons tant de tort tous deux que je ne sais
lequel doit commencer à se repentir. C'est à vous sans
doute, car votre folie a précédé la mienne. Comme vous
avez manqué le premier, soyez donc le premier à cor-
riger votre erreur. C'est une raison assez forte. J'ai
honte de vous en dire encore une autre, mais le péril
est si grand que je n'en dois point oublier : ajoutez-y
donc encore celle-ci que je ne sais pas si je suis plus
insensée que vous et si, tout de bon, je le serais assez
pour vous aimer. Mais je sais bien que mon aveugle-
ment est tel qu'il faut que vous cessiez de me faire connaître que vous m'aimez pour que je puisse cesser de
vous le permettre. »

A cet endroit de la narration d'Uralie, il s'éleva un
petit murmure entre ces dames sur le sujet de ces lettres, qu'elles semblaient louer et blâmer en même
temps[16] ; mais ce murmure étant bientôt étouffé par
l'impatience qu'elles avaient d'ouïr la suite, elle reprit
son discours de cette sorte :

« Vous n'avez peut-être pas tant de curiosité de
savoir ce qui était contenu dans dix ou douze lettres
qui étaient encore dans ce petit coffre, que la comtesse
de Provence en eut. Aussi ne vous les redirai-je pas.
Vous jugerez seulement, s'il vous plait, pour l'honneur
d'Adélayde, qu'il n'y en avait aucune d'impertinente[17]

---

16. Les deux lettres lues les premières marquent un état plus avancé
des relations amoureuses des jeunes gens que la troisième (un aveu)
et la quatrième (hésitation à s'abandonner à l'amour). Il y a là une
progression inversée, qui s'explique par le fait que la comtesse lit
d'abord les lettres qui sont sur le dessus, donc les plus récentes. Les
auditrices louent la tournure de ces lettres, mais blâment en même
temps les aveux qu'elles contiennent : d'où leur réaction ambiguë.

17. *Impertinente* : « ce qui se fait contre la raison, contre la bienséance et contre la politesse » (Fur.).

ou sotte ; qu'elle n'était point une personne à écrire ces grands mots recherchés qui n'éblouissent que ceux qui ne s'y connaissent pas ; que, malgré sa passion, on n'y voyait point de ces emportements abjects ou de ces honteuses humilités qui font diminuer l'estime qu'on doit avoir pour la dame quand, étant assez imprudente ou assez malheureuse pour lier un commerce de cette nature-là, elle quitte son empire et perd la marque de maîtresse pour se faire une esclave honteuse. Vous voyez bien aussi qu'elle ne se servait point de ces ridicules alliances[18] de « ma vie », de « mon cœur », « mon astre », « mon ange » ou « mon soleil », et encore moins de celle dont usait une personne qu'on m'a nommée, qui appelait son amant dans ses lettres son soulas[19] ou son réconfort. Adélayde eût mieux fait de ne pas écrire à Carloman ; mais, supposé que cela eût été honnête, on ne pouvait pas écrire plus galamment qu'elle. Ce que vous croiriez encore bien mieux, si vous aviez vu les autres lettres comme moi[20] : car, comme c'étaient les premières qui étaient au fond, parce que Carloman les avait mises dans ce petit coffre à mesure qu'il les recevait, outre qu'elles n'étaient pas si significatives que celles que j'ai dites, il est aisé de croire qu'elle y prenait plus de peine : car apparemment on songe toujours bien davantage aux premières lettres qu'on écrit qu'aux autres qui naissent quand le commerce est établi.

---

18. *Alliance* : « union d'éléments dissemblables » (Hatzfeld), c'est-à-dire ici comparaisons ou métaphores incongrues.

19. *Soulas* : « vieux mot, qui signifiait autrefois : joie, plaisir et contentement » (Fur.).

20. Le narrateur, en donnant cette preuve de l'authenticité de l'histoire qu'il nous conte, oublie que l'intrigue se passe au Moyen-Age (voir p. 113 : « il y a si longtemps »).

La comtesse n'en laissa aucune qu'elle ne lût très soigneusement. Mais, soit qu'elle connût l'écriture d'Adélayde, ou que les termes de ces lettres, qui marquaient si bien qu'elles partaient d'une personne curieusement observée, lui marquassent assez de qui elles étaient, elle ne put pas douter que ce ne fût cette belle princesse dont Carloman était amoureux, quand enfin, au fond de ce petit coffre, elle trouva un bracelet de ses cheveux, avec une attache de son chiffre, et, ce qui était encore bien plus parlant que tout cela, son portrait, qui était dans une boite faite d'un seul rubis.

Elle eut tout le loisir qu'elle voulut pour lire toutes ces lettres et pour observer toutes ces choses, parce qu'elle voyait toujours que le prince était dans le jardin, qui se promenait avec un grand nombre de courtisans, et qu'il n'y avait avec elle que ce valet de chambre qu'elle avait gagné. Songeant donc aussitôt à ce qu'elle devait faire de plus à propos en cette conjoncture, elle trouva que, pour avoir plus de loisir d'y rêver, le meilleur était de ne témoigner pas qu'elle sût rien de cette intrigue[21] et, pour cet effet, repliant toutes ces lettres, elle les remet, avec le portrait et le bracelet, dans l'ordre qu'elle les avait trouvées et, refermant le petit coffre et la cassette, s'en retourne le plus secrètement qu'elle put dans son appartement, faisant rendre au prince les clefs et les cachets par un huissier de sa chambre, à qui elle commanda de lui dire qu'il les avait trouvées aussitôt qu'il était sorti ; et cela fut fait si promptement que, comme cet huissier alla le trouver dans ce jardin pour les lui rendre, il y avait eu si peu de temps que, tout défiant que l'est d'ordinaire un amant, celui-ci ne s'aperçut de rien.

---

21. *Intrigue* : *cet* intrigue, dans l'éd. originale. Le genre de ce mot a été longtemps incertain. Le féminin s'imposera à la fin du XVIIe siècle.

Après avoir eu plus de loisir de songer à ce qu'elle avait à faire, voyant que sa gouvernante, qu'elle croyait plus clairvoyante qu'Argus, avait été abusée et que ces deux jeunes personnes avaient lié un commerce au milieu de toute la Cour sans qu'aucun s'en fût aperçu, elle crut que toute sa vigilance était inutile, que ces deux personnes s'aimeraient toujours tant qu'ils se verraient, et que son autorité ne servirait qu'à aigrir contre elle ces jeunes esprits. Elle savait que l'amour ne s'éteint jamais par rudesse et que, dans les cœurs généreux et bien enflammés, les difficultés et les violences ne font que l'accroître. Ne pouvant, d'un autre côté, abandonner tout d'un coup des espérances dont son imagination s'était flattée depuis un si long temps, elle prit une étrange résolution.

Elle savait qu'en Italie il y avait un duc de Calabre qui cherchait un parti qui lui fût convenable : elle jugea qu'Adélayde était tout ce qu'il pouvait souhaiter. Elle lui envoie donc un gentilhomme pour lui vanter la beauté de cette jeune princesse et ses grands biens, et pour lui faire entendre que, s'il voulait l'épouser, ayant été choisie arbitre des neveux du dernier comte et de sa veuve, elle prononcerait en faveur d'Adélayde et qu'au reste, comme ce duc était extrêmement vieux, elle le dispensait de venir faire l'amour[22] en Provence et qu'elle lui enverrait Adélayde, aussitôt qu'il aurait résolu de l'épouser et de lui faire des avantages dignes de son bien et de sa qualité. Le vieux duc, qui avait ouï parler de la beauté d'Adélayde et qui connaissait ses richesses, trouva dans son conseil qu'il ne pouvait mieux faire, et l'agent de la comtesse de Provence revint

---

22. *Faire l'amour* : « On dit qu'un jeune homme fait l'amour à une fille, quand il la recherche en mariage » (Fur.).

bientôt la trouver et lui dire le succès de sa négociation.

La comtesse, ravie, crut qu'il ne fallait point perdre
de temps. Elle commanda à ce gentilhomme de se tenir
prêt, avec sa famille, pour aller mener Adélayde au duc
de Calabre, mais de n'en témoigner rien à personne.
Ce gentilhomme était voisin de Marseille, et c'était pour
cela que la duchesse le choisit, parce qu'elle crut que
celui-ci n'aurait qu'à s'embarquer et que, par ce moyen,
la résolution qu'elle avait prise serait plus secrètement
exécutée. Ayant donc su de ce gentilhomme que tout
son équipage était prêt et que sa femme et sa fille con-
duiraient l'épouse, elle quitte Avignon, où d'ordinaire
elle tenait sa Cour pour être plus voisine des États de
sa propre fille, et, sous le prétexte d'aller visiter les villes de cette province, elle se rend à Marseille avec Adélayde et sa fille, qu'elle avait fait venir avec elle de peur
de donner soupçon. Et en un mot, le vent se trouvant
favorable, un navire, équipé pour cet effet, avait
emporté Adélayde bien loin dans la mer, que Carloman ne croyait pas qu'elle fût encore levée.

Mais, de dire qui se trouva le plus embarrassé de tous
les deux, c'est ce qui est impossible : elle, de se trouver à la merci des ondes, entre les mains de personnes
qu'elle n'avait jamais vues, incertaine de ce que l'on
voulait faire d'elle et, pour dernier malheur, sans espérance de pouvoir donner de ses nouvelles à Carloman ;
ou de ce triste amant, qui enfin apprit que sa maîtresse
était enlevée, à qui on ne voulait point dire où elle était.
Il est aisé de juger de son désespoir et des tristes paroles que l'amour, la douleur et la rage lui mettaient dans
la bouche. Mais il est plus à propos de suivre Adélayde.

Quoique la nuit fût bien avancée quand on la fit
entrer dans ce vaisseau, il était déjà bien éloigné du port

d'où il était parti, quand le jour parut. Bien qu'on ne vît plus la Provence qu'à peine, Adélayde avait toujours la vue tournée vers elle et, comme les afflictions d'amour sont celles que l'espérance abandonne le moins, la pauvre princesse espérait toujours que Carloman viendrait à son secours ; et si, dans la route qu'on lui faisait tenir, elle apercevait quelque vaisseau, pour petit qu'il fût, elle ne désespérait point de son secours. Son imagination blessée croyait aisément qu'il[23] n'était que trop suffisant, avec l'autorité du prince et son grand courage, pour la tirer d'un si mortel danger. Mais enfin elle s'éloignait toujours et, avec tous les respects que lui rendaient ceux qui avaient charge de la conduire, ils étaient inexorables aux prières qu'elle leur faisait de la remettre en Provence et furent même longtemps sourds aux demandes qu'elle leur faisait du dessein qu'ils avaient et du lieu où ils la voulaient mener.

La comtesse, qui s'était voulu exempter de ses plaintes et qui appréhendait peut-être d'en être touchée, malgré le dessein qu'elle avait de les mépriser, n'avait point voulu les entendre et même elle avait chargé ce gentilhomme de ne lui dire son dessein qu'après la première journée, afin que, si Carloman, qui ne dormait presque jamais, la surprenait par hasard dans son entreprise ou en avait avis par quelque aventure, il ne sût rien de son artifice.

On peut donc s'imaginer combien cette triste journée fut ennuyeuse[24] à la pauvre Adélayde. Tantôt elle menaçait ses ravisseurs, tantôt elle se jetait à leurs pieds et les conjurait par de si tristes paroles que, tout obsti-

23. *Il* : neutre : ce.
24. *Ennuyeuse* : douloureuse, insupportable.

nés qu'ils étaient à exécuter la commission qu'on leur avait donnée, ils ne pouvaient retenir leurs larmes. Mais tout était inexorable à ses prières et Carloman, qui sans doute était le dieu qu'elle invoquait le plus souvent, était sourd à ses cris et à ses vœux, ou avait autant de besoin de secours qu'elle. Son conducteur était inflexible, et sa femme, sa fille et un fils qu'il avait, qui se montraient si touchés de compassion pour cette pauvre princesse, ne savaient rien de l'entreprise qui lui était si fatale.

Il attendit que le temps qu'on lui avait prescrit fût expiré pour lui découvrir les ordres de la comtesse, et ce ne fut qu'un peu auparavant qu'il en instruisit sa femme et sa fille, afin qu'elles lui aidassent à remettre l'esprit de cette princesse, dont le trouble lui était connu par un pressentiment assez facile à avoir, vu le triste message dont il était chargé. Il entre donc dans la chambre de poupe, où il l'avait laissée entre les mains de son fils et de ses domestiques, pour empêcher qu'elle ne se précipitât dans la mer, comme elle avait témoigné le vouloir beaucoup de fois, dans la violence de son affliction. Premièrement, il tâche de lui mettre l'esprit en repos, en l'assurant de son obéissance et de beaucoup de zèle pour son service. Ensuite, il lui montre une lettre de la comtesse et, auparavant que de la lui donner, il lui fait ses excuses, si elle ne lui avait pas expliqué ses intentions elle-même.

Quoique Adélayde eût mauvaise opinion de tout ce qui pouvait venir de la part d'une personne qui avait un si étrange procédé pour elle, la grande inquiétude où elle était lui pouvait aisément inspirer la curiosité de voir ce qui était contenu dans sa lettre, ne doutant point que sa destinée n'y fût écrite. Elle l'ouvrit donc aussitôt et, jetant dessus des yeux tout éplorés, elle vit qu'elle était conçue en ces termes :

Batilde, comtesse de Provence et de Toulouse,
à Adélayde, comtesse de Roussillon.

« Dieu m'est témoin, ma fille, que je n'ai pas moins d'affection pour vous que si le Ciel vous avait fait naître de mon sang. Les prières que la comtesse votre mère me fit en mourant me sont encore présentes, et vous ne trouverez jamais que je me veuille dédire des soins et de l'affection que je lui promis de vous conserver tant que je vivrais. Vous savez aussi l'obéissance qu'elle vous enjoignit d'avoir pour toutes mes volontés ; et, comme je ne me plains pas que vous en ayez mal usé envers moi, je crois que vous ne pouvez pas vous plaindre que j'ai eu trop de rigueur pour vous.

« J'ai promis d'avoir soin de vos intérêts et de votre personne, et de vous trouver un parti sortable[25], quand il en serait temps. Pour le premier, je crois m'en être acquittée et que vous en êtes contente. C'est pour le second que ce gentilhomme vous mène en Italie. Le duc de Calabre est un prince aimé de ses sujets et redouté de ses voisins. Il vous a demandée pour femme et c'est le mari que je vous ai choisi. Sa puissance est considérable et sa condition est égale à la vôtre. J'ai regret que son âge n'est un peu plus sortable à votre extrême jeunesse, mais les personnes comme vous ne se marieraient jamais, si elles recherchaient une entière égalité. Puissiez-vous trouver avec lui autant de bonheur que je vous en souhaite et qu'il m'a fait espérer que vous y trouveriez d'amour et de douceur.

« Résolvez-vous donc, ma fille, à suivre les volontés d'une mère qui vous a soumise aux miennes. Résolvez-vous d'épouser le duc de Calabre, comme un

---

25. *Sortable* : assorti, convenable.

parti qui vous est avantageux et nécessaire, et résolvez-vous-y d'autant plus volontiers qu'on ne vous est pas si fidèle que vous le croyez et que celui qui s'y devait opposer autant que vous est le premer qui y a consenti. »

Cette lettre acheva d'abattre le courage d'Adélayde : car elle connut par elle qu'assurément toute cette pièce[26] était si bien concertée que malaisément pourrait-elle éviter d'épouser un prince entre les bras duquel elle allait être livrée et pour qui, sans compter sa vieillesse, l'amour qu'elle avait pour Carloman lui inspirait une si puissante aversion. A peine donc eut-elle détaché ses yeux de dessus ce funeste arrêt qu'elle venait de lire que, ses forces lui manquant, elle tomba évanouie sur un lit, sur lequel elle était assise, et fut longtemps sans revenir.

Lascaris (c'est le nom de ce gentilhomme que la comtesse avait fait son agent), jugeant bien que sa présence ne calmerait pas les violents transports de cette jeune princesse, crut qu'il ne pouvait mieux faire que de se retirer, laissant tantôt sa femme et tantôt sa fille auprès d'elle pour la consoler.

La nuit survint cependant et, obligeant tous ceux qui s'efforçaient de diminuer sa douleur de la laisser, elle lui donnait moyen de soulager ses tristes inquiétudes par les funestes plaintes que la douleur, le dépit, l'amour et le désespoir lui inspiraient.

« Par où commencer pour me plaindre ? disait-elle en elle-même. Si je dois regarder ma vie comme une continuelle suite de misères, ô mère que j'ai trop tôt perdue, à quelle tyrannie m'avez-vous soumise ? O cruelle Batilde, est-ce ainsi que tu t'acquittes de ce que

---

26. *Pièce* : mauvais tour.

l'hospitalité et les promesses exigent d'une personne de ton rang ? Et vous, cruels instruments de sa rage, croyez-vous que j'aime mieux vous obéir, en souffrant mille trépas, que de trouver lieu de finir ma triste vie par une seule mort, en me précipitant dans la mer ? Redoublez votre prévoyance[27] et votre cruauté, si vous le pouvez. Il vous est bien difficile d'être plus ingénieux pour ma perte que le désespoir qui me transporte. »

C'est ce que le funeste état où elle voyait qu'elle était réduite lui mettait dans la pensée, quand elle songeait à la violence qu'on lui voulait faire. Mais, quand elle repassait dans son esprit les dernières paroles de la lettre de Batilde, par lesquelles elle lui voulait faire entendre que Carloman l'avait trahie, on ne peut se représenter quels furent les violents transports de sa rage. La comtesse de Provence lui voulait effectivement faire entendre que Carloman lui avait fait cette insigne infidélité, car elle crut que ce serait un moyen pour la résoudre à épouser plus volontiers le duc de Calabre. Elle s'imagina qu'Adélayde le croirait d'autant plus aisément qu'elle n'avait point témoigné par quel artifice elle avait découvert ses amours. Mais elle n'avait voulu rien témoigner à Lascaris de l'intérêt que Carloman pouvait prendre en ce mariage de peur que, comme il est naturel à ceux qui veulent faire leur fortune de révérer plutôt une puissance qui naît que celle qui semble être sur son déclin, cet homme, à qui l'intérêt faisait embrasser cette mauvaise commission, ne révélât son secret dans l'espoir d'une plus grande récompense, ou dans la peur de se perdre auprès du prince, qui apparemment devait bientôt succéder à son père, vu son extrême vieillesse. Elle ne lui avait donc parlé d'autre

---

27. *Votre prévoyance* : vos précautions.

chose que de sa volonté pour ce mariage, et cet homme, qui ne songeait qu'à l'exécuter, ouït lire devant lui la lettre que la comtesse avait écrite à Adélayde sans rien comprendre aux dernières paroles. Et c'était cependant ce qui outrait le plus sensiblement Adélayde.

« On ne m'est pas si fidèle que je le crois, disait-elle, en répétant les dernières paroles de la lettre de la comtesse, et ceux qui devaient s'opposer autant que moi à une si grande tyrannie sont les premiers qui y ont consenti. Ah ! Carloman, pour t'avoir aimé plus que ma vie, t'ai-je fait une assez grande offense pour te porter à la plus noire méchanceté dont un homme puisse être capable ? Un prince estimé de tout le monde sera devenu le plus lâche de tous les hommes pour se rendre l'instrument de ma perte ? Ah ! non, non, cela ne se peut : je ne t'ai point donné assez de sujet de me haïr et tu n'es pas capable d'une si noire perfidie. Je suis trop facile à me laisser persuader par une personne dont tout me doit être suspect. Peut-être qu'à cette même heure, tu n'es pas moins affligé que moi, ou peut-être que la cruelle personne qui m'a mise en butte à sa colère, tournant à sa fantaisie l'esprit de ton père, t'a plongé dans une misère aussi grande que la mienne. »

Comme on espère aisément les choses qu'on souhaite avec passion, Adélayde se flattait, au commencement, de ces pensées, et tout ce qui pouvait les conserver dans son esprit se présentait à son imagination. Elle songeait qu'elle n'avait point donné sujet à Carloman de lui faire une si grande injure et elle se représentait que sa belle-mère et lui n'étaient point dans une assez grande union pour avoir concerté ensemble une si noire méchanceté. Mais quand, d'un autre côté, le péril où elle était faisait agir son désespoir, dans l'étrange assiette où devait être son esprit, il est bien vraisemblable qu'elle se pouvait laisser saisir par mille et mille soupçons qu'on ne peut exprimer.

« Pourquoi, reprenait-elle, veux-je me flatter ? Carloman n'est-il pas homme comme tous les autres, et n'est-ce pas à dire un ambitieux, un perfide et un dissimulé ? Que sais-je si la passion qu'il m'a témoignée était véritable ? Que sais-je si les États de ma rivale n'ont point eu de charmes plus puissants sur lui que ceux qu'il feignait de trouver en moi ? L'intérêt d'un agrandissement souhaitable ne peut-il pas l'avoir touché, ou ne peut-il point s'être rendu aux conseils de quelque flatteur qui l'aura séduit ? Car enfin par qui mon ennemie aurait-elle découvert la passion que j'avais pour lui, s'il ne m'avait sacrifiée à son agrandissement ? Que sert un peu plus de beauté, quand on est malheureuse, et combien rarement dans l'âme d'un prince l'ambition et l'intérêt ont été vaincus par l'amour ? Cessons, cessons d'appeler à notre secours celui qui a consenti à ma perte, celui qui m'a indignement trahie et celui qui, de peur que je ne lui reproche un jour son indigne trahison, souhaite peut-être dans son cœur perfide que la mer m'engloutisse. »

Comme ces pensées étaient celles qui la touchaient le plus, il ne faut pas s'étonner si son âme s'y plongeait plus longtemps. Dans l'innocente injustice qu'elle faisait à Carloman, il n'y a point de reproches qu'elle ne lui fît, ni de malheurs qu'elle ne lui souhaitât.

Et, comme la vengeance est la plus ingénieuse de toutes les passions, je ne sais si ce ne fut point elle, plutôt que l'amour, qui lui mit dans l'esprit l'expédient qu'elle trouva pour se tirer du dangereux écueil où elle semblait, selon toutes les apparences, devoir faire naufrage. Car il est certain que, quand elle prenait quelque espérance de se dérober à ses conducteurs, son imagination ne s'en proposait point d'autre fruit que celui d'aller trouver Carloman pour se venger de son infidélité ou pour lui reprocher son indiscrétion. Mais enfin, soit amour, soit vengeance, jugez si l'on peut trouver deux meilleurs conseillers pour se tirer d'un grand malheur. Elle voyait que Lascaris ni sa femme ne lui parlaient point de Carloman et elle ne leur en voulait rien dire, croyant que c'était le meilleur moyen pour faire réussir le projet qu'elle fit de se délivrer de la captivité où elle se voyait condamnée.

Au moment donc que cet homme, qui redoublait tous ses soins pour la consoler, lui remontrait la grandeur du duc de Calabre et se servait de toutes les raisons qui la pouvaient obliger de se résoudre à ce triste hyménée :

« Je vous prie, lui dit-elle, faites retirer tout le monde, que je puisse vous entretenir.

Ce que Lascaris ayant fait aussitôt :

« Ma douleur, poursuivit-elle, ne vient pas d'être condamnée d'épouser ce prince. Je sais qu'il est de ma qualité et, si son âge peut m'inspirer de l'aversion, il peut aussi me donner l'espérance d'un plus prompt veuvage. Ma tristesse vient de ne pouvoir accomplir un vœu que j'ai fait, et, comme je l'ai négligé, je me persuade que tout ceci n'est qu'une punition de Dieu. J'ai été élevée dès mon enfance en un monastère de filles, qui est à Barcelone, dont une sœur de la princesse ma mère était abbesse et fille, comme elle, du comte de ce pays. J'y serais demeurée, sans doute, sans la mort du comte de Roussillon mon père, laquelle obligea ma mère de me retirer, voyant qu'elle n'avait point d'autres enfants que moi. La vie de ces religieuses m'a tellement plu ou, pour mieux dire, m'a si fortement inspirée d'en choisir une pareille que, depuis que je me connais, et principalement depuis un an ou deux, j'ai toujours eu ce dessein-là. Or il ne tiendra qu'à vous que je ne l'accomplisse et d'autant plus volontiers que, me laissant choisir une vie telle que je la souhaite, vous pouvez garder pour votre famille toute la grandeur dont vous voulez me flatter.

« Le duc de Calabre ne m'a jamais vue, et je ne pense pas qu'on ait jamais tiré de portrait de moi qui puisse être assez semblable[28] pour n'être pas contredit. Votre fille est belle autant ou plus que je le puis être ; elle est d'un même âge que moi et d'une taille fort approchant de la mienne, si elle n'est tout à fait semblable[29]. On ne l'a jamais vue à la Cour de Provence et peu de personnes peuvent la voir en Calabre qui l'aient vue chez vous, si ce qu'elle m'a dit de la vie solitaire que vous faites mener à votre femme et à elle est véritable. Pourquoi donc ne pouvez-vous pas lui faire épouser ce duc dont les richesses ont de si grands charmes pour vous ? Vous savez que les princesses d'Italie ne se montrent guère en public, et principalement quand elles ne le veulent pas, et il est à croire que le vieux duc de Calabre ne s'opposera pas à sa résolution, si vous lui conseillez de ne sortir que le moins qu'elle pourra et de ne paraître devant le monde que masquée.

« Je ne vous demande, en échange de la grande fortune que je lui veux faire trouver et que je lui résigne de bon cœur, que le plus chétif navire que vous pourrez m'acheter et un des habits de votre fils, parce que,

---

28. *Semblable* : ressemblant.

29. Cf. Voiture, *Histoire d'Alcidalis et de Zélide*, p. 315 : « Le duc de Tarente m'attend et ne m'a jamais vue. Vous avez ici votre nièce, qui est de mon âge, de ma taille et à peu près de mon visage. Vous la pouvez mettre en ma place et lui procurer ce bonheur... ».

ne pouvant avoir de femme pour m'accompagner, il me semble que, s'il m'arrivait quelque accident dans les périls de la mer, j'en triompherais plus aisément en cachant la faiblesse de mon sexe sous les habits du vôtre et courrais moins de danger de cette sorte que si je me laissais reconnaître pour ce que je suis. Vous ferez ma félicité et la ferez telle et si grande qu'il ne se passera jour de ma vie que je ne vous en souhaite une qui vous contente autant. Si ce que vous m'avez dit pour m'obliger d'épouser le duc de Calabre est véritable, vous ne sauriez vous montrer assez dénaturé pour ne pas souhaiter cet avantage à votre fille. Enfin, si vous n'écoutez mes raisons, j'aurai lieu de ne vous pas croire et par là vous pouvez juger qu'il vous sera impossible de m'empêcher de mourir, car, pour sauver ma virginité et mon honneur, il n'y a point de mort que je ne puisse rechercher sans faire périr mon âme et il n'y en a point d'assez terrible pour m'épouvanter. »

Adélayde accompagna ses paroles de tant d'ingénuité[30] qu'il n'est pas trop étrange si ce gentilhomme, à qui l'intérêt faisait embrasser une si fâcheuse commission, s'en laissa toucher. Il était vrai qu'Adélayde avait été nourrie dans le monastère qu'elle disait et il était assez vraisemblable que cela pouvait être de la connaissance de ce gentilhomme. Sa fille était belle et, si elle ne l'était pas tant qu'Adélayde, elle pouvait néanmoins répondre à la réputation qu'il avait donnée de sa beauté, car, par bonheur encore, ayant été obligé de partir à la hâte, il n'avait pu emporter le portrait de cette jeune princesse. Ainsi il voyait tant d'apparence dans tout le reste qu'elle lui avait proposé qu'il n'était guère combattu ; et, commes les avares se flattent aussi

---

30. *Ingénuité* : « sincérité, franchise » (Fur.).

aisément que les amants, il se figurait mille accidents
qui pourraient arriver à Adélayde et il se persuadait que
peut-être on n'entendrait jamais parler d'elle. Il ne lui
répondit donc rien qui lui pût faire croire qu'il ne se
rendait pas à ses raisons et il ne lui demanda autre chose
sinon qu'elle lui permît d'en conférer avec sa femme.
En même temps, il la laissa et, comme elle conçut quelque espérance du succès de son projet, se trouvant
l'esprit un peu plus en repos, abattue de travail[31] et de
lassitude, elle s'endormit.

La femme de ce gentilhomme fut si éblouie de la
grandeur de sa fille qu'elle ne trouvait nulles difficultés dans cette entreprise et elle acheva tellement de persuader son mari que, sitôt qu'Adélayde fut éveillée, il
lui vint dire qu'il était résolu à tout et qu'il n'y avait
rien qu'il ne fît pour son contentement ; mais qu'il voulait que son fils l'accompagnât jusqu'à ce qu'elle fût
religieuse. Elle y consentit, croyant toujours bien se
défaire de lui.

Le vent ayant changé, ils furent contraints de relâcher en Sardaigne, et ce fut là qu'ayant acheté un
navire, il le donna à Adélayde, dans la pensée qu'elle
irait accomplir son vœu, après avoir tiré parole d'elle
qu'elle ne ferait jamais savoir où elle serait, quand une
fois elle serait religieuse ; et, comme on l'aurait recon-
nue dans l'abbaye où elle avait été élevée, il exigea d'elle
encore, sous d'horribles serments, que ce ne serait point
en celle-là qu'elle se retirerait, mais dans une autre qui
serait du pareil ordre, si elle le voulait, dans le royaume
de Valence ou de Castille[32], ou en tel lieu qu'elle sou-

---

31. *Travail* : fatigue physique.

32. Ces indications ne peuvent aider à donner une date précise aux
événements narrés dans la nouvelle. Le royaume de Castille (et Léon)

haiterait choisir en Espagne. Et, en secret, il donna ordre à son fils de la tuer, s'il connaissait qu'elle eût un autre dessein.

Voilà donc Adélayde habillée en garçon dans un autre navire, sous la conduite du jeune Lascaris, mais bien résolue de s'en retourner en Provence, à la première occasion, pour se venger de Carloman. Mais cependant le vent qui s'éleva fut plus propre au vieux Lascaris pour achever son voyage qu'à elle pour s'en retourner en Provence, comme elle en avait le dessein, ou pour aller en Espagne, comme elle feignait le vouloir.

Suivons donc ce vieillard et nous en allons avec lui à la noce qui se fit en Calabre. Le vieux duc fut ravi de la beauté de son épouse, et il n'y eut rien de plus solennel que tout ce qui se fit en cette cérémonie.

La pauvre Adélayde ne fut pas si heureuse. L'habit qu'elle avait pris lui inspirait tant d'audace que, soit que Carloman lui eût été infidèle, ou qu'elle n'eût à se venger que de la comtesse de Provence, elle ne trouvait rien d'impossible. Se laissant donc conduire en Espagne, dans l'espérance d'y trouver l'occasion de retourner en Provence, il n'y a point de doute qu'elle eût bien embarrassé toute cette Cour, si elle fut revenue. Mais le malheur ne change pas aisément et son grand courage ne put empêcher qu'elle ne fût prise par un corsaire du roi de Maroc qui, avec trois grands vaisseaux, attaqua le sien. Le jeune Lascaris, qui en était le maître, y fut tué aussitôt, ce qui redoubla le désir qu'Adélayde conçut de se sauver par la facilité qu'elle

---

date du XIe siècle (Ferdinand Ier, 1037), et Valence, conquise une première fois par le Cid (1094), puis reperdue, ne fut reconquise définitivement qu'en 1238 par Jaime Ier.

y trouvait, si elle pouvait se tirer des mains du pirate. Elle fit des efforts extraordinaires pour cela : elle oblige ses gens à se défendre et les encourage tellement par son exemple que ce ne fut que par un carnage épouvantable que le corsaire se rendit maître de son vaisseau. Quoiqu'il fût extrêmement irrité de la perte de ses gens, il lui vit faire des actions si merveilleuses qu'il fut touché de générosité ou plutôt d'intérêt : car s'attendant bien de la prendre esclave, il crut que, s'acquérant un si brave homme[33], il recouvrerait une partie de ce qu'il avait perdu pour le défaire. Il défendit donc qu'on le tuât et il la[34] prit après la défaite de ses gens.

Le corsaire vit bientôt que c'était en vain qu'il lui avait donné la vie, si l'affliction qu'elle témoignait de sa prise était suffisante pour la lui ôter, car elle se tourmentait extraordinairement. Il tâcha donc de la consoler autant qu'il put et, avec toute la civilité dont un corsaire peut être capable, il lui fait demander par un truchement quel grand sujet de douleur il pouvait avoir, puisque, dans sa prison, il recevrait un traitement beaucoup meilleur qu'il ne devait l'attendre. Elle lui dit, parlant en garçon, comme il l'avait fait interroger, qu'il ne s'affligeait point pour la perte de tous ses biens et de ses gens, mais qu'il était passionnément amoureux d'une des filles d'honneur de la comtesse de Provence, qu'il en était aimé et que l'obstacle seul de sa prison le privait de la récompense d'une passion qui l'avait tourmenté longtemps.

Quand le corsaire eut su sa réponse par le truchement,

« Je t'ai reconnu si brave homme, lui fit-il répondre pour tâcher de l'apaiser, que je te jure que je suis touché

---

33. *Un brave homme* : un homme brave.

34. Remarquer la confusion entre le masculin et le féminin.

de ta disgrâce, et, pour le témoigner, je te donne ma parole que, quand tu m'auras aidé à faire quelque prise considérable qui puisse établir ma fortune, je te descendrai en quelque contrée que tu voudras, ou te donnerai un vaisseau pour t'y conduire. »

Adélayde ne put être tout à fait contente de cette réponse ; mais cependant, soit par désespoir de pouvoir jamais finir la misère de sa vie, soit par quelque espérance d'obliger ce corsaire de lui tenir sa parole, rien ne lui était impossible et, dans toutes les occasions qui se présentèrent, elle fit bien voir que l'amour est un grand faiseur de miracles.

Mais, si cette vérité se découvrait tous les jours en Adélayde, elle ne paraissait pas moins en Carloman, et il est assez juste que nous retournions à lui. On lui dissimula pour quelques jours l'enlèvement d'Adélayde et le dessein de son mariage ; et d'abord on empêcha qu'il n'allât pour la voir, sous le prétexte qu'elle était malade. Mais qui peut décevoir[34] un amant ? Voyant qu'il ne recevait point de ses lettres et qu'on ne lui voulait point permettre de l'aller voir, il se douta bientôt de quelque artifice. La comtesse fit courir le bruit après qu'elle l'avait envoyée en Roussillon prendre possession de ses États ; mais, comme il ne s'était fait nul appareil[35] pour cela et qu'il ne voyait pas qu'aucune personne de considération se fût éloignée de la Cour pour l'accompagner, il entra peu à peu en une si grande fureur qu'il déclara à sa belle-mère que jamais il n'épouserait sa fille, s'il ne savait ce qu'était devenue Adélayde.

34bis. *Décevoir* : tromper.

35. *Appareil* : « ce qu'on prépare pour faire une chose plus solennellement » (Fur.).

Il fut même se jeter aux pieds de son père pour lui demander sa protection contre la violence qu'il craignait qu'on eût faite à cette princesse. Mais, pour tout cela, la comtesse ne s'épouvantait point : elle s'était bien attendue à ses premiers mouvements et elle gouvernait si absolument l'esprit de son mari qu'elle ne redoutait rien de ce côté-là. Elle laissa donc évaporer la colère de Carloman et, ne découvrant rien de ses desseins, elle lui laissa quereller le Ciel et la terre jusqu'à ce qu'elle vit Lascaris de retour, qui lui apprit que le mariage était fait, que le duc de Calabre avait épousé Adélayde, et qu'Adélayde s'y était enfin résolue et s'était souvenue de l'obéissance que sa mère, en mourant, lui avait commandé d'avoir pour toutes les volontés de la comtesse de Provence. En même temps, ce bruit fut divulgué par toute la Cour et Batilde fut la première à le publier, croyant bien que la certitude des noces d'Adélayde pourrait obliger Carloman à l'oublier.

En effet tous ces bruits ne lui en inspirèrent pas peu le dessein. Mais la peine était de l'exécuter. Par tous les sentiments d'Adélayde quand elle le crut infidèle, on peut juger de ceux de ce jeune prince, quand il apprit que sa maîtresse était mariée et quand, après avoir longtemps attendu qu'elle s'excusât envers lui par quelques lettres, il vit enfin qu'il n'en recevait point de sa part et crut, comme toute la Provence, qu'elle s'estimait heureuse avec son vieillard. Je ne vous dirai point tout ce que la douleur qui le possédait lui mit en la bouche, car il n'en dit pas moins qu'Adélayde. Il se désespéra, il voulut mourir, il tomba malade et, pour oublier toutes ces particularités inutiles, afin de ne se montrer pas moins passionné qu'elle l'était, il prit la résolution d'aller en Calabre. Pour mieux cacher son dessein, il n'emmena que deux personnes avec lui et prit le plus d'argent qu'il put. Et, pour ne s'exposer point aux retardements qui peuvent naître sur la mer, il part secrètement et prend son chemin par terre avec toute la diligence qui lui fut possible.

Il est aisé de croire qu'il ne fut pas longtemps au lieu où le duc de Calabre demeurait sans s'informer de son hôte de ce que faisait la jeune duchesse et de la manière dont son mari la traitait. Voici ce qu'il en apprit : que le duc, comme vieux et comme Italien, en était extrêmement jaloux ; qu'elle ne sortait point du tout et qu'il n'y avait que ses femmes et lui qui la vissent ; que cependant, pour la divertir, il avait des comédiens et des baladins[36], mais qu'elle ne les voyait encore que par une jalousie d'où elle ne pouvait être vue.

Carloman pensa mourir de douleur à cette triste nouvelle, car en même temps il vit évanouir toutes les espérances qui soutenaient sa vie. D'abord il songea à se déguiser en femme, car il le pouvait à cause de sa grande jeunesse ; mais il ne put trouver à même temps par quel moyen il s'introduirait dans le palais. Il en faisait tous les jours le circuit plus de cent fois, et il n'y avait fenêtres ni créneaux par où il pût avoir quelque facilité de monter, dont il ne remarquât très exactement la situation. Mais toutes étaient d'une hauteur excessive et celles du premier étage étaient grillées de barreaux de fer si massif qu'à moins que d'être insensé tout à fait, il ne pouvait pas songer de les rompre.

« Après tout, disait-il, le moyen de l'entreprendre sans avoir quelque intelligence au dedans, et comment puis-je y en avoir, si Adélayde n'a peut-être personne

---

36. *Baladin* : « danseur de profession sur les théâtres publics, qui danse à gages et pour de l'argent » (Fur.).

à son service pour m'y faire entrer, dans l'appréhension juste qu'elle doit avoir que je ne lui reproche son infidélité ? O murs ! ô palais ! ô prison, qui, malgré tous mes malheurs, enfermez toutes mes espérances et la plus aimable personne qu'il y ait au monde, malgré son infidélité, soyez plus sensibles qu'elle ! Ma douleur est capable de vous fendre de pitié. »

C'étaient les extravagantes pensées qu'Amour lui mettait dans la bouche et dont, tout le long des jours, il entretenait sa rêverie. Car il ne s'en passait aucun dont il n'employât la plus grande partie à considérer chaque endroit de ce palais pour tâcher de s'y faire quelque ouverture. Malgré la hauteur des murailles et malgré leur épaisseur, son amour se faisait entrée partout et son imagination qui le conduisait lui en faisait visiter les plus secrets appartements pour courre après Adélayde. Mais, quand il se la représentait en la possession de son vieillard et qu'il songeait à même temps à l'amour qu'elle lui avait témoignée :

« Est-il possible, ô inconstante Adélayde, disait-il, que ce vieux prince ait eu plus de charmes pour vous que l'amour violente de Carloman, qu'un amour que vous avez vu naître, qu'un amour que vous avez toujours remarquée si constante et si violente[37] ? Ah ! non, non ! cela ne se peut. Il faut croire bien plutôt qu'on vous a séduite[38] ou que vous avez cédé à la violence, et, quand on aurait voulu vous plonger dans une si grande misère et m'y précipiter avec vous, sans doute

---

37. *Sic.* Au XVIIe siècle, le mot amour était indifféremment masculin ou féminin (voir Vaugelas, Ac. 94). Ici l'emploi simultané des deux genres est tout de même curieux.

38. *Séduite* : trompée.

vous ne pouvez être à vous en repentir[39]. Si par quelque endroit de ces murailles ou de ces hautes tours vous pouviez voir mes tristes regards qui y sont sans cesse attachés, toute coupable que vous êtes, vous me connaissez trop pour désespérer de ma soumission et vous me donneriez lieu de vous l'aller témoigner. Toutes celles qu'on a mises à vous garder ne peuvent être si inhumaines qu'il n'y en ait quelqu'une qui se donne à vous, et sans doute, si vous m'aviez vu, j'aurais déjà reçu quelque consolation de votre part. Car du moins, connaissant bien qu'il m'est impossible de me séparer du séjour que vous habitez, quand je n'aurais point d'autre satisfaction que de voir le lieu où vous êtes, votre rigueur n'eût[40] été assez grande pour m'ôter l'unique satisfaction qui me reste, ou votre pitié vous eût obligée de vouloir détourner la mort que j'y trouverai sans doute, dans quelque entreprise mal formée que je ne pourrai jamais m'empêcher de concevoir pour avoir encore une fois en ma vie le plaisir de vous voir. »

Ces tristes pensées ne lui sortaient point de l'esprit et, comme elles le confirmaient dans le désir qu'il avait de se faire voir à la nouvelle duchesse, s'il pouvait, il ne manquait aucun de tous les ballets et de toutes les comédies qu'on représentait devant elle, dans l'espérance qu'elle pourrait le remarquer dans la foule. Et certes, quoiqu'il se hasardât[41] beaucoup en se faisant reconnaître, il se montrait si attaché à la jalousie par où la duchesse regardait la comédie et les ballets, et ses

---

39. C'est-à-dire vous ne pouvez pas ne pas vous en être encore repentie.

40. L'éd. originale porte : eût été. Nous rétablissons la négation, indispensable pour le sens.

41. *Se hasarder* : s'exposer, courir un risque.

regards étaient si tristes que, si on l'eût observé, on eût sans doute découvert quelque chose de son dessein. Mais, soit que tous les auditeurs ne songeassent qu'à la représentation du divertissement, ou que la duchesse elle-même ne songeât à autre chose, on ne prenait point garde à ses actions, non plus au dedans qu'au dehors.

Cette réflexion l'affligeait si cruellement qu'il se retirait tous les soirs tout désespéré et proposait chaque jour de s'en retourner en Provence : car, quand il voyait danser ces ballets ou représenter ces comédies :

« Ah ! perfide ! disait-il en lui-même, peux-tu bien avoir l'âme assez tranquille pour être sensible à tout autre plaisir qu'à celui de me donner la mort ? Ah ! cruelle ! ces comédies te sont-elles plus agréables que les tragiques fureurs qui déchirent mon cœur ? Ingrate ! Est-ce que je ne mérite plus un seul de tes regards, ou que tes regards, comme toutes tes pensées, sont enfermés dans les richesses de ce palais ? Si est-ce qu'au moins une fois en ma vie il faut que je te fasse rougir, il faut que tu connaisses, par quelque étrange résolution, le désespoir dont je suis capable et que, dans ce désespoir, tu voies encore luire mon amour. »

Il pensait que peut-être elle ne l'avait pas encore vu et qu'elle ne l'allait pas démêler dans la foule, car, dans le lieu qui était abandonné aux spectateurs, il n'y avait aucun endroit où il se pût faire remarquer : ce qui lui mit enfin dans l'esprit la résolution de se mettre dans la troupe de ces comédiens et de ces baladins. Il savait l'italien comme sa langue ; il avait une mémoire admirable, une mine[42] grande, une taille avantageuse et pour

---

42. *Mine* : « physionomie, extérieur, air, disposition du corps et surtout du visage, qui fait juger en quelque façon de l'intérieur par l'extérieur » (Fur.).

les ballets une disposition inconcevable. Il ne faut donc pas s'étonner s'il fut bien reçu dans cette troupe et s'il fut bientôt jugé digne des premiers personnages pour les comédies et des plus belles entrées pour les ballets. Dans l'un et dans l'autre, il n'y avait personne qui l'égalât. Sans se montrer trop avide des premiers rôles des comédies et des places plus recherchées dans les ballets, il ne voulait principalement que celles où il pouvait introduire quelque chose de son invention, par où il pouvait faire connaître à sa maîtresse la grande différence qu'il y avait entre lui et le vieillard qu'on lui avait préféré. C'était pourquoi il dansait quelquefois dans les ballets tout ce qui pouvait montrer le ridicule de la vieillesse et, dans les comédies, il mêlait toujours dans ses rôles quelque chose qui venait à son sujet.

Les Provençaux ont été les premiers poètes de France[43] et sont les premiers de notre nation qui ont eu les belles lettres. Carloman y était parfaitement bien instruit, et la facilité qu'il avait de faire des vers en sa langue lui acquit bientôt celle d'en faire en italien, dont il savait déjà toutes les délicatesses. Il ne faut donc pas demander si, quand il représentait quelque amant trahi, il jouait bien son personnage ou s'il exprimait bien, en d'autres rencontres[44], le désespoir de quelqu'un à qui on a enlevé sa maîtresse.

Il y avait toujours quelque endroit dans les comédies où les auteurs n'avaient point travaillé[45]. Une fois entre autres qu'il représentait un amant que sa maîtresse quitte, il récita ces vers libres à la façon des Italiens.

---

43. Cette mention des troubadours nous incite à penser que l'histoire ne peut être antérieure au XIIe siècle.

44. *Rencontres* : occasions, circonstances.

45. Ces comédies, comme la *commedia dell'arte,* laissaient sans doute place à l'improvisation.

Il les avait faits incontinent après l'enlèvement d'Adélayde, croyant qu'elle l'avait quitté par sa seule
volonté :

> C'en est fait, belle Iris,
> Le dernier de mes jours approche :
> Le conseil en est pris
> Par vos cruels mépris ;
>
> Et le triste reproche
> D'avoir causé ma mort par votre éloignement
> Ne vous peut seulement
> Arrêter un moment !
>
> Soupirs, plaintes et larmes,
> Inutiles et faibles armes
> Contre une insensible rigueur,
> Sortez à tout le moins pour soulager mon cœur.
>
> Mais, dieux ! à qui dois-je me plaindre ?
> Devant qui dois-je soupirer ?
> Pour me désespérer,
> Il faut encore me contraindre,
> Il faut pour votre gloire étouffer mes douleurs :
> Ne craignant pas la mort, je crains votre colère
> Et je cache mes pleurs
> Pour ne vous pas déplaire.
>
> Importune et triste langueur,
> De quel espoir faut-il que je vous entretienne ?
> Et que faut-il, Amour, que je devienne ?
> Douce tranquillité, qui régniez dans mon cœur
> Avant que je l'eusse connue,
> Hélas ! qu'êtes-vous devenue ?
>
> Hélas ! faut-il qu'à tous plaisirs
> Renoncent désormais mes frivoles désirs ?
> A cent tourments divers mon âme est condamnée :
> Telle est ma triste destinée,
> Et l'astre malheureux qui préside à mes jours,
> Plus malheureux encor, préside à mes amours[46].

---

46. Ces vers figurent dans les *Œuvres* de Segrais (éd. 1755,

Il est à croire que ces vers étaient en provençal ou en italien ; mais je n'ai pas voulu que rien manquât à mon histoire : soit que celui qui me l'a apprise les eût traduits, ou qu'il en eût fait d'autres sur ce même sujet, c'est de cette sorte qu'il me les a appris.

Or Adélayde, qui était entre les mains du corsaire, n'avait garde de les entendre et encore moins de se laisser toucher par la bonne grâce, par l'air passionné et galant, et enfin par tout l'agrément possible avec lesquels il les récitait. Quoiqu'il y mît toute son industrie, il n'acquérait autre chose que la réputation de bon comédien, d'excellent baladin et même de parfait musicien. Car, comme il mettait cette troupe en une vogue où jamais aucune ne s'est vue, il enrichissait non seulement ce théâtre d'un excellent acteur, mais il n'y avait point encore de pièce à laquelle il ne donnât un meilleur tour ou qu'il n'ornât de quelque trait de son invention.

Comme, entre plusieurs rencontres[47] qui seraient dignes de récit, une fois entre autres, il trouva moyen de mêler cette chanson, dont l'air était triste et touchant au dernier point et dont les paroles revenaient[48] tout ensemble au sujet qu'il représentait et au triste état où il était, vous en jugerez parce qu'elles étaient telles :

---

rep. par Slatkine, tome I, p. 262), sous le titre : *Sur un adieu*. Au vers 22, cette édition porte : De quel esprit. Notre version (espoir) nous semble préférable.

47. *Rencontres* : désigne ici « une équivoque, allusion, une pointe d'esprit » (Fur.).

48. *Revenaient* : Revenir « signifie aussi : convenir, avoir du rapport » (Fur.).

Chanson.

D'où me vient ce chagrin extrême
Que mon cœur ne peut exprimer ?
Hélas ! qu'un jour passé sans voir ce que l'on aime
Est long à qui sait bien aimer !

Je cède à l'ennui qui me tue,
Et je ne saurais concevoir
Si ce mortel ennui vient de l'avoir trop vue,
Ou s'il vient de ne la point voir.

Auprès des beaux yeux de Silvie,
Je soupire depuis longtemps ;
Je n'attends que la mort, mais la plus belle vie
Ne vaut pas la mort que j'attends[49].

Sans doute Adélayde n'eût pas tardé si longtemps à reconnaître son amant ; mais Carloman, qui ne la croyait pas si loin de lui qu'elle l'était et qui voyait que son mal empirait tous les jours, se désespérait tellement que sans doute il eût entrepris quelque chose de bien extravagant, si l'amour n'eût pris plaisir à se jouer de lui. Il croyait à la fin n'avoir acquis autre chose que l'amitié de ses compagnons, avec lesquels il était fort bien, pour l'argent qu'il leur faisait gagner et pour la manière dont il en usait, quand un jour, étant à la messe avec eux, il vit qu'une vieille fort vénérable se vint placer auprès de lui, avec un grand chapelet à sa main et un voile sous lequel son visage était si caché qu'il fallait avoir bonne vue pour discerner si c'était un spectre ou une femme. Elle avait toujours la tête tournée vers l'autel et les yeux si fixement élevés vers le ciel qu'il

_____

49. Cette chanson figure dans les *Œuvres,* Slatkine Reprints, I, p. 284. A noter une variante du vers 10 : Je languis depuis si longtemps.

la croyait dans une grande extase de dévotion[50], quand, tout d'un coup, il entendit que parmi ses prières elle lui disait :

« Comédien, ne me regardez pas ; mais écoutez avec attention ce que j'ai à vous dire. »

Carloman, qui l'entendit incontinent et qui avait toujours Adélayde dans la tête et les femmes qui la gardaient, qui apparemment devaient être de l'âge de celle-ci, crut par cette préface qu'assurément ce spectre était quelque bon démon, qui avait pris cette forme pour lui apporter plus sûrement quelque agréable nouvelle.

« Je suis si attentif, lui répondit-il, que je ne perdrai pas une seule de vos paroles ».

« Écoutez donc, reprit-elle en peu de mots. A l'entrée de la nuit, trouvez-vous sur le port et vous mettez dans un petit bateau qui vous conduira au pied de la grosse tour du château. Attendez là une échelle de soie qu'on vous jettera d'une fenêtre où il y aura un linge étendu. Soyez secret et vous serez heureux »[51].

Carloman, ravi de joie, n'en demande pas davantage à la vieille : il crut que sa maîtresse l'avait reconnu et, persuadé que c'était elle qui lui donnait le moyen de la voir, il va passer le reste de la journée dans toutes les impatiences qu'on peut imaginer[52].

---

50. Dans l'*Histoire d'Alcidalis*, la messagère — « une femme qu'il ne connaissait pas » — parle au héros devant le palais ducal. Segrais reprend dans sa nouvelle le personnage traditionnel de la vieille entremetteuse à l'apparence dévote, qui donne un rendez-vous au galant dans une église.

51. Cf. *Histoire d'Alcidalis,* p. 334 : « Trouvez-vous demain [...] au pied de la tour des Grecs. Étant là, si vous vous servez de l'occasion qui se présentera, vous serez plus heureux que vous n'avez jamais espéré de l'être. »

52. Voiture (*Id., ibid.*) parle aussi de « l'amoureuse impatience » d'Alcidalis.

Il est vrai que ce n'était pas Adélayde, mais il était assez juste que celle à qui elle avait cédé la place qui lui était destinée, trouvât, avec la grandeur dont elle devait jouir, une partie des peines qui traversaient sa vie. La fille de Lascaris, qui était la duchesse de Calabre, trouva le comédien nouveau si à son gré qu'elle en fut aussitôt éprise, mais d'une si grande passion que, se mettant en tête que c'était quelque malheureux que la fortune avait mis sur le théâtre, quoiqu'il ne fût point né pour cela, elle résolut de s'en éclaircir à quelque hasard que ce fût. De toutes les vieilles qu'on lui avait données pour l'observer, celle-ci avait gagné sa confidence à un plus haut point et, soit qu'elle la jugeât plus sûre ou plus adroite, ce fut d'elle qu'elle prit résolution de se servir. La vieille accepta cette commission et l'exécuta de la sorte que je le viens de dire.

De demander si Carloman était au bord de la mer, à l'entrée de la nuit, ce n'est pas une question à faire. Il y était avant que le soleil fût couché et il était au pied du château, sous la fenêtre où le linge était tendu, plus d'une heure avant qu'on laissât tomber l'échelle de soie[53] ; et, quoique la fenêtre fût au second étage, il monta si promptement que la vieille crut qu'il avait volé.

Il ne fut pas si tôt descendu de la fenêtre en bas qu'il se trouva dans une chambre où l'on ne voyait goutte. Il vit pourtant bien que la vieille y était, car elle lui donna la main pour lui aider à descendre ; et, après l'avoir loué de sa diligence :

---

53. Cf. *Histoire d'Alcidalis,* p. 335 : « Le jour, ou plutôt la nuit de l'assignation qu'on lui avait donnée vint à la fin et, devant qu'elle eût bien épaissi les ombres, il était déjà au pied de la tour... Il demeura une heure, sans que rien parût [...] ».

« Vous êtes le plus heureux homme du monde, lui dit-elle. Madame la duchesse veut savoir qui vous êtes, et je vais tout incontinent vous mener à elle. Mais demeurez ici pendant que j'irai voir si tout le monde est retiré de sa chambre. »

« Allez, lui répondit Carloman, et tardez le moins que vous pourrez. »

Quoiqu'elle ne fût pas extrêmement longtemps, il crut qu'elle avait demeuré un siècle quand enfin elle le vint quérir pour le conduire. Elle lui donne la main et de cette chambre le fit passer dans une garde-robe où il n'y avait qu'une bougie allumée. Là il reconnut que la vieille était la même qui lui avait parlé dans l'église. Mais il ne s'amusa pas bien longtemps à la considérer quand, de cette chambre, il vit qu'elle leva une tapisserie qui était sur la porte et qu'elle lui dit : « Voilà la chambre de Madame. Elle est seule, entrez, elle est dans son lit »[54].

Il n'y avait des flambeaux que sur la table, et Carloman, ayant vu le lit, allait à la ruelle qui n'était point éclairée[55]. Il était si transporté que mille choses lui venaient tout à la fois dans l'esprit sans qu'il sût par où commencer. Car il ne savait s'il devait reparler à Adélayde de son ingratitude, ou la remercier de la grâce qu'elle lui accordait. Enfin il était sur le point de se

---

54. Dans l'*Histoire d'Alcidalis,* Voiture s'attarde à décrire l'anxiété du galant, qui attend dans sa barque, « agité d'espérance et de crainte » ; puis la chute de l'échelle de corde, « au bout de laquelle on avait attaché du liège et du linge afin qu'elle se pût voir » ; le cabinet où on le conduit et les réflexions qu'il y fait. Avant de l'introduire chez la duchesse, la messagère lui tient encore un long discours (p. 335-338). Le récit de Segrais est beaucoup plus alerte.

55. Cf. *Histoire d'Alcidalis,* p. 338 : « La chambre n'était éclairée que d'un flambeau [...] ».

jeter à genoux quand, tout d'un coup, on entendit un grand bruit à la porte de cette chambre. La vieille, qui était encore à l'entrée de la garde-robe, revint promptement pour lui dire que, sans doute, c'était le duc qui était revenu de la campagne plus tôt qu'on ne le croyait, parce que nul que lui n'oserait frapper si fort, et qu'il se retirât promptement ou qu'elle était perdue. Quelque hâte qu'elle eût, il eût contesté longtemps sans qu'il entendit le bruit qui redoublait et la duchesse qui lui criait le moins haut qu'elle pouvait, mais tout ensemble le plus intelligiblement qu'elle l'osait faire : « Retirez-vous ».

A ce triste commandement, il repassa dans la garde-robe et de là dans cette chambre d'où on lui avait jeté l'échelle, mais si outré de douleur de se voir incessamment le jouet de l'amour ou de la fortune qu'il n'était pas descendu à moitié de l'échelle qu'il se laissa tomber dans la mer, soit qu'il ne se souciât point de sa vie, ou que sa destinée l'eût ainsi résolu. Il tomba tout au fond et ne revint sur l'eau qu'après avoir donné de ses pieds contre le sable. Il se souciait si peu de ce qu'il pouvait devenir qu'il se fût aisément laissé submerger sans l'espérance, qui n'abandonne jamais les misérables, qui tout d'un coup lui fit penser que, puisque la duchesse qu'il croyait Adélayde l'avait reconnu, elle ne tarderait guère à lui donner une autre occasion de la voir.

Il nageait assez bien pour se tirer du péril où il était et pour gagner le bateau qui l'avait amené, si, dans l'obscurité et dans le trouble où sa chute l'avait mis, il eût pu reconnaître de quel côté il était ; mais la nuit était fort obscure et il était apparemment assez troublé pour se méprendre. Ne sachant donc de quel côté il allait, heureusement et malheureusement tout ensemble, il nagea tant qu'il sentit auprès de lui un autre bateau que celui qui l'avait amené. Aussitôt, tout mouillé et tout fatigué, il n'eut autre pensée que de monter dedans, croyant que c'était celui dans lequel il était venu.

Son éblouissement se dissipait peu à peu et, comme, après avoir été dans une grande obscurité, insensiblement la plus grande noirceur se dissipe et quelque peu de lumière succède, après avoir un peu repris ses esprits dans cette nacelle, il vit qu'elle était attachée avec une corde au pied du château, comme il avait attaché celle dans laquelle il était. Aussitôt il dénoua la corde pour s'en retourner et, en la dénouant, poussa la barque vers la mer, en s'appuyant la main contre la muraille, comme on a de coutume quand on veut démarrer pour passer d'un rivage à l'autre. Croyant toujours être dans cette barque qui l'avait amené, où il avait laissé les avirons, il n'observa pas qu'il n'y en avait point dans celle-ci. Il ne l'eut pas si tôt détachée qu'il s'aperçut de son erreur, car, soit par le branle[56] qu'il avait donné à ce bateau, soit par le vent, il se vit incontinent éloigné du château et, comme il le fallait suivre bord à bord pour arriver au lieu où il s'était embarqué, il se trouva le plus empêché homme du monde.

De plus en plus son désordre augmenta, parce qu'aussitôt qu'il eut perdu tant soit peu l'abri du château, il sentit que le vent lui était contraire et le poussait vers la pleine mer. Ce vent et son trouble augmentaient, ce semble, de concert, et la nuit, pour s'accorder avec eux, semblait encore être plus longue et plus obscure que de coutume. Jugez donc de sa cruelle inquiétude et, quand je vous assurerai que dans ce grand désordre Adélayde ne lui partait point de l'esprit,

---

56. *Branle* : impulsion.

demeurez d'accord qu'on ne peut pas être plus amoureux qu'il l'était. Mais il ne savait ce qu'il en devait
dire pour en parler, quoiqu'il en parlât incessamment,
car il ne savait si elle lui était cruelle ou non. Aussi qui
l'eût pu entendre n'eût ouï que le nom d'Adélayde et
les cris qu'il jetait parmi les flots, et qui n'étaient inter-
rompus que de l'horrible bruit des vagues qui se
venaient rompre contre sa chaloupe.

Quand le jour parut, il se trouva si éloigné du rivage
qu'il commença à perdre toute espérance de se sauver.
Il voulut d'abord se jeter à la nage pour pousser vers
le bord son bateau ; mais, comme il était obligé de
remonter dedans pour se reposer, quand il sentait que
les forces lui manquaient, un coup de vent le repous-
sait plus avant dans la mer et lui faisait faire plus de
chemin contre son dessein qu'il ne pouvait avancer vers
le rivage en beaucoup de temps et avec un travail
incroyable.

Pour dernière misère, la tempête s'augmenta et,
avant qu'il y eût la moitié de cette journée passée, il
avait tout à fait perdu la vue de la terre. Le vent, qui
se jouait de sa chaloupe, lui faisait traverser d'effroya-
bles espaces en peu de temps ; et enfin l'image de la
mort, sous mille figures différentes, s'apparut à lui. Sa
barque faisait eau partout et tout ce qu'il pouvait faire,
en la vidant avec une pelle qui se trouva dedans par
bonheur, était de combattre encore quelque temps, dans
la pensée que le vent pourrait changer ou diminuer, ou,
par quelque grand coup de fortune, le jeter en quelque
île ou en quelque rivage écarté. Quelque barbare[57] qu'il
eût pu être, il se fût estimé heureux d'y être porté par
la tempête, car de toutes les morts la présente est sans

---

57. *Barbare* : sauvage, inhospitalier.

doute la plus horrible, et l'infortune d'être pris par des
corsaires, qui avaient pensé désespérer Adélayde, eût
été regardée de lui comme un insigne bonheur. Mais
il n'osait l'espérer. Quand la mer se fût calmée, il était
en danger de mourir de faim, car il ne découvrait rien
que le ciel et la mer, du plus loin qu'il pût jeter la vue.
Parmi tout cela, il n'eût point perdu courage sans Adélayde, ou il se fût peut-être consolé, si ce malheur lui
fût arrivé dans le temps qu'il la jugeait infidèle. Mais
certes c'est bien du funeste état où il était réduit qu'on
peut dire, en mourant,

> *Que de toutes douleurs la douleur la plus grande*
> *Est qu'il faut quitter ses amours.*[58]

Il eût été bien insensé, si jamais il eût espéré de revoir
Adélayde : car enfin la nuit revint et, le lendemain, il
se trouva encore d'autant plus éloigné du rivage que
le même vent qui l'en avait écarté souffla toujours.
Lassé du travail et désespéré de son salut, il est aisé de
croire qu'il faisait ses tristes adieux.

Mais, au lieu d'entendre une chose si lugubre, il me
semble qu'il est plus à propos que nous retournions voir
Adélayde, puisqu'elle ne peut être dans un état si misérable que lui.

L'espérance que le corsaire lui avait donnée de lui
rendre la liberté et un vaisseau pour s'en retourner en
France, quand elle lui aurait aidé à faire quelque prise
assez considérable, lui avait fait faire les plus belles
actions[58] du monde, mais seulement quand ce corsaire
attaquait des infidèles[59] comme lui, ce qui lui arrivait
fort souvent, car il n'épargnait rien où il se trouvait

---

58. Malherbe, *Aux Ombres de Damon,* vers 17-18 :
    Et de toutes douleurs la douleur la plus grande,
    C'est qu'il faut laisser nos amours.

59. *Infidèles* : « les peuples qui ne sont pas dans la vraie religion,
et particulièrement les Mahométans » (Fur.).

le plus fort. Mais enfin le vaillant esclave (car c'est ainsi qu'on appela Adélayde à cause de sa valeur) ne trouvait en lui qu'une foi[60] de corsaire et il ne lui fut pas plus humain qu'à tant d'autres captifs qu'il tenait dans ses fers. De jour en jour, il lui renouvelait ses promesses, mais il en éloignait si fort le terme qu'à la fin, désespérant de se pouvoir jamais sauver par ce moyen, elle résolut de tenter quelque autre voie.

Le pitoyable état où elle se voyait aigrissant son esprit contre Carloman, qu'elle appelait sans cesse la cause de ses misères, la transportait si fort qu'elle perdait souvent toute patience. Mais enfin cette vengeance, qui l'avait si sagement conseillée pour lui faire éviter le mariage où elle avait tant d'aversion, ne lui manqua pas encore en un besoin si pressant.

Quoique ce corsaire ne lui tînt pas la parole qu'il lui avait donnée, il n'était pas méconnaissant au point de la captiver cruellement. Hors la liberté, il n'y avait point de bon traitement qu'elle n'en reçût, tant sa beauté, sa grande jeunesse et sa valeur surent se faire respecter, même d'un barbare. Il lui était permis d'aller tantôt dans un navire et tantôt dans l'autre, et, songeant incessamment à se sauver, elle observa que ce corsaire avait tant de captifs qu'en un de ses navires, il y en avait beaucoup plus que de soldats. Aussitôt elle complote avec eux de se sauver : elle commence peu à peu à inspirer son dessein à ceux qu'elle jugea les plus hardis ; comme il y en avait même de Français, elle leur fait entendre qu'elle était une personne de qualité de leur nation et enfin, pour oublier mille particularités inutiles, tous ces captifs ne manquant que d'un chef et n'en pouvant trouver un plus digne que le vaillant esclave,

---

60. *Foi* : loyauté, fidélité à la parole donnée.

ils lui donnèrent leur parole qu'il entreprît leur délivrance et qu'ils hasarderaient tout pour la suivre.

Une nuit que le corsaire était ancré à la rade vers les côtes d'Afrique, elle prit son temps pour cela. Elle était dans ce navire dont les captifs surpassaient beaucoup le nombre des soldats et qui, par bonheur encore, était le plus léger de tous. Son entreprise fut si bien concertée qu'en un moment et sans bruit, ces captifs se déchaînèrent[61] les uns les autres, tuèrent les soldats qui se voulurent défendre, avec leur capitaine, qui était un parent du corsaire, chargèrent les autres de chaînes et, après avoir coupé la corde des ancres, mirent la voile au vent, se laissant aller où son impétuosité les guidait. La nuit était fort obscure et, cette entreprise ayant été exécutée un peu après la fin du jour, ce navire fut si éloigné des autres quand la lumière revint, que le corsaire perdit toute espérance de l'atteindre et Adélayde, avec ses compagnons, toute crainte d'être repris.

Par hasard ce vent, qui les éloignait de la servitude, les rechassait vers leur patrie, car beaucoup d'entre eux étaient Français ou Italiens. Mais, par bonheur encore pour le pauvre Carloman, à la pointe du jour qui succéda à la seconde nuit qu'il passa dans le piteux état que j'ai décrit, ce grand navire se trouva proche de la misérable chaloupe où il était. Adélayde, qui était déjà éveillée, était sur la proue, d'où son imagination lui croyait déjà faire voir les côtes de France ou celles de la mer de Gênes. Beaucoup de ses camarades, qui n'avaient dans l'âme que la peur d'être repris du corsaire, voulurent s'opposer au dessein qu'elle eut de secourir ce misérable. Aussitôt qu'elle l'aperçut, guidée par la seule générosité qui était en elle et par la pitié

---

61. Se déchaînèrent : s'enlevèrent mutuellement leurs chaînes.

qui est naturelle à son sexe, elle ne balança point pour savoir si elle le sauverait.

Peut-être que, si elle l'eut reconnu, dans la rage où elle était contre lui, elle n'eût pas été si charitable, car elle ne respirait que de se venger, tant les misères qu'elle avait souffertes depuis cinq ou six mois l'avaient aigrie contre lui. Mais, ne pouvant de loin reconnaître ce malheureux, qu'elle jugea d'abord submergé[62] ou bien près de l'être, il ne faut pas s'étonner si elle le voulut secourir contre l'avis de la plupart de ceux qui l'environnaient.

« Que savons-nous, leur dit-elle, si ce n'est point pour le seul salut de cet homme que le Ciel a permis notre délivrance ? Ne nous rendrions-nous pas dignes d'être abandonnés de son secours, si nous déniions le nôtre à ceux qui en ont besoin ? »

En même temps, elle fit jeter une chaloupe dans la mer et certes, si à propos qu'il ne se put pas davantage, car, en ce même instant, la nacelle de Carloman, déjà tout entr'ouverte, s'en alla en morceaux au choc d'une vague, et l'on vit tomber dans l'eau ce malheureux amant, qui était si las du travail du jour et des deux nuits précédentes qu'à peine il pouvait remuer les bras pour nager et pour attendre le secours qu'il voyait si proche. Adélayde, qui le vit couler à même temps à fond, s'écria avec instance qu'on se dépêchât de le secourir, et d'autant plus qu'en même temps, elle s'en vit si proche qu'elle put remarquer la richesse de ses habits, dont une partie voguait sur l'eau, s'étant écartée avec le débris de la nacelle. Elle jugea qu'il fallait que ce fût quelque personne de qualité : car il ne faut pas douter que Carloman, qui croyait se présenter devant la duchesse qu'il croyait Adélayde, quand il

---

62. *Submergé* : noyé.

tomba dans la mer, eût rien oublié de tout ce qui pouvait aider à sa bonne mine.

Adélayde donc, ne jugeant de lui que par ses habits, se pressa encore plus qu'auparavant de hâter son secours, principalement quand elle le revit encore couler à fond pour la seconde fois, et déjà si pâle et si changé que, quoiqu'elle ne le regardât pas de fort près à cause de la hauteur du navire, elle voyait tous les traits de la mort peints sur son visage. Et jugez en quel état il devait être, puisqu'elle y reconnaissait plutôt ces traits défigurés qui marquent la fin de la vie si proche, que ces traits agréables que l'amour avait si profondément gravés dans son âme. Mais, quand enfin on l'eut monté sur le tillac et qu'elle le reconnut, jugez quel dut être son étonnement.

il était pâle et sans aucune marque de vie : ceux qui l'avaient retiré de l'eau l'avaient pris avec tant de violence qu'ils avaient achevé d'étouffer le peu de force qui restait en lui. L'eau qu'il avait bue lui ressortait par la bouche. Ses longs cheveux, autrefois si beaux et si bien mis, étaient tristement épars en bas : car ceux qui l'avaient retiré lui baissaient la tête pour lui faire rendre l'eau qu'il avait avalée. Sa bouche était si pâle et son teint si terni que tout autre qu'une amante l'eût aisément méconnu ; mais, malgré toute la colère de celle-ci, l'image de ce prince était trop profondément gravée dans son esprit.

« O dieux ! s'écria-t-elle, qu'est-ce que je vois ? », et, s'apercevant aussitôt de son mouvement si prompt,

« Qu'on ait soin de ce misérable, dit-elle, et qu'on n'épargne rien pour lui rendre la vie. »

En même temps, soit qu'elle voulût cacher son trouble, soit que, se ressouvenant de ce qu'elle était[63], elle

---

63. C'est-à-dire : de son sexe.

ne voulût pas demeurer plus longtemps près de ce corps qui était à demi découvert, elle passa dans la chambre de poupe et, de temps en temps, elle envoyait savoir en quel état il était.

« Mais quel est mon dessein ? disait-elle en elle-même. Ah ! ne devrais-je pas bien plutôt rendre à la mer une proie qu'elle mérite mieux que la terre ? Sauverai-je un perfide, qui mériterait mieux d'être enseveli sous les ondes que de respirer le jour, et redonnerai-je enfin la vie à qui me l'a voulu ôter si cruellement ? »

Qui pourrait redire toutes les paroles que lui inspiraient les divers sentiments dont elle était combattue, ou exprimer toutes les pensées qui lui passaient par l'esprit ? La vengeance et les misères qu'elle avait souffertes lui en inspiraient d'horribles et de cruelles. L'amour et le triste état où elle voyait Carloman lui en inspiraient de pitoyables et de tendres. Tantôt elle ne pouvait croire qu'il l'eût trahie, et tantôt elle n'en pouvait douter. Quand elle se représentait qu'on avait découvert leur commerce[64], l'amour, qui est curieux de sa nature, lui conseillait de l'écouter ; le dépit, de lui montrer qu'elle n'en avait pas seulement envie et de le rejeter dans la mer, après d'être fait reconnaître, quand tout d'un coup, de honte d'avoir conçu cette horrible pensée :

« Mais, s'il était innocent, reprenait-elle, quel regret aurais-je pour tout le reste de ma vie ! Innocent ou coupable, sauvons-le toujours. Il en aura de la reconnaissance, s'il m'a été fidèle, et, s'il m'a trahie, quelque endurci qu'il puisse être dans la honte et dans le crime, il mourra de regret d'en avoir usé si barbarement envers une personne qui le méritait si peu. »

---

64. *Commerce* : intelligence.

En même temps, elle envoyait commander qu'on eût tous les soins imaginables de lui et elle s'informait incessamment de l'état où il était.

Quoique ce navire fût rempli de tant de différentes personnes, l'adresse d'Adélayde, l'estime que tout le monde avait conçue pour le courage du vaillant esclave, la soumission que tous ces captifs avaient pour lui, jointes à la nécessité que cette troupe avait de s'établir un ordre, étaient causes qu'elle y en avait mis un, qui était si bien observé que, dans ces vaisseaux où les capitaines sont si absolus, chacun ne sait pas mieux ses fonctions que tous savaient les leurs dans celui-ci. Elle avait si bien réglé l'emploi de chacun que, quand ils auraient été attaqués par toutes les forces du corsaire même, elle aurait pu se défendre. Ainsi, pour ce qui regardait Carloman, on en avait tous les soins imaginables : on l'avait porté en une chambre qui était sur celle qu'Adélayde avait pour elle et elle l'avait mis entre les mains d'un de ces captifs, qui était excellent chirurgien et qui n'épargna rien de tous les secrets de son art pour le faire revenir.

Elle apprit bientôt qu'il se portait beaucoup mieux et qu'il commençait à n'être plus inquiété que de savoir entre les mains de qui il était. Le vaillant esclave envoya aussitôt quérir ce chirurgien, qui était Français, et, comme elle conçut le dessein de s'éclaircir elle-même de l'inquiétude où elle était si son amant lui avait fait une si horrible infidélité, elle le lui recommanda de nouveau ; mais elle lui défendit de lui rien dire de leur délivrance et lui ordonna que, quand il demanderait qui était le capitaine de ce vaisseau, on lui dît que c'était le corsaire du roi de Maroc qui l'avait prise elle-même ; mais que surtout on lui laissât passer la nuit paisiblement et qu'on observât très exactement ce qu'il dirait.

Ses ordres furent exécutés de point en point, comme elle l'avait commandé ; mais ce corsaire prétendu et celui que le naufrage ou le hasard avait fait son captif, aussi bien que l'amour, ne furent guère moins inquiétés l'un que l'autre.

Carloman se désespérait quand il apprit qu'il était entre les mains d'un pirate, quelque espérance que ce Français tâchât de lui donner sur la douceur et sur la clémence du pirate dont il était prisonnier. Adélayde, d'un autre côté, avait mille inquiétudes tout à la fois :

« Ne tentons point une chose qui ne peut réussir[65] qu'à ma honte, disait-elle, toute désespérée. Carloman est un perfide et un traître : pourquoi vouloir ouïr de sa propre bouche qu'il n'a jamais aimé véritablement Adélayde ? Mais pourquoi le vouloir condamner si cruellement sans l'avoir écouté ? Peut-être s'est-il vu sur le point de périr pour m'avoir voulu sauver et peut-être la chétive nacelle où je l'ai trouvé est le reste de quelque grand armement qu'il avait fait pour me secourir. »

Dans cette pensée qui la flattait, elle se trouvait plus tranquille, principalement quand celui à qui elle avait laissé Carloman en garde lui vint rapporter qu'il soupirait incessamment, qu'il ne mangeait ni ne dormait, et qu'il avait sans cesse la vue attachée sur un portrait qu'il avait toujours eu sur lui, dans le péril même du naufrage, l'ayant attaché à son cou dans la crainte qu'il eut de le perdre dans cette fâcheuse conjoncture. Mais l'opinion qu'Adélayde eut que ce ne fût le portrait de quelque autre revenant aussitôt dans son âme avec mille autres différentes craintes, elle ne demeurait guère longtemps dans une assiette si paisible.

---

65. *Réussir* : aboutir.

Elle résolut pourtant de continuer dans le dessein qu'elle avait pris de tirer de Carloman l'aveu de son infidélité, s'il l'avait trahie, ou la certitude de sa constance, s'il en avait véritablement pour elle. En effet, elle ne sut pas plus tôt qu'il pouvait descendre dans sa chambre qu'elle commanda qu'on le lui amenât. Les fenêtres qui donnaient sur son lit étaient fermées, et, comme elle était encore couchée, elle n'avait qu'à demi entr'ouvert ses rideaux, et autant qu'il lui en fallait pour le voir sans être vue[66]. Elle ne voulut pas même lui parler ; mais, ayant fait seoir auprès d'elie ce Français qui l'avait en sa garde, qui savait fort bien la langue du corsaire dont ils avaient été six mois captifs ensemble, elle lui parlait tout bas et elle se faisait redire tout haut en cette autre langue ce qu'elle entendait fort bien que Carloman répondait, voulant par cette fourberie innocente apprendre si véritablement il lui était fidèle ou non.

La première chose qu'elle fit demander à son prisonnier, après avoir écouté le compliment qu'il lui fit sur l'obligation qu'il lui avait de son salut, ce fut de quel pays il était et quelle était sa condition.

« Je suis Provençal, lui répondit-il, et assez qualifié[67] pour payer ma rançon, si tu veux m'y recevoir. »

« La rançon que je veux présentement de toi, lui fit-elle redire par son truchement, est que tu me dises au vrai quel malheur t'a fait mon prisonnier et t'avait mis au pitoyable état où je t'ai trouvé. Est-ce quelque défaite, ou quelque naufrage ? »

---

66. Cette scène est symétrique de la scène chez la duchesse. Dans les deux cas, la semi-obscurité empêche Carloman de reconnaître son interlocutrice, la fille de Lascaris, qu'il prend pour Adélayde, ou Adélayde elle-même, qu'il prend pour un pirate.

67. *Qualifié* : de condition noble.

« Ce n'est ni l'un ni l'autre, répondit-il. L'amour seul est cause de ma disgrâce. Si tu as quelquefois éprouvé la puissance de cette passion, tu auras sans doute pitié de moi, quand tu sauras la grande infortune qui m'est arrivée. »

Jugez de l'état où se trouvait la pauvre Adélayde, à cet aveu, balançant entre l'espoir et la crainte. Mais il est assez apparent que la curiosité l'emporta sans doute dans ce moment et que, pour tirer l'éclaircissement qu'elle souhaitait, elle ne fut pas longtemps sans lui faire faire cette réponse par son truchement :

« L'amour n'a peut-être pas eu moins d'empire sur mon cœur qu'il en peut avoir pris sur le tien, puisque c'est lui qui, d'une personne assez timide en sa première jeunesse, a fait un corsaire redoutable à toute la mer. Ainsi j'entendrai avec plaisir le sujet de ta disgrâce. Dis-moi donc par quelle aventure le caprice de ce dieu peut t'avoir plongé dans le milieu de la mer. Est-ce qu'on t'a enlevé ta maîtresse et était-ce pour courir après elle que tu t'étais servi de la barque où je t'ai vu en si grand danger ? »

« On m'a enlevé ma maîtresse, reprit Carloman ; mais ce n'était point pour courir après elle que j'ai éprouvé le courroux de la mer, et ce n'était point dans ce dessein-là que je m'étais servi de la chaloupe qui m'a manqué quand tu m'as aperçu. »

Chaque parole donnait de terribles alarmes à Adélayde, car tantôt elle croyait que c'était d'elle dont il voulait parler, et tantôt elle voyait qu'elle se trompait. Mais jugez combien elle se travaillait[68] pour s'embarrasser de plus en plus quand, ayant obligé ce misérable à lui raconter ses aventures, il fit son récit en cette sorte :

---

68. *Travaillait* : faisait souffrir.

« J'aimais, mais que dis-je ? j'aimais ; j'aime la plus charmante personne que le Ciel ait jamais fait naître. Je l'ai aimée et je l'aime de telle sorte que je ne crois pas qu'on puisse davantage aimer. Cependant, soit par la légèreté de son sexe, soit par mon malheur, elle en a épousé un autre. Le mari qu'elle a épousé est jaloux et ne veut point souffrir qu'on la voie. Néanmoins, soit qu'elle se soit repentie de l'infidélité qu'elle m'a faite, soit qu'elle eût pitié de moi, elle m'avait donné moyen de l'aller voir. La maison où elle demeure est sur le bord de la mer, et je m'étais rendu auprès pour attendre une échelle de soie qu'on m'y devait jeter, à ce qu'elle m'avait fait entendre par une vieille, qui m'avait appris le dessein qu'elle avait pris de me voir. La fenêtre s'est ouverte et l'échelle est tombée. J'ai monté jusqu'en la chambre où la vieille m'attendait, et de cette chambre, après quelque temps, elle m'a fait passer dans celle où reposait la divine personne que j'adore. J'ai touché son lit, je l'ai vue dedans et j'étais sur le point de lui parler, ce qui ne m'a jamais été permis en liberté, depuis le temps que je la sers. Au moment que son mari a frappé à la porte pour entrer, j'ai ouï la voix de ma maîtresse qui m'a commandé de me retirer. Enfin, ne sachant ce que je faisais, au lieu de redescendre par l'échelle comme j'étais monté, j'étais à peine au milieu quand je me suis laissé tomber dans la mer. L'espérance que j'ai eue, qu'elle me pourrait donner quelque autre occasion de la revoir, a fait que je n'ai point perdu courage. J'ai remonté dans une chaloupe ; mais, soit que ç'ait été la même qui m'avait amené au pied de ce château, soit que je me sois mépris dans l'obscurité, après m'être éloigné du bord pour regagner le rivage où je m'étais embarqué, j'ai trouvé que ma chaloupe était sans avirons. Le vent s'est élevé, qui, au lieu de me pousser à bord, m'a incontinent poussé dans la pleine mer, et c'est ce qui, en un jour et deux nuits, m'a mis au triste état où tu m'as trouvé. »

Ce triste amant fit comme la plupart des malheureux, qui commencent volontiers à réciter leurs malheurs par le dernier et l'exagèrent[69] plus que tous les autres. Mais vous pouvez penser ce qui se passait dans l'esprit d'Adélayde, quand elle ouït ce long récit, si éloigné de ce qu'elle avait espéré d'entendre. Déjà, dans son cœur, elle le nommait traître et perfide, et elle était sur le point d'éclater sans une violence extrême qu'elle se faisait. Mais elle voulait voir jusqu'au bout où pouvait aller l'infidélité de son amant. Voyant une aventure si éloignée de la sienne, elle lui demanda, de la même sorte qu'elle l'avait entretenu jusqu'alors, si jamais il n'avait aimé que cette femme. Il répondit que non, qu'à la vérité, au sortir de l'enfance et dans sa première jeunesse, il avait fait le galant de plusieurs dames ; mais qu'à dire le vrai, il n'avait jamais aimé que cette seule personne, qui était telle qu'elle pouvait non seulement faire oublier toutes les autres, mais empêcher qu'on ne pût jamais changer.

Adélayde, qui s'opiniâtrait à se faire malheureuse à mesure qu'elle voyait l'amour et la fortune se déclarer contre elle, se croyant sans doute de celles qu'il avait aimées dans sa première jeunesse et qu'il n'avait aimées que légèrement, lui fit encore demander s'il n'avait regret à aucune de toutes celles-là. Il répondit que non et que, depuis qu'il avait aimé cette femme, il n'y avait pas seulement pensé. Jugez de l'extrême besoin que cette pauvre fille avait de tout son courage pour résister aux grandes douleurs qu'elle se causait par une malheureuse curiosité.

---

69. *Exagérer*   : développer, exprimer.

Pour moi, je crois que, comme on ne sent quelquefois pas son mal à force d'en être accablé, ce fut ce qui lui aida à résister au sien dans cette triste conjoncture ; car, afin d'avoir le plaisir de son infortune propre, pour ainsi dire :

« Que faudrait-il donc pour te rendre heureux ? », lui fit-elle demander sans emportement.

« La chaloupe où tu m'as sauvé, si elle était encore entière, lui répondit ce prince ; ou seulement que tu me rendes à la mer au même équipage dont tu m'en as tiré, dès que nous pourrons voir la terre. Car c'est là que tendent tous mes désirs, et j'espère tellement des forces que tu m'as rendues que, pour peu que tu m'en approches, je regagnerai aisément cette demeure bienheureuse, le séjour de mes délices, le centre de mes vœux et l'objet de tous les désirs de mon cœur.

Quelque effort qu'Adélayde fit sur son ressentiment, elle fut contrainte de céder à la douleur qui la saisit à ces tristes paroles. Ne songeant plus ni à son dessein ni à son truchement, ce fut elle-même qui répondit pour cette fois à cet amant si passionné.

« Tu auras ce que tu souhaites, lui dit-elle. Sors d'ici, bienheureux amant, et me laisse en repos. »

Carloman fut si transporté à ces paroles qu'il n'observa point du tout de quelle bouche elles lui étaient prononcées et, n'ayant qu'Adélayde dans l'esprit, et Adélayde qu'il croyait en Calabre, il ne s'étonna point si cette voix lui semblait avoir quelque chose de la sienne. Il croyait que tout lui parlait d'elle et il ne croyait voir autre chose. Ainsi donc il s'en alla, tout transporté de joie, et laissa la pauvre Adélayde dans une affliction qui ne se peut exprimer.

Pour peu que cet amant eût observé le ton de cette voix qui lui annonçait tant de bonheur, tout préoccupé qu'il était de l'idée qui ne l'abandonnait point, il eût sans doute bien reconnu que cette voix était mêlée de tant de douleur et de tant de dépit qu'elle n'avait guère de l'air de celle dont on accorde quelque grâce. Aussi avait-elle l'âme si remplie de ces deux sentiments qu'on ne peut pas imaginer ni un plus violent courroux que celui qui l'agitait, ni une plus grande affliction que la sienne. « Tu l'auras », repartit-elle encore après qu'il fut parti et quand elle fut seule, car elle fit signe à celui qui l'avait amené de sortir en même temps, « oui, tu l'auras, cette grâce tant souhaitée. Va, bienheureux amant, jouir de tes crimes sans aucun remords, trouve dans les bras d'une autre la félicité que tu te promets. Et pour toi, ô malheureuse Adélayde, va te livrer aux cruels malheurs qui nous persécutent, ou plutôt allons accomplir ce vœu imaginaire par lequel je me suis ravie aux cruautés de la méchante princesse qui m'a mise en butte à sa malice ; trouvons dans une retraite comme celle-là la fin de mes misères.

« N'accusons point la perfidie de Carloman : celle qui fait qu'il me méprise me vengera peut-être de lui. Puisqu'il devait m'être infidèle, il me l'eût été tôt ou tard, et il vaut mieux que son infidélité me soit connue dans un temps où je puis encore la braver. Le ciel, qui veille pour mon bien, se sert peut-être de cette misère pour me faire trouver une vie plus heureuse. Aussi bien, ce n'est pas dans l'amitié des hommes ou des créatures qu'on peut espérer une parfaite félicité. Faisons nous-même notre destin et ne le laissons point régler aux autres.

« Restes injurieux d'une amour que l'oubli, la cruauté et la perfidie de l'objet qui vous a fait naître devraient avoir éteints dans mon cœur, sortez, sortez tout à fait de mon âme. Tout impuissants que vous êtes, vous traversez mon repos. Sortez donc d'un lieu dont vous n'êtes pas dignes, ou n'y revenez qu'avec les noires couleurs dont la trahison et l'infidélité doivent être dépeintes. »

Je n'aurais jamais fait, si j'entreprenais de dire toutes les tristes paroles que la pauvre Adélayde prononçait. Quelque violence qu'elle se fît, elle était bien éloignée d'être si détachée de la passion qu'elle avait pour Carloman qu'elle se le voulait faire croire. L'idée de ce prince, qui ne l'avait point abandonnée dans la captivité, lui revenait avec des souvenirs si puissants sur son âme qu'il eût fallu être tout à fait barbare pour la voir dans ce triste état et n'en être pas touché.

« Ah ! Carloman, disait-elle, est-ce toi que la mer a revomi de ses abîmes profonds pour te rendre à mes regards, qui t'ont trouvé autrefois si aimable et si charmant ? Par quelle horrible fatalité faut-il qu'en te retrouvant, je ne retrouve en toi qu'un perfide ? Encore, dans le temps que ta pensée m'était inconnue, je me flattais et je pouvais prendre le parti de mon cœur qui ne pouvait abandonner le tien, malgré toute ma raison qui s'efforçait de l'en dissuader. Pourquoi n'es-tu qu'un infidèle ? ou pourquoi t'ai-je retrouvé ? ou du moins, ô vous, heureux doutes qui abusiez ma passion et qui entreteniez une erreur qui me plaisait, que ne pouvez-vous revenir, puisqu'encore je pouvais par votre moyen donner quelque tranquillité à mon esprit ? »

Adélayde passa toute la journée dans ces tristes discours, sans avoir la force de se lever et sans vouloir seulement qu'on lui donnât à manger.

Carloman cependant était sur le haut des hunes, qui n'aspirait qu'à découvrir l'Italie et qui entretenait son esprit de pensées bien contraires à celles qui tourmentaient cette triste amante. L'on découvrit cette terre si

souhaitée par Carloman, et l'excellente odeur des orangers qui parfument toute cette contrée confirma tous
ceux du navire qu'ils n'en étaient pas éloignés.

Parmi les captifs dont Adélayde avait causé la délivrance avec la sienne, il y en avait sept ou huit Italiens
qui, ayant su la prière que le nouveau prisonnier avait
faite à leur vaillant esclave, résolurent aussitôt de prendre terre avec lui et de n'attendre pas plus longtemps
à se tirer d'un lieu où ils avaient souffert tant de misères. De temps en temps, Adélayde s'informait de ce que
faisait son prisonnier et, apprenant la joie où il était,
vous pouvez vous imaginer combien sa douleur augmentait, et principalement quand le chirurgien français,
qui avait eu tant de soin de lui, rentra à sa prière dans
la chambre d'Adélayde pour la supplier de se souvenir
de sa parole et pour lui remontrer qu'il en était temps.

Adélayde pensa s'emporter, remarquant ce grand
empressement qui était si contraire à ses désirs : car,
quoiqu'elle résolût de plus en plus de ne se point montrer à lui, par une injustice assez excusable dans l'état
où elle était, elle voulait, ce semble, que, sans la connaître, il n'eût pas de hâte d'aller en un lieu où il la
croyait. Peu s'en fallut qu'entrant en dépit de le voir
si précipité, elle ne se rétractât de sa parole. Mais,
comme aussitôt ces Italiens entrèrent pour lui demander la grande barque qui accompagnait le navire, pour
s'en retourner avec lui, ne pouvant refuser ceux-ci, elle
résolut de voir partir Carloman avec eux. Elle leur
remontra pourtant qu'ils devaient attendre que la nuit
fût passée, parce que le soleil était déjà près de son couchant et qu'ils n'étaient pas encore si proches du rivage
qu'ils ne dussent attendre le lendemain, pour éviter
mille inconvénients qui leur pourraient arriver. Tous
se rendirent à la force de ces raisons et il fallut que Carloman passât encore cette nuit dans son impatience.

Quelques inquiétudes qui l'empêchassent de dormir, il s'en fallait beaucoup qu'elles ne fussent aussi violentes que celles d'Adélayde. Quelque hâte que les Italiens et lui eussent de prendre terre, il n'y en eut aucun qui fût plus tôt éveillé qu'elle. Tous étaient encore endormis qu'elle n'avait pas fermé la paupière. Mais, quoiqu'elle n'eût pu trouver un moment de repos de toute cette nuit, il sembla que la pointe du jour, qui l'avertit que Carloman allait partir, réveillât ses cruelles inquiétudes comme d'un profond sommeil. En effet, elle entendit aussitôt qu'on parlait sur le tillac de jeter la chaloupe dans la mer. Se jetant à bas du lit et courant à la fenêtre par où elle pouvait regarder du côté de l'Italie, elle se trouva si proche du rivage qu'elle vit qu'il n'y avait plus moyen de l'arrêter sans se rétracter de la grâce qu'elle lui avait accordée.

Mais elle n'y pensait pas seulement : elle était tout à fait résolue de ne le voir jamais. Ce qui la tourmentait était de savoir si elle ne se découvrirait point à lui pour lui reprocher son infidélité. Le plaisir de lui pouvoir dire mille injures l'en sollicitait extrêmement ; mais, d'un autre côté, le dépit qui l'enflammait lui mettait dans l'esprit qu'il n'était pas digne de sa colère :

« N'empoisonnons point nos grâces, disait-elle : qu'il reçoive la liberté par mes mains et qu'il s'en serve pour m'abandonner, c'est assez qu'il le puisse savoir et que j'aie le moyen de le lui apprendre. »

En même temps, songeant que quelqu'un de ces Italiens qui devaient descendre avec lui et s'en retourner en son pays lui pourrait donner une lettre de sa part, elle se releva avec une robe de chambre et, s'approchant d'une table où il y avait une écritoire et du papier, elle écrivit ces paroles :

« Va, bienheureux amant, va trouver celle qui est

cause que tu n'as pour la malheureuse Adélayde qu'un indigne mépris. Va lui conter la perfidie que tu as faite à cette infortunée, qui n'avait point commis d'autre crime que celui d'aimer un parjure comme toi. Raconte-lui comme tu m'as livrée à la merci de mes ennemis, comme tu m'as précipitée dans les misères de l'esclavage et comme tu m'as enfin abandonnée pour elle.

« Mais, en lui racontant tout ceci, n'oublie pas qu'Adélayde est encore ce corsaire qui t'a tiré des abîmes de la mer et qui t'a rendu la liberté. Que dis-je ? oublie la grâce que je te fais, car voyant que tu as pu me trahir, elle ne pourrait jamais s'assurer[70] en toi. Pense seulement que je pouvais m'en venger, si je l'eusse voulu, et que je pouvais aisément rendre à la mer un monstre qu'elle n'a pas jugé digne d'être englouti dans ses ondes. Je ne veux point d'autre vengeance que celle de t'apprendre que je n'en ai point voulu. Tu m'as trahie, tu as été en mon pouvoir et tu ne respires le jour que par moi : il te sera impossible de n'y pas songer. Quand tu songeras que tu es vivant, les remords de ton ingratitude et de ton infidélité te feront souvenir de ma bonté. Cependant je t'oublierai si bien que, s'il m'en souvient, ce ne sera que pour songer à ta perfidie. »

En même temps qu'elle acheva d'écrire cette lettre, les Italiens entrèrent dans sa chambre pour lui demander leur congé et pour lui rendre grâce de leur liberté ; mais ce fut en des termes si touchants que, faisant comparaison de leur reconnaissance à l'ingratitude qu'elle s'imaginait en son amant, elle en sentit augmenter sa douleur quand cet objet qu'elle avait devant les yeux l'obligea d'y faire réflexion. Elle choisit celui d'entre

---

70. *S'assurer* : avoir confiance.

eux qu'elle jugea le plus capable de donner sa lettre à Carloman, et elle l'instruisit de son dessein. Elle le pria de ne la lui donner que quand ils auraient pris terre, et, cet homme le lui ayant promis avec de grands serments, elle l'envoya aider à ses compagnons à jeter la chaloupe en mer et à la pourvoir de ce qui leur pourrait être nécessaire. Ensuite elle se remit au lit et, incontinent, elle ouït tomber la chaloupe. Certes, on peut dire que toutes ses espérances tombèrent en même temps, car[71], au même instant, on lui vint dire que cet homme qu'elle avait sauvé du naufrage demandait à lui dire adieu. D'abord, elle répondit qu'il n'en était pas de besoin. Néanmoins, se laissant emporter à je ne sais quelle curiosité, elle commanda après qu'on le fît entrer.

La colère où elle avait toujours été depuis la conversation qu'elle eut avec lui, l'emporta si fort qu'elle oublia[72] de commander qu'on le renfermât. Ainsi il apprit aisément que la plupart de ceux qui étaient dans ce navire étaient des captifs qui se sauvaient et qui devaient la liberté au vaillant esclave qui leur commandait. La plupart d'entre eux étaient Espagnols, Français ou Italiens, et, comme il savait toutes ces langues, il n'y en eut aucun à qui il n'ouït raconter des choses prodigieuses du courage et de la générosité de ce vaillant esclave de sorte que, comme il allait pour prendre congé de lui, il avait résolu de lui dire sa condition et

---

71. Le texte de l'édition originale porte « car », ce qui paraît peu logique, l'arrivée de Carloman ne devant pas faire tomber ses espérances. En fait, cette visite inattendue rompt effectivement son dessein de ne pas le revoir.

72. Nous dirions plutôt : l'avait emportée si fort qu'elle avait oublié.

de lui offrir toutes choses pour sa rançon. Mais, comme il penser parler, Adélayde, qui n'avait que sa trahison dans l'esprit, le prévint.

Pleine de jalousie contre l'objet[73] qu'il lui préférait, elle se ressouvint du portrait qu'on lui avait dit qu'il avait si soigneusement conservé et qu'il regardait incessamment. Prenant donc la parole auparavant qu'il eût le loisir de lui faire son compliment :

« Bienheureux amant, lui dit-elle, j'espère que tu te ressouviendras de la grâce que je t'ai faite. Je te crois si discret que tu ne me voudrais pas dire le nom, ni la condition de ta maîtresse : aussi je ne te le demande pas. Mais, comme je sais que tu as son portrait, que je voie au moins si sa beauté est assez grande pour mériter la parfaite amour que tu témoignes avoir pour elle. »

Carloman reconnut dans cette voix je ne sais quoi qui l'enchantait, mais il était si transporté de l'aise de son retour qu'il ne songeait à autre chose, et apparemment il ne pouvait se figurer que ce fût Adélayde. Pressé de répondre par civilité à celui à qui il se croyait si fort obligé et ne pouvant pas appréhender que cet homme, qui sortait de l'esclavage, eût jamais vu sa maîtresse, il lui repartit ainsi :

« Vaillant esclave, car c'est ainsi que j'ai appris que tu veux qu'on t'appelle, j'ai ouï raconter de si grands miracles de ta générosité et j'en éprouve tant de marques que je ne craindrais point de te confier un secret qui m'est plus important que ma vie, si, en le révélant, je pouvais conserver ton estime. Je te dirais volontiers le nom et la condition de ma maîtresse, mais, quelque désir que tu eusses de le savoir, tu n'approuverais pas mon indiscrétion. Pour son portrait, je t'avoue que je

_____

73. *Objet* : femme aimée.

l'ai, et, afin de ne te pas désobéir en une chose de si peu de conséquence et pour t'en dire encore plus que tu ne m'en demandes, sache que la personne que j'adore avec tant de passion est princesse de sa naissance, mariée à un souverain d'Italie. Et, quoique ce portrait soit fort éloigné d'atteindre la perfection de son original, avoue que tu n'as peut-être jamais vu une si charmante personne. »

En disant ces paroles, il donna à Adélayde cette boite qui était faire d'un seul rubis où son portrait était enchassé. Elle en reconnut en même temps tous les traits. Jugez donc de son étonnement.

« Et tu penses avoir laissé cette personne en Italie ? », lui répondit-elle.

« Oui, répliqua-t-il, entre les bras d'un vieux mari, qui en est fort jaloux. »

En même temps Adélayde se douta qu'il pensait parler de la duchesse de Calabre et, imaginant presque cette aventure comme elle l'était, elle acheva d'ouvrir tout à fait les rideaux de son lit, qu'elle avait déjà entr'ouverts pour voir ce portrait.

« Et que dirais-tu, si tu la trouvais ici ? reprit-elle, ou bien plutôt en reconnaîtrais-tu bien une autre qu'autrefois tu n'as pas haïe, si tu la voyais ? »[74]. Ainsi elle reconnut qu'elle jouait la comédie de la jalouse

---

74. Nous avons une scène de reconnaissance semblable — une jeune fille, travestie en homme, se fait reconnaître de l'amant qui se désolait de l'avoir perdue — dans une des nouvelles du *Roman comique* de Scarron (II, 14), *le Juge de sa propre cause,* adaptation d'une *novela* de María de Zayas, dont le recueil, *Novelas amorosas y ejemplares,* 1634, venait d'être traduit par Le Métel d'Ouville, en 1655-56.

d'elle-même[75]. Et ainsi Carloman se vit dans une surprise si grande qu'on ne le peut concevoir.

Vous devinerez, s'il vous plaît, l'éblouissement de ce prince, la peine qu'on eut à lui faire croire que ceci n'était pas une vision, la joie qui se répandit par le navire et celle qu'après tant de traverses ces heureux amants reportèrent en Provence. Vous pouvez penser qu'elle retira sa lettre de l'Italien à qui elle l'avait donnée.

A leur abord, ils trouvèrent le comte de Provence mort depuis quelque jours. La comtesse sa veuve reprit le chemin du Languedoc avec sa fille. Le vieux duc de Calabre mourut en même temps. Lascaris vint demander pardon à ces heureux amants de s'être chargé d'une si mauvaise commission que celle qu'il avait prise. Carloman et Adélayde oublièrent tout. Adélayde lui apprit la mort de son fils et reprit sa comté de Roussillon ; et Carloman, qui ne put vouloir de mal à la duchesse de Calabre, qui lui avait donné une si grande preuve de sa bonne volonté, ne se soucia point, quant au reste, de la supposition[76] de Lascaris et se contenta de rire, avec Adélayde, de la bonne fortune du comédien et de l'aventure de l'échelle de soie qui eut une si heureuse issue.

---

75. C'est le titre d'une comédie de Boisrobert (1646), dont l'héroïne, Angélique, promise à Léandre, souffre de se voir préférer par lui une inconnue masquée rencontrée « au temple » et qui n'est autre qu'elle-même. La pièce de Boisrobert s'inspirait d'une *comedia* de Tirso de Molina, *La Celosa de sí misma*.

76. *Supposition* : la substitution, par Lascaris, de sa propre fille à Adélayde.

Ce fut de cette sorte qu'Uralie mit fin à son récit. Ceux qui connaissent l'air, le tour et l'agrément qu'elle donne à ce qu'elle dit, concevront aisément l'attention qu'elle trouva en ces dames et en tous ceux qui furent assez heureux pour l'écouter[77]. Pour moi, je confesse que, bien que la princesse attire aisément l'obéissance de tout le monde, et que, bien qu'il soit facile et quasi naturel à tous ceux qui ont l'honneur de la voir de se soumettre à ses volontés, j'y vis quelque répugnance en ces dames quand, pour obéir aux lois qu'elle leur avait imposées en faisant les statuts de ce divertissement, il fallut dérober à Uralie les louanges qu'elle avait méritées.

Aurélie vit bien la peine que tout le monde souffrait, quand, pour éviter une révolte tout apparente et pour ne pas établir son empire avec violence, prenant la parole pour toutes,

« Je crois, lui dit-elle, que notre attention vous a mieux fait connaître le plaisir que nous avions à vous entendre que tout ce que nous vous pourrions dire. En vérité, divine Uralie, si je ne craignais de contrevenir moi-même aux lois que je vous ai imposées et de donner mauvais exemple, je vous dirais que, pourvu que ces dames s'acquittent aussi dignement des journées qui leur tomberont en partage que vous avez fait de la vôtre, nous ne devons pas appréhender de nous ennuyer de plusieurs jours, car, pour moi, je crois que d'ici à longtemps il me souviendra de Carloman et d'Adélayde. Même j'estime si fort l'un et l'autre que, comme

---

77. « Personne ne fait plus galamment ni plus plaisamment un récit que vous », écrit Mademoiselle dans son portrait de Mme de Choisy. (*Galerie des portraits de Mlle de Montpensier*, Didier, 1860, p. 236).

la maison d'Anjou a succédé aux droits de ces anciens comtes de Provence et que les restes de cette maison d'Anjou sont tombés en celle de Montpensier[78], pour peu qu'on voulût me le dire, je me persuaderais aisément être descendue de deux personnes si parfaites, surtout quand je vois que le dernier de la maison d'Anjou, à qui appartenait ce château et dont mon bisaïeul épousa l'héritière[79], se qualifiait encore comte de Roussillon, ainsi qu'on le peut voir écrit en quatre ou cinq endroits de cette maison. »

« S'il se pouvait faire, reprit la belle Aplanice, que vous puissiez devenir plus noble que vous ne l'êtes, étant née de tant de rois de France de père et de mère. Dans ce siècle ici, on a tiré des généalogies plus incroyables que celle-là. Il me semble que cette fermeté que vous avez fait paraître en toutes vos actions si fort au-dessus de notre sexe, pourrait être une preuve assez forte que votre courage tient encore quelque chose de celui d'Adélayde, qu'Uralie nous a fait admirer. »

« Et ne dites-vous rien de la fidélité de Carloman ? », dit la divertissante Silerite.

---

78. Après les comtes catalans, la Provence était passée aux mains de la première maison d'Anjou par le mariage, en 1246, de Charles d'Anjou, frère du roi Louis IX, avec Béatrice, héritière de la comté. Puis, en 1380, leur descendante, la reine Jeanne, l'avait transmise à Louis d'Anjou, frère du roi Charles V, qu'elle avait adopté en 1380. Enfin, en 1481, à la mort de Charles III, neveu du roi René et dernier comte de Provence, la comté avait été réunie au royaume de France. L'héritage était passé ensuite aux Bourbon-Montpensier, dont la descendante, Marie, épouse de Gaston d'Orléans, était la mère de Mademoiselle, qui peut ainsi se flatter de descendre des héros de la nouvelle.

79. Ce bisaïeul, François de Bourbon (1539-1592), duc de Montpensier, avait en effet épousé Renée d'Anjou, « dame de Saint-Fargeau ».

« Si je loue une des grandes qualités de la princesse, reprit Aplanice, ce n'est pas à l'exclusion des autres. »

« Aplanice a raison, dit Frontenie. Aussi bien il me semble que, bien qu'Adélayde n'ait pas été moins fidèle que Carloman, on l'en doit moins louer que lui. Il est quasi naturel aux hommes d'être inconstants et la fidélité est le partage des femmes ; et, supposé qu'il fallût faire le panégyrique de ces deux amants, je crois qu'il n'y aurait pas moins de sujet de louer Carloman que sa maîtresse, puisque sans doute il n'est pas moins rare de voir un homme fidèle que de voir une dame courageuse. »

« Vous en voulez bien à tout ce sexe, dit agréablement Gélonide à sa chère Frontenie. Y en a-t-il quelqu'un qui vous oblige à en parler de la sorte ? Pour moi, je pense que non et que c'est pure injustice en vous, car vous êtes telle que, s'il peut être des hommes constants au monde, ce doivent être ceux qui ont commencé de vous aimer. »

« Je n'ai pas dit cela, reprit Frontenie, pour m'attirer cette douceur ; je l'ai dite pour l'honneur de notre sexe. Et n'est-ce pas une chose dont tout le monde demeure d'accord que, depuis qu'une femme a tant fait que de se résoudre d'aimer, il lui arrive beaucoup moins d'être infidèle qu'aux hommes, que la possession de ce qu'ils désirent le plus fait si souvent changer ? »

« Cela n'est que trop vrai, dit l'illustre Aurélie, par mille exemples qu'on en a tous les jours. Mais trouvez-vous que ce fût un si grand effort à Carloman d'être constant pour Adélayde, qui lui était si fidèle et qui était si charmante ? »

« Les charmes et la beauté y font souvent peu de chose, répondit Frontenie, et quelqu'une de nous trouvera-t-elle que l'absence, qui fait si souvent chan-

ger les hommes, fût plus supportable à Carloman pour
être aimé ? Être aimé est une raison pour être sans
doute plus fidèle ; mais je voudrais bien qu'on examinât auquel des deux l'absence devrait être plus sensible, à savoir d'un amant qui serait aimé ou d'un qui
ne le serait pas »[80].

« Je crois qu'il n'est que d'être aimé », dit Gélonide.

« Vous vous hâtez un peu bien de décider une chose
qui n'est pas sans difficulté, répliqua Aurélie, et si, d'un
côté, je vois qu'Aplanice est de votre avis, il me semble que Silerite et Frontenie s'apprêtent de vous contredire. Dites-nous donc un peu vos raisons ; mais
souvenez-vous qu'on ne demande pas lequel il vaut
mieux, d'être aimé ou de ne l'être point, car ce ne serait
pas une matière de douter, mais seulement lequel doit
mieux sentir les inquiétudes de l'absence, d'un amant
qui serait aimé ou d'un qui ne le serait pas. »

« Je ne me rétracte point pour cela, reprit Gélonide,
et je crois que celui qui est aimé doit avoir moins
d'inquiétude, puisque sans doute la plus grande qu'on
puisse avoir en amour est celle de n'être pas aimé. Il
faut que vous demeuriez d'accord qu'en voilà déjà une
qu'il ne sent point, que l'autre qui n'est pas aimé ne
peut manquer de sentir bien rigoureusement ; et
d'autant plus que, comme dans l'absence il est assez naturel d'appréhender toutes choses, celui qui n'est pas aimé
ne peut manquer de devenir jaloux. Ajoutez la jalousie au déplaisir de n'être point aimé, avec les déplaisirs
de l'absence qui sont communs à tous les deux, c'est,
ce me semble, assez pour faire le plus malheureux de
tous les hommes ; au lieu que celui dont je tiens le parti

---

80. Voilà une question de casuistique amoureuse, comme on en
débattait dans les romans de Mlle de Scudéry.

a encore, pour soulager la douleur de l'absence, l'espérance du retour, qui ne doit être qu'une faible consolation à qui n'est point aimé. »

Comme Gélonide fit une pause en cet endroit, cela donna sujet à Frontenie de prendre la parole.

« Est-ce tout ce que vous avez à nous dire ? repartit-elle. Je demeure d'accord que le retour doit avoir plus de charmes pour l'amant aimé que pour celui qui ne l'est pas ; mais songez que nous ne parlons que de l'absence et ne croyez pas que ce soit un moyen de la rendre plus supportable que de maintenir qu'elle est un retardement à un plus grand bien. Celui qui n'attend rien est-il plus impatient que celui qui espère tout ? Et n'est-ce pas une chose qui est contre vous que ce que vous avez allégué en cette rencontre, puisque, plus vous faites votre amant impatient, plus vous redoublez son inquiétude ? Pour ce qui regarde la jalousie, ne puis-je pas vous dire la même chose ? Un amant dans la possession est-il moins tourmenté de la peur de perdre une chose dont il connaît la valeur, que le peut être celui qui ne sait ce qu'il perdrait et qui doit déjà être tout préparé à le perdre ? La conservation d'une dignité, d'une belle maison ou d'une grande fortune fait tous les jours entreprendre des choses que le désir de les acquérir ne ferait jamais entreprendre : ce qui est une marque sans doute que la peur de perdre ce qu'on a gagné est plus forte sur l'esprit des hommes que la douleur de n'avoir pas acquis. Par cette raison, tous deux peuvent également tomber dans la jalousie, et il n'y a point de raison qui puisse me faire voir que la jalousie de l'amant qu'on aime soit moins forte que celle de l'amant qui n'est pas aimé.

« Je vous confesse que ce dernier a par dessus le vôtre le déplaisir de voir qu'on ne l'aime pas ; mais, si ce déplaisir est grand, n'est-ce pas une chose qui, d'un autre côté, non seulement diminue les douleurs de l'éloignement, mais qui est capable de les guérir tout à fait, en l'obligeant à changer, au lieu que l'autre n'y peut penser avec raison et n'y peut aussi penser que très difficilement ? Il est aisé d'oublier qui ne vous aime point, et il est malaisé de s'ôter de la fantaisie[81] une charmante personne dont on se croit aimé. Il y a de la gloire à oublier des rigueurs, et il y a de la lâcheté de perdre le souvenir des grâces qu'on a reçues, ou de la faiblesse de quitter l'espérance de celles qu'on peut attendre, quand on peut les attendre avec raison.

« Ainsi donc, pour savoir lequel doit être le plus tourmenté, vous voyez que la crainte de perdre est plus grande dans le vôtre, que la jalousie est égale à tous les deux, et que l'espérance de la guérison est plutôt permise à celui pour qui je suis qu'à celui dont vous avez tenu le parti. »

Il y avait du plaisir à entendre cette dispute, car, comme ceux qui voient débattre un différend où ils n'ont nulle part sont naturellement pour celui qui a parlé le dernier, il en fut de même de nous autres qui écoutions le discours de ces dames. L'une et l'autre l'accompagnaient de tant de grâces que, quand Gélonide eut parlé, chacun croyait qu'il n'était pas aisé de lui répondre ; néanmoins, la même chose arriva quand Frontenie lui eut dit ses raisons. Ce qui fut cause que, comme on semblait incliner de son parti, Aplanice, qui était de celui de Gélonide, parla de cette sorte :

« Prenez garde, belle Frontenie, lui dit-elle, qu'à force de vouloir faire votre amant moins malheureux, vous le faites insensiblement cesser d'être amant. Je

---

81. *Fantaisie* : imagination, esprit.

demeure d'accord avec vous que, si le vôtre se peut guérir et cesse par conséquent d'aimer, il ne faut point mettre en balance les inquiétudes d'un homme qui n'aime
point avec celles d'un homme qui doit être fort amoureux. Mais, convenant que le vôtre soit forcé d'aimer
par quelque puissant destin, ce qui doit être par la supposition que nous avons faite, il faut que vous demeuriez d'accord qu'on ne peut pas être plus malheureux
que lui, puisqu'il ne peut manquer de perdre l'espérance, qui est le soulagement des plus grands maux. Qui
ne peut se faire aimer en présence ne le fera guère
absent : s'enfuir est un remède pour être moins
fâcheux, mais ce n'en est pas un pour devenir plus
aimable.

« Ainsi celui qui, par l'absence, perd encore l'espérance de se faire aimer doit être bien plus affligé que
celui qui ne craint que de cesser d'être aimé. L'amant
qui n'est point aimé s'imagine sans cesse que, s'il était
présent, il dirait de si fortes raisons qu'on ne s'en pourrait défendre ; mais il ne fait que jeter des plaintes en
l'air. Si l'autre se plaint, c'est dans de plus agréables
idées, et il peut encore écrire avec plus d'apparence que
le vôtre, et écrire des choses plus divertissantes. »

« Vous feriez votre parti si bon et le nôtre si méchant,
dit Silerite, interrompant Aplanice en cet endroit,
qu'aisément tout le monde se rangerait de votre côté.
Vous ne voulez pas que celui pour qui nous parlons se
puisse guérir, et vous voulez qu'il soit permis d'écrire
à celui pour lequel vous êtes. Ne voudriez-vous point
encore qu'après quinze jours ou un mois d'absence,
l'un et l'autre revînt et qu'on contestât pour savoir
lequel serait le plus heureux ? Je demeure d'accord qu'il
est raisonnable de convenir que l'amant qui n'est point
aimé ne puisse cesser d'aimer pour cela, mais, pour

mettre les choses dans une supposition qui puisse tenir la balance droite, il faut qu'il y puisse penser, que même il le puisse espérer, et il faut mettre l'absence dans l'impossibilité d'écrire de part ni d'autre, et enfin la supposer la plus rigoureuse qu'elle le puisse être. Je m'assure qu'il y aura aussi peu de gens qui envient votre condition que la nôtre.

« Vous dites que l'amant mal reçu[82] est sans cesse agité de l'espérance d'être aimé, quand il sera présent. Je vous dis que le vôtre aura la crainte de ne l'être plus et je crois que les inquiétudes de la crainte ne sont pas moins fortes que celles de l'espérance. Vous dites que tout ce que celui dont nous entreprenons la défense pourra faire, ce sera de jeter des cris en l'air et de se figurer qu'il dirait les plus belles choses du monde à sa maîtresse pour la fléchir. Et nous vous dirons que le vôtre aura autant de sujet de quereller le Ciel et la terre, puisque, par exemple, ce ne serait pas une grande consolation à ceux qui languissent dans l'esclavage ou dans la prison de repasser par leur esprit qu'ils seraient en des palais enchantés ou en des lieux agréables, s'ils avaient la liberté. L'amant qui n'est point aimé peut penser qu'il pourrait fléchir sa maîtresse ; celui qui croit qu'on l'aime songe qu'il lui parle de son amour et que son amour est agréable, mais, comme ceci n'est qu'un songe, ce songe le tue. »

« En vérité, dit la princesse, je crois qu'il serait bien difficile de prononcer[83] sur une matière si délicate. Pour moi, je ne sais qu'en dire, car je vous confesse que je suis tellement combattue des raisons qu'on a alléguées

---

82. *Mal reçu* : mal aimé. Recevoir « signifie aussi faire un bon ou un mauvais accueil, traiter doucement ou rudement » (Fur.).

83. *Prononcer* : prendre parti, se prononcer.

de part et d'autre qu'au lieu de les décider[84], je suis entrée dans un nouvel avis, qui est qu'un amant qui ne saurait point s'il est aimé ou s'il ne l'est pas, serait encore plus inquiété que les deux dont vous avez pris le parti, puisque sans doute, ne pouvant cesser d'aimer et ne pouvant aimer avec raison, il ne pourrait avoir les consolations ni de l'un, ni de l'autre et qu'il aurait les ennuis de tous les deux. A mon avis, dans les plus petites affaires comme dans les plus grandes, l'irrésolution est le plus grand et le dernier de tous les maux. Mais Uralie n'a dit mot et il serait, ce me semble, assez juste de la faire parler. »

« Je n'ai pas mal fait, ce me semble, reprit-elle, de vous laisser dire toutes les agréables choses que vous avez rapportées de part et d'autre, et il me semble qu'ayant parlé assez longtemps, je ne pouvais mieux faire que de vous écouter, outre que je n'ai peut-être pas une moindre inquiétude que vos amants dans l'absence, en ce que je ne sais à laquelle je dois donner ma voix de toutes ces dames pour nous entretenir demain. »

« Vous avez raison, dit la princesse ; et il me semble que c'est bien dans un pareil choix qu'on ne sait ni que laisser, ni que choisir. Si est-ce que pourtant il faut que vous en nommiez une. »

« Gélonide, reprit Uralie, nous racontera sans doute quelque chose de bien agréable ; et comme la nouvelle que vous nous avez dite et celle que j'ai récitée[85] n'ont rien de joyeux que la fin, je suis d'avis de m'en rapporter à elle, car je crois qu'elle nous dira quelque chose de moins sérieux. »

---

84. *Décider* (avec un complément d'objet direct) : trancher.
85. *Réciter* : raconter, rapporter.

« Je ne vous parlerai que de gens que vous croirez avoir vus tous les jours, répondit Gélonide, et cependant je suis assurée que vous n'en connaîtrez aucun. »

« Nous nous en rapportons à ce qui en sera », lui répondit Uralie et, se retournant vers la princesse :

« Puisque je suis maîtresse du reste de la journée, continua-t-elle, je vous conseille de donner le bal à ces dames. Vous voyez que je me conforme plutôt à vos inclinations et aux leurs qu'à la mienne. C'est pour vous montrer que, tant que mon empire a duré, il n'a pas été tyrannique. »

Ce fut à quoi l'on passa le reste de la journée. Outre ces dames dont tous les gens de la Cour connaissent la grâce et le bon air qu'elles ont à la danse, il y en avait encore plusieurs autres fort bien faites, du voisinage du château des Six Tours, qui étaient venues voir la princesse, si bien que j'ose assurer qu'il se fait des assemblées à Paris qui n'approchent pas de la beauté de celle-ci.

Le lendemain, Gélonide ayant mené la princesse et ces dames dans l'allée du mail, elle les fit entrer, après un tour ou deux dans un cabinet qui est au bout. Mais certainement tout le monde trouva que ce n'était pas sans raison qu'elle avait voulu que chacune fût libre de choisir sa place.

Il n'est rien de si agréable que ce cabinet. L'allée où Aurélie a fait faire ce mail s'étant trouvée trop courte pour la commodité du jeu[86], elle l'a fait allonger de beaucoup. Et, comme c'était sur la pente d'un côteau, ce bout est en terrasse. C'est là qu'on a bâti ce cabinet qui, étant au niveau de l'allée, est par conséquent sus-

---

86. *Mail* : allée où l'on joue au mail. Ce jeu consiste à pousser une boule de buis à l'aide d'un maillet muni d'un long manche.

pendu en l'air. Il est ouvert de tous les côtés et n'est fermé que de grandes vitres qui, de chaque côté, ont toutes les plus belles vues qu'on puisse souhaiter. Celle par où l'on entre est tournée vers une plaine qu'on découvre entre les arbres qui composent l'allée du mail. Le côté qui se trouve à main gauche est tourné vers la ville qui accompagne le château et voit une partie du château même ; mais, comme ils ne sont pas si proches, l'un ni l'autre n'empêche pas que, dans l'éloignement, on ne découvre par dessus des côteaux de vignobles et de petits bocages qui composent un fort agréable objet. Les deux autres côtés sont sans comparaison plus beaux. Car celui qui est à l'opposite de ce dernier s'étend à perte de vue entre deux collines, qui composent un vallon d'une largeur raisonnable. Ca vallon est coupé de ruisseaux qui séparent des prairies qui sont des deux côtés, et ces collines sont couronnées de futaies et de taillis tant que la vue peut s'étendre. Ces ruisseaux viennent aboutir en un grand étang[87], qui ferme deux ou trois des côtés de ce château, car sa figure est hexagone[88]. Dans cet étang est une petite île, où il y a du couvert[89] raisonnablement ; et, avec l'église de la ville et un petit morceau de plaine qui est au dessus, c'est ce qui fait la vue qui est à l'opposite du côté par où l'on entre dans ce cabinet si agréable et si charmant. Et c'est ce qui représente[90] si fort ces excellents paysages des grands peintres[91] que tous ceux qui le

---

87. Cette grande pièce d'eau est alimentée par le ruisseau du Bourdon.

88. En réalité, le château forme un pentagone.

89. *Couvert* : « lieu à l'ombre » (Fur.).

90. *Représenter* : rappeler.

91. Segrais pense probablement à certaines compositions de Nicolas Poussin, qui, à partir de 1650 surtout, se consacre à la peinture de

regardent croient avoir vu cet étang, cette église et cette petite île dans mille tableaux.

Ce fut dans ce cabinet que l'agréable Gélonide mena cette aimable troupe. Le lambris et la voûte de ce cabinet sont ornés de peintures fort rares[92] ; l'ameublement est de toile d'argent ; mais, avec tout cela, Gélonide, qui avait eu soin de l'ornement de ce lieu, y avait fait brûler une infinité de cassolettes[93] et de parfums. Le petit lit et les sièges, aussi bien que le plancher, étaient tout couverts de fleurs d'orange[94] et de jasmin. Qu'on juge donc si une histoire faite par elle dans un lieu si agréable pouvait déplaire. Je ne l'ai pas écrite aussi galamment[95] qu'elle la récita ; mais, pour mon honneur et pour ton plaisir, figure-toi, lecteur, que je te raconte cette troisième nouvelle avec les même grâces qu'elle la raconta et que c'est elle qui va parler.

---

paysages. Voir par exemple le « paysage au serpent » (Dijon), où figurent l'étang, une colline (ou une île), l'église.

92. Ce cabinet n'existe plus aujourd'hui.

93. *Cassolette* : « Petit vaisseau ou réchaud de cuivre ou d'argent où l'on fait brûler des pastilles et des odeurs agréables » (Fur.).

94. *Orange* : oranger.

95. *Galamment* : avec grâce et distinction.

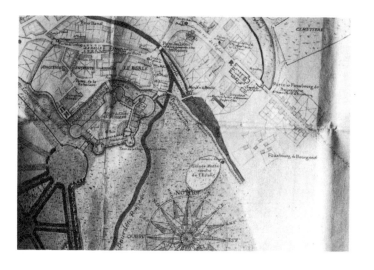

2. *Plan ancien du château et du parc de Saint-Fargeau.*

HONORINE

Nouvelle Troisième

INTRODUCTION

Honorine, arrivée à Paris, souhaite trouver un mari spiri-
tuel, noble et riche. Trois galants se présentent, qui n'ont cha-
cun qu'une de ces qualités : le noble, mais vaniteux Montal-
ban ; le riche, mais sot Egéric ; le spirituel, mais pauvre
Orton. Chacun lui fait la cour à sa façon, et ils se déclarent
le même jour. Mais Honorine est irrésolue. Une rivale,
Lucrèce, les trouve, elle, à son goût et, comme Honorine s'est
fâchée contre ses galants qui se sont discrédités mutuellement,
elle les attire chez elle tous les trois. Mais, déçus par la
coquette, ils reviennent à Honorine. Orton étant rentré en
Angleterre, il ne reste que deux galants qu'Honorine ménage.
Montalban la rejoint en province, mais l'affaire est sue. Elle
voit en secret Egéric à Paris, mais Montalban les surprend.
Perdue de réputation, Honorine est enfermée dans un
couvent.

Pour cette nouvelle, Segrais doit beaucoup à la quatrième
des Nouvelles françaises *de Charles Sorel (1623), intitulée* Les
trois amants. *Dans celle-ci, l'héroïne, Hermiane, est aussi*
recherchée par trois soupirants, dont chacun a une qualité
qui manque aux autres : le noble Léomire a du courage ;
Dryante, le financier, est très riche ; Clérarque est pauvre,
mais a beaucoup d'esprit. Leur caractère leur inspire des con-
duites différentes pour conquérir le cœur de la belle : Léo-
mire se bat pour elle ; Dryante l'éblouit en lui donnant un
bal magnifique ; Clérarque lui sacrifie une autre femme. Nou-
veau parallélisme : Hermiane étant tombée aux mains
d'Anaxandre, Dryante offre sans succès de l'argent au ravis-

seur ; *Léomire le provoque et est blessé ; Clérarque, plus rusé,
délivre la jeune fille en se faisant passer pour un magicien.*
On voit que Segrais a pris à son modèle non seulement son
sujet — une jeune fille courtisée par trois galants aux qualités très dissemblables —, mais aussi les effets de symétrie du
récit, qu'il développe beaucoup plus longuement. L'imitation
s'arrête là et Segrais n'a pas suivi jusqu'au bout son modèle.
Chez Sorel, Clérarque, qui a délivré Hermiane, n'obtient pas
la main de la jeune fille, qui épouse le riche Dryante. Le jeune
homme, désespéré, se retire au couvent. Apprenant que
Dryante est mort, il revoit Hermiane sans plus de succès. C'est
seulement après une intervention de son ami Philon qu'Hermiane, émue devant le désespoir de Clérarque et sachant d'ailleurs que Léomire s'est fiancé à une autre, consent à l'épouser.

En présentant ses devisantes, Segrais disait que Gélonide,
la narratrice de cette histoire, était « *touchée des choses galantes plus que des choses sérieuses et tendres* » et que son
humeur était « *enjouée* ». De fait, *Honorine* est beaucoup
moins romanesque ou pathétique que les deux nouvelles qui
la précèdent, et se rattache plutôt au genre des histoires
« comiques », au sens où on l'entendait alors.

Les personnages sont loin d'être idéalisés : Honorine est
« médiocrement belle » ; elle est irrésolue, légère, vaniteuse
et intéressée. Ses soupirants ne sont pas mieux partagés :
Montalban, de « naissance médiocre », passe pour vaillant
sans avoir eu l'occasion de montrer son courage et sa vanité
est insupportable ; Egéric est « assez mal fait de sa personne », il est ennuyeux et ses manières sont grossières ; si
Orton est séduisant, il est « mal en ses affaires » et d'un caractère léger et volage. Quant à Lucrèce, c'est une coquette sur
le retour, envieuse et déloyale à l'égard de son amie. La conduite de ces héros médiocres est souvent grotesque, voire
pitoyable : les prétentions ridicules ou le faste inutile d'Egéric, les efforts de chacun pour discréditer ses rivaux, la façon
dont ils se laissent prendre aux manèges de la coquette Lucrèce
et leur piteux retour chez Honorine, l'embarras de celle-ci,
qui voudrait ménager les deux amants qui lui restent, mais
révèle par sa maladresse sa liaison avec l'un et se fait sur-

prendre avec l'autre — tout cela relève du genre comique et tranche avec l'idéalisme des nouvelles précédentes.

Les « histoires comiques » se caractérisaient aussi par un certain réalisme dans la peinture des lieux et des mœurs. La nouvelle de Segrais évoque concrètement la vie quotidienne de la bourgeoisie parisienne : l'héroïne demeure au faubourg Saint-Germain et se promène au Luxembourg ou au Cours la Reine ; Montalban lui remet un « poulet » à l'église, avant de la raccompagner à son carrosse ; Egéric lui offre une collation à Saint-Cloud ; on fait des « parties de musique » chez Lucrèce, et les amis d'Honorine assistent à une représentation de Jodelet. *Des allusions à des romans —* le Grand Cyrus, *l'*Astrée — *ou à des pièces de théâtre —* Les Visionnaires, Rodogune, Jodelet *ou* Dom Japhet — *évoquent l'horizon littéraire des contemporains. Les événements politiques ont aussi des répercussions sur la vie des personnages. C'est la guerre civile en Angleterre qui a ruiné Orton et l'a contraint de se réfugier en France, et c'est en fuyant devant les émeutiers de l'Hôtel de Ville — le 4 juillet 1652 — que Montalban surprend Honorine dans les bras d'Egéric. La narratrice, qui souhaitait qu'on racontât des aventures qui se passent plutôt « dans la guerre de Paris que dans la destruction de Troie », applique ici ses théories.*

*Enfin, comme la princesse Aurélie voulait que l'on racontât « les choses comme elles sont » et affirmait avoir narré l'histoire d'*Eugénie *comme elle l'avait apprise, Gélonide prétend elle aussi conter une aventure authentique : « Je sais tout ceci d'une dame de ses amies (d'Orton), qui était sa confidente et qui m'a dit qu'il lui communiquait toutes ses pensées » (p. 212), dit-elle pour justifier sa connaissance des sentiments de l'héroïne. Plus loin, elle remarque qu'une histoire « imaginée à plaisir » ne serait pas meilleure que ce qui « arriva ». Ailleurs (p. 222), elle refuse de dire le véritable nom de Lucrèce pour ne pas s'en faire haïr. Autant de procédés qui contribuent à donner une impression de réalité au récit.*

En revanche, la composition même de la nouvelle, au moins dans sa majeure partie, et les développements symétriques que nous évoquions plus haut, nuisent un peu à l'illusion

*romanesque. Si le caractère piquant de ces parallélismes amuse
le lecteur, il l'empêche de croire à une histoire trop belle pour
être vraie. Ainsi, jusqu'au départ d'Orton pour l'Angleterre,
les démarches des trois amants sont narrées avec un parallélisme rigoureux. Les trois traits du caractère d'Honorine —
esprit, avarice, vanité — se retrouvent séparément chez chacun de ses galants, qu'on voit courtiser la jeune fille chacun
à sa manière. Le vaniteux Montalban lui fait une cour osten-
tatoire, le riche Egéric fait des dépenses pour elle, tandis que
le spirituel Orton l'amuse par ses railleries (p. 204-209). Ils
se déclarent le même jour, Montalban en lui remettant un
« poulet », Egéric en lui offrant une collation, Orton en lui
lisant une fable allégorique (p. 213-220). Honorine, embarrassée devant ces trois prétendants, ne se décide ni à en choisir un — Montalban est courageux, mais vaniteux et indiscret ; Egéric est riche, mais mal élevé ; Orton galant, mais
pauvre — ni à en écarter — le sot Egéric a de la fortune ;
le pauvre Orton est d'un commerce agréable ; les défauts de
Montalban ne l'empêchent pas d'être digne d'être aimé
(p. 223-224). En revanche, Lucrèce les trouve tous les trois
à son goût et apprécie la fierté de l'un, la fortune de l'autre
et l'agrément du troisième (p. 225). Comme les galants se sont
mutuellement discrédités auprès d'Honorine — Egéric déni-
gre le pauvre équipage d'Orton, Montalban raille la laideur
et l'avarice d'Egéric, Orton se moque de la vanité de Montalban —, et qu'elle leur refuse sa porte, Lucrèce réussit à
les attirer chez elle : Orton y vient pour sa richesse, Montalban par facilité, Egéric par dépit (p. 231-232). Ils en font tour
à tour confidence à Orsy, qui révèle leurs trois démarches
parallèles à Honorine. Bientôt fâchés de la coquetterie de
Lucrèce, nos trois galants reviennent à leur premières
amours : ils écrivent à Honorine des lettres pressantes (Montalban), ridicules (Egéric) ou agréables (Orton), qu'ils lui font
tenir de différentes façons : Egéric a gagné une suivante,
Montalban a soudoyé les serviteurs et Orton a eu recours au
procédé de Céladon dans l'Astrée (p. 241). Désormais,
Lucrèce ne s'attirera plus que des sottises de la part d'Egéric, des insolences de Montalban et des railleries d'Orton. Ces*

*parallélismes rigoureux, qui reviennent avec une régularité
quasi mécanique, ne manquent ni d'ingéniosité ni de piquant.*

*Dans la suite de la nouvelle, les effets de symétrie sont
moins marqués, mais subsistent encore. Les railleries ou les
indiscrétions d'Orton provoquent sa disgrâce et il part pour
l'Angleterre. Mais, après ce départ, Honorine — nouveau
parallélisme — ménage Egéric qu'elle veut épouser, tout en
recevant en secret Montalban, jusqu'à la catastrophe finale
qui déconsidère définitivement la coquette. Après quoi, Egéric
panse ses blessures, Orton se garde de revenir en France et
Montalban va chercher fortune en Amérique.*

*Dans la discussion qui suit le récit, les devisantes sont
d'accord pour trouver les trois amants « haïssables », aussi
bien que Lucrèce et même Honorine, dont la coquetterie intéressée est sans excuse. La question d'Uralie — entre trois prétendants, un indifférent, un sot et un indiscret, quel est le
pire ? — soulève à nouveau un problème de casuistique
galante qui les embarrasse quelque peu. Mais elles espèrent
bien ne pas se trouver dans pareille situation et Gélonide clôt
le débat en désignant la prochaine narratrice.*

*Cette nouvelle, assez proche des « histoires comiques » par
la médiocrité des personnages, son cadre bourgeois et quelque tendance au burlesque — le comportement « mécanisé »
des galants jure plaisamment avec leurs prétentions —, con-
traste avec les deux nouvelles précédentes,* Eugénie, *encore
très romanesque malgré quelques éléments de réalité — le
cadre, un amour coupable —, et surtout* Adélayde, *purement
romanesque avec ses amants idéalisés et ses péripéties extraordinaires dans un Moyen-âge irréel[1], La diversité de ces récits
illustre adroitement la diversité des théories romanesques que
les devisantes exposaient dans leur entretien initial.*

---

1. Voir la classification établie par Denise Godwin qui distingue
les nouvelles de Segrais selon qu'elles comportent ou non du romanesque, du « réalisme galant », de l'« ordinaire », de la vérité, de
la couleur locale ou du burlesque (*Les Nouvelles françaises*, p. 84-93).

HONORINE

Il y a trois ou quatre ans qu'un homme de condition arriva à la Cour avec une fille unique qu'il avait. Il importe si peu de savoir de quelle maison il était qu'il suffit de dire qu'il prenait la qualité de marquis[1] et que sa fille s'appelait Honorine. Comme c'est d'elle dont je veux parler principalement et que ce nom est déjà assez extraordinaire et assez singulier[2], je trouve qu'il est aussi à propos que je m'en serve que d'emprunter celui d'Isabelle ou d'Angélique, comme l'on en use toujours aux comédies ou aux romans[3], où il est besoin d'introduire une héroïne moderne.

Honorine donc vint à la Cour avec son père dans le dessein de trouver un mari, mais avec la résolution,

---

1. *Marquis* : Le titre était quelque peu discrédité. « La France abonde en marquis faits par eux-mêmes. Il semble qu'il suffit d'aller en carrosse et de se faire suivre par quelques laquais pour s'ériger en marquis » (Fur.).

2. Le nom ne semble effectivement pas répandu, et on ne le trouve pas dans les romans, ni dans les comédies du temps.

3. Dans la comédie italienne, les amoureuses s'appellent presque toujours Isabelle ou Angélique. On retrouve ces noms, mais aussi d'autres dans la comédie française. Les romans donnent plus souvent à leurs héroïnes des noms « grecs », mais il y a une Angélique dans le *Roman Comique*.

comme celle qui était l'héritière d'une grande maison,
de prendre un mari de son choix. Son père lui en donnait toute la liberté possible et il la contraignait si peu
en toutes ses actions qu'il ressemblait plutôt à un de
ces maris commodes qui ne prennent nul soin du dedans
de leur famille, qu'à un père qui devait songer à l'établissement de sa fille et savoir qu'il dépendait absolument de la conduite qu'elle aurait. Honorine avait toute
sorte de liberté : elle recevait visite chez elle de tous les
hommes de la Cour, indifféremment, et, éblouie du
grand monde comme une personne qui était nouvellement arrivée et qui croyait que la multitude d'amants
ou de gens qui parussent tels était une grande marque
de son mérite, elle fit bientôt en sorte que sa maison
fut une des plus fréquentées de toute la Cour.

Elle était médiocrement belle ; elle était petite, mais
assez bien faite en sa taille ; elle était blanche et blonde,
et, étant de qualité et riche, cela ne suffisait que trop
pour lui donner un mari, quand elle n'aurait pu trouver d'amant. Outre que, si elle n'avait pas tout ce qui
peut être nécessaire à une personne pour inspirer de fort
violentes passions, elle pouvait pourtant s'en croire
capable par l'exemple d'autres qui ont été fort aimées
et qui n'étaient pas plus belles. Mais elle avait tant de
bonne opinion de soi-même et tant d'amour-propre
qu'elle ne croyait pas qu'un homme pût la regarder sans
en être aussitôt épris.

Il ne s'ensuivait pourtant pas en elle ce qui se trouve
presque toujours en toutes les femmes de cette humeur-
là, qui est d'être aussi susceptibles d'amour qu'elles le
sont de l'opinion d'en donner. Car avec cet amour-
propre, on voyait tant d'irrésolution et tant de légèreté
qu'il faut dire d'elle ou qu'elle aimait mille personnes
en même temps, ou qu'elle ne pouvait faire de choix

de sorte que, pour la définir véritablement, il me semble qu'on peut dire d'elle qu'il y avait trois principaux points en son caractère où toutes ses actions, ses mouvements et ses pensées aboutissaient. Elle avait de l'esprit jusqu'à aimer toutes les belles choses et s'y connaître raisonnablement ; elle avait beaucoup de vanité de son bien, de sa beauté et de sa naissance ; et enfin elle était d'une humeur avare[4] et intéressée au dernier point. Or ces trois qualités[5], qui sans doute étouffaient toutes les autres, étaient si bien proportionnées et si égales entre elles qu'il n'y en avait aucune qui fût la maîtresse pour accroître, ce semble, cette irrésolution qui régnait sur le tout. Elle avait autant d'esprit que de vanité, et son avarice était encore si bien mesurée qu'elle tenait une juste balance dans toutes les occasions qu'elle avait de choisir un galant ou un mari. Son avarice lui faisait désirer ceux qui étaient extrêmement riches. Son humeur vaine lui faisait souhaiter d'être servie[6] de ceux qui étaient capables de contenter sa vanité, tels que sont ces personnes qui font grand bruit par leur dépense, par un grand équipage et par une certaine manière qui donne toujours la vogue à quelques-uns plus qu'aux autres. Son esprit lui faisait aimer ceux qui avaient la réputation d'en avoir, soit que sa vanité agît encore en cela (car il y a des femmes qui y en trouvent), ou seulement qu'elle ne cherchât que le plaisir d'un commerce galant, adroit et agréable, comme, s'il y a quelque satisfaction d'être aimée, ce doit être apparemment d'être aimée

---

4. *Avare* : « qui est trop attaché au bien, à ses intérêts » (Fur.).

5. *Qualités* : « se dit aussi des dispositions bonnes ou mauvaises du corps ou de l'esprit » (Fur.).

6. *Servir* : « se dit de l'attachement qu'un homme a auprès d'une dame, dont il tâche d'acquérir les bonnes grâces » (Fur.).

par des personnes qui ont de l'esprit. De cette manière, il n'y a point de doute qu'un homme qui eût été extrêmement riche, qui eût été dans l'éclat[7] entre les personnes de qualité et qui eût eu beaucoup d'esprit et beaucoup d'amour entre ceux qui en ont le plus, eût sans doute accordé un grand débat qui était en elle, emportant tout à fait son cœur.

Mais la fortune n'en usa pas ainsi. Par un effet de son caprice, il se trouva que, de trois personnes qui semblèrent s'attacher à son service, aucun ne posséda ces trois qualités toutes ensemble. Au contraire, elles se trouvèrent si bien partagées entre eux qu'il semblait que c'eût été dans la même balance où l'esprit, la vanité et l'humeur avare d'Honorine avaient été si bien égalés.

Un comte appelé Montalban fut le premier qui entreprit de la servir, soit que le mérite d'Honorine lui en eût inspiré le désir, ou que c'eût été seulement par l'espérance qu'il conçut de pouvoir aisément venir à bout de cette conquête. Cet homme était de Bourgogne, mais il avait tout le procédé d'un homme d'une autre nation : en un mot, cette gloire[8] dont on accuse les Gascons, paraissant dans toutes ses actions, faisait croire qu'il était de leur pays. La vanité qui était en Honorine n'était pas moindre en lui et se découvrait si fort qu'elle étouffait une infinité de bonnes qualités qu'il possédait au suprême degré. Sa naissance était médiocre, mais il s'était si bien introduit qu'il n'y avait personne qui ne l'eût pris pour être d'une des premières maisons de France. Son courage n'avait pas moins de réputation : sans qu'il en eût donné aucune marque,

---

7. *Éclat* : « signifie pompe, splendeur, bruit, fracas » (Fur.).

8. *Gloire* : « signifie quelquefois orgueil, présomption, bonne opinion qu'on a de soi-même » (Fur.).

il était redouté de tous les braves[9] et, dans les ruelles[10] où l'on décide si hardiment d'une chose dont, le plus souvent, on a si peu de connaissance, il était toujours allégué pour un des vaillants de l'armée, où il n'allait presque point. Il était fort bien fait de sa personne ; il paraissait[11] par sa dépense sans qu'on sût s'il avait du bien ou non. Il avait de l'adresse et de la bonne grâce en toutes ses actions, et même l'esprit agréable, si la vanité qui était mêlée dans tous ses discours n'en eût ôté l'agrément. Mais, sur toutes sortes de sujets, il trouvait toujours moyen de faire mention de son bien, de sa qualité et de ses bonnes fortunes, quoique les plus clairvoyants doutassent fort qu'il eût de quoi se vanter sur ces trois choses.

Honorine voyait bien tous ses défauts et toutes ses bonnes qualités, car elle avait de l'esprit. Ainsi, si par le rapport de leurs vanités il y avait de quoi faire naître de la sympathie entre eux, elle découvrait bien des choses qui la devaient dégoûter : car si elle aimait sa personne, sa réputation et la vogue où il était, elle avait lieu de douter qu'elle en pût faire un mari avec lequel elle eût vécu heureuse. Et comme elle n'avait pas si grande hâte de se marier qu'elle ne voulût faire un amant auparavant, les discours de Montalban lui faisaient tout à fait appréhender de souffrir la galanterie d'un homme qui tirait avantage de tout.

---

9. *Brave* : « on dit absolument : c'est un brave, pour dire : c'est un homme courageux, déterminé » (Fur.).

10. *Ruelles* : « se dit aussi des alcôves et en général des lieux parés où les dames reçoivent leurs visites, soit dans le lit, soit sur des sièges » (Fur.).

11. *Paraître* : « signifie aussi se faire distinguer des autres, éclater davantage » (Fur.).

En effet, soit qu'Honorine pressentît la chose comme elle était, il faut encore ajouter que ce qui obligea d'abord Montalban à songer à cette recherche[12] fut moins le désir d'être aimé que celui de le faire croire. Ce qui parut bientôt par son procédé et par tous ses discours ; et en cela effectivement, il semblait qu'il y eût quelque sympathie entre sa maîtresse et lui : car Honorine aimait qu'il la suivît partout et qu'il fît toutes les grimaces d'un amant, croyant qu'il y avait quelque avantage d'avoir fait cette conquête et se figurant qu'elle serait si habile ou si heureuse qu'on dirait simplement que ce comte était passionnément amoureux d'elle. Pour lui, il n'avait point d'autre but que de faire paraître qu'elle l'aimait, soit que, comme un jeune homme qui arrivait nouvellement à la Cour, il se figurât qu'il était absolument nécessaire de faire médire de quelqu'une, ou qu'ébloui du grand monde qui visitait Honorine, il crût que rien ne mettrait sa réputation à un plus haut point que de faire dire que celle qui pouvait choisir entre tous les plus honnêtes gens l'avait choisi par dessus tous ; soit aussi qu'il espérât par ce moyen la réduire à la nécessité de l'épouser, ce que peut-être il n'aurait pu faire par les voies ordinaires, quand les pères et les parents examinent toutes choses ; car il était homme qui savait fort bien ses affaires et qui y pensait assez souvent, quoiqu'il parût en parler toujours contre sa pensée.

En même temps, comme si cette grande contrariété de bonnes et de mauvaises qualités en cet amant n'eût pas été suffisante pour maintenir l'irrésolution d'Honorine, un des plus riches hommes de France devint amou-

---

12. *Recherche* : « Poursuite qu'un homme fait en vue d'épouser une femme » (Littré).

reux d'elle. Celui-ci s'appelait Egéric, homme assez mal fait de sa personne, mais qui, étant dans les grandes affaires et dans le grand jeu[13], et usant fort bien de ses richesses et de son gain, s'était fait beaucoup d'amis et avait acquis la réputation d'homme d'honneur et de probité. Cet autre était sans doute bien plus propre à faire un mari, mais, comme je l'ai dit, Honorine voulait que ce mari fût amant quelque temps auparavant. Or la galanterie de celui-ci était fort désagréable, son esprit était médiocre, sa civilité contrainte et son procédé[14] bas et rampant. Il donnait de grands repas, la comédie et le bal plus souvent que le comte, car il le pouvait bien plus aisément que lui ; mais il était d'une humeur si jalouse que, comme en ces occasions il voulait sans cesse entretenir sa maîtresse et n'avait pas assez d'esprit pour la divertir, il l'ennuyait beaucoup davantage par ses discours qu'il ne lui plaisait par tous les divertissements que sa dépense lui pouvait faire naître. Toutefois, comme elle était de celles qui aiment tous ces plaisirs avec emportement, qui courent toutes les assemblées[15] et qui veulent être de toutes les parties, Egéric qui, par son grand bien, fournissait si amplement à ses divertissements et qui avec cela était sans doute plus véritablement amoureux d'elle que le comte, était bien capable de tenir un rang bien considérable entre ses rivaux.

Si son esprit ne pouvait pas avoir une fort grande sympathie avec l'esprit d'Honorine, ni contenter sa vanité, il avait de quoi assouvir son avarice beaucoup

---

13. *Grand jeu* : jeu où l'on joue de grosses sommes.

14. *Procédé* : « conduite, manière d'agir d'une personne envers une autre » (Fur.).

15. *Assemblées* : réunions mondaines, divertissements.

plus aisément que Montalban, et beaucoup plus encore
que le troisième amant que le Ciel lui destina. Car ce
dernier, quoique milord[16], était un homme aussi mal
en ses affaires qu'il y en eut en toute la Cour. Ayant
perdu son bien et sa fortune dès les premiers troubles
d'Angleterre[17], il s'était réfugié en France et, comme
il avait de l'esprit et qu'il avait rompu tout commerce
avec ceux de sa nation, il avait appris notre langue si
parfaitement pour un étranger que, contre l'ordinaire
de tous ceux de ce pays-là, il n'avait point de mauvais
accent, écrivait avec assez de justesse et faisait même
de petits vers et des chansons, comme vous
l'apprendrez.

Orton — c'est ainsi que s'appelait cet étranger —
n'était pas si bien fait que le comte et n'avait pas si
bonne grâce que lui, et il n'était pas si mal fait qu'Egéric. Il avait plus d'esprit qu'aucun des deux et son esprit
était doux et naturel, son procédé discret et fort respectueux ; mais il était d'une humeur si légère et si facile
que, comme les moindres espérances l'embarquaient,
les moindres rigueurs le rebutaient. Il avait été fort
amoureux d'une dame de son pays, mais cette grande
amour s'étant affaiblie par l'absence ou éteinte par le
désespoir, il semblait, pour ainsi dire, qu'elle se fût divi-
sée en une infinité de petites passions. Comme il était
galant naturellement, il lui fâchait de vivre sans inclination. Il n'était jamais écouté en un lieu qu'il ne s'y
attachât, comme il n'était jamais tant soit peu repoussé

---

16. *Milord* : « mot anglais qui signifie Monseigneur et qu'on nat-
tribue qu'aux personnes de qualité » (Fur.).

17. Allusion au soulèvement des puritains et des mécontents contre le roi Charles Ier, qui aboutit à l'exécution du roi (1648) et à la
prise du pouvoir par Cromwell.

qu'il ne levât le siège et qu'il ne s'en allât aussitôt. Dans ces entrefaites,

> *Courant les mers d'amour de rivage en rivage,*

il vint s'échouer en ce port, peut-être par l'exemple des autres, peut-être par la facilité de l'accès qu'il y croyait trouver.

Par toutes ces choses, si Honorine avait été de ces coquettes qui pensent qu'une habile femme doit avoir trois galants, un pour l'utilité, un pour le plaisir du commerce et un autre pour l'éclat, elle avait trouvé toutes ces choses en ces trois-ci : car le dernier était tel qu'il fallait pour en faire un galant sans bruit, Montalban était tout propre pour faire éclater le pouvoir de la beauté et l'autre pour enrichir celle qui le captivait. Mais Honorine était plus sage que cela. Toutefois, pour mieux dire, elle ne savait ce qu'elle voulait. Elle souhaitait l'impossible, car elle voulait bien quelque chose de ces trois amants, mais elle eût voulu que tous ces trois ensemble n'eussent fait qu'une seule personne, c'est-à-dire que Montalban eût eu le bien d'Egeric et la discrétion d'Orton, ou qu'Egéric eût eu la bonne mine de Montalban et l'esprit de l'autre, ou que ce dernier eût eu ce que les deux autres possédaient au suprême degré. Sans cela, elle ne pouvait se résoudre.

Elle voyait bien le dessein de tous les trois, quoiqu'ils ne se fussent point encore expliqués, car, comme je l'ai dit, elle n'était jamais trop lente à s'apercevoir quand on avait de l'amour pour elle ; mais, prévenant leur déclaration, elle ne savait lequel choisir. Elle voulait un galant agréable dont elle pût faire un bon mari, et tout cela ne se pouvait trouver en aucun des trois. Montalban était fort douteux pour galant : son indiscrétion faisait tout à fait redouter sa galanterie[18] ; et pour un

---

18. Le texte original porte : *et pour mari, son indiscrétion faisait tout à fait redouter sa galanterie,* ce qui n'a pas de sens ici.

mariage, il y avait trop à examiner. Il y avait dans le second de quoi faire le meilleur mari du monde, mais c'était bien le plus fâcheux galant qu'on pût choisir. Pour le milord, elle en pouvait faire un galant assez commode, mais il était bien difficile d'en faire un mari sans s'incommoder[19] beaucoup.

Tous ces trois cependant, qui étaient si différents en leur humeur et en leur procédé, s'accordaient en une chose, c'est qu'aucun ne voulait avouer qu'il était amoureux d'elle, soit que le premier eût cru se faire tort de se confesser épris qu'en même temps il n'eût fait connaître qu'il était aimé ; soit que ce fût la sotte humeur du second, ou qu'effectivement le troisième ne le fût pas encore bien fortement, quoique ce fût celui qui parlât d'elle avec le plus de respect.

Car Montalban, qui avait le dessein que j'ai dit, disait à tout le monde qu'il contrefaisait l'amant, qu'on verrait bientôt qu'il n'était point mal voulu[20] ; et il s'attachait bien moins à lui rendre ces services qui sont plus solides et qui marquent plus d'estime et plus d'amour que ceux qui font plus de bruit et qui sont à la vue de tout le monde, comme de se trouver toujours à ses dévotions, de la suivre en toutes ses visites et de galoper au Cours[21] après elle. Mais il se croyait tel qu'il ne doutait point qu'on ne crût qu'elle consentît à tous ses soins, quand on les remarquerait, donnant souvent à entendre qu'il ne prendrait point toutes ces peines inutilement.

---

19. *Incommoder* : « signifie aussi Rendre plus pauvre » (Fur.).

20. *Mal voulu* : « vouloir, joint avec le mot de bien ou mal, signifie Avoir de l'amitié ou de la haine pour quelqu'un » (Fur.).

21. *Cours* : « lieu agréable où est le rendez-vous du beau monde pour se promener à certaines heures » (Fur.). Il s'agit ici du Cours la Reine, au bord de la Seine.

Mais le procédé d'Egéric était bien plus plaisant : il affectait si fort de dire qu'il n'était point amoureux d'elle que ce fut par là que tout le monde s'aperçut qu'il l'était. Cependant il allait chez elle le plus souvent qu'il lui était possible, habillait souvent ses gens de neuf et donnait de grandes collations pour avoir le plaisir de la voir.

Véritablement le dernier faisait moins de bruit. Plus rusé que les deux autres, il leur laissait rompre la glace, agissant de sorte qu'il était presque le confident de tous les deux, se moquant de l'un avec l'autre et réduisant les choses en cet état que, si Montalban tournait Egéric en ridicule auprès d'Honorine et si Egéric tâchait de rendre la pareille à son rival, quand il était avec elle, il raillait[22] de tous les deux, sans que ni l'un ni l'autre se doutassent de lui. Sa vie était tellement incompréhensible et ses visites si diversifiées qu'on ne savait jamais à laquelle il en voulait, étant justement de ces gens qui ne sont jamais les premiers nulle part, mais qui sont les troisièmes ou les seconds en plusieurs endroits, qu'on ne souhaite guère pour amants, mais que beaucoup veulent pour amis, et auxquels on ne saurait presque refuser sa confidence à cause de leur discrétion et du soin qu'ils ont de se rendre officieux.

Il en avait presque usé de même pour Honorine et elle en usait presque de même pour lui. Elle était bien aise qu'il allât souvent chez elle et il y avait plus de familiarité qu'aucun des deux. Elle lui parlait de ses affaires avec confiance et souvent de ses amants. Ainsi, par les raisons que j'ai dites en parlant de son humeur volage et légère, selon qu'il lui voyait prendre de

---

22. *Railler* : « badiner, dire des choses plaisantes, enjouées et agréables à quelqu'un » (Fur.).

l'estime pour l'un ou pour l'autre et qu'il voyait ses affaires plus avancées ou plus reculées, il résolvait de l'aimer ou de ne l'aimer point. Et comme il était pour le moins aussi inconstant qu'elle et n'était point combattu d'une forte inclination, cent fois le jour il se trouvait amoureux et cent fois il trouvait qu'il n'était rien moins. N'ayant point toutefois d'autre passion plus forte, il se laissait amuser par celle-ci, tâchant de se divertir de tout, car, quoique mélancolique en apparence, il avait naturellement l'esprit gai et même un peu moqueur sans l'avoir malicieux. Voyant donc l'irrésolution de sa maîtresse et riant de la sienne propre, pour s'en donner tout le plaisir, il allait voir Honorine, qui déférait beaucoup à ses conseils et qui lui parlait fort franchement de ses amants. Un jour il lui conseillait d'aimer Montalban et le lendemain il lui conseillait d'aimer Egéric ; mais il apportait tant de raisons pour l'un et pour l'autre parti que, lui en emplissant la cervelle, tournant son cœur tantôt d'un côté, tantôt d'un autre, et faisant sans cesse flotter son irrésolution si agitée, je m'étonne qu'il ne la rendît folle.

Je sais tout ceci d'une dame de ses amies, qui était sa confidente, et qui m'a dit qu'il lui communiquait toutes ses pensées, mais qu'elle n'a jamais rien ouï dire de si plaisant que le récit qu'il lui faisait des conversations qu'il avait avec Honorine, du change qu'il donnait à ses deux rivaux, de l'irrésolution de sa maîtresse et de la sienne propre.

Cette histoire est partout remplie de caprices ; mais, comme si ce n'eût pas été assez de tout ce que j'ai dit pour maintenir le désordre où était l'esprit d'Honorine, il advint encore que ce fut en une même journée que tous les trois entreprirent de lui faire la première déclaration de leur amour, afin, ce semble, qu'aucun ne pût prendre avantage sur l'autre pour la raison du temps et de l'ancienneté de service. Chacun des trois agit encore si bien en cette rencontre selon son humeur que, quand cette histoire serait imaginée à plaisir, il faudrait la feindre comme elle arriva.

Il y avait déjà longtemps que Montalban, qui n'agissait pas moins par le motif de sa vanité que par celui de son amour, commençait à donner à entendre à tous ceux qui voulaient l'observer qu'il était en intelligence avec Honorine. Il écrivait toujours quand on l'allait voir, il pliait des lettres qu'il faisait à demi sortir de sa poche, faisait le froid quand on lui disait que c'étaient des poulets et, par une discrétion fausse et affectée pire que toutes les indiscrétions du monde, il commençait à contrefaire le fâché, quand on lui parlait de l'intelligence qu'il avait avec elle ; et tout cela seulement pour satisfaire une odieuse vanité, car, au bout du compte, il désespérait d'en être véritablement amoureux et il appréhendait sur toutes choses d'en être maltraité et qu'elle pût s'en vanter.

Dans cette pensée, il ne voulut pas hasarder un refus avant que de lui faire sa première déclaration. Ayant résolu que ce serait par un billet, il tire ce billet de sa poche et, le montrant tout plié à deux de ses amis :

« Je veux que vous soyez témoins, leur dit-il, si la belle nous est si cruelle que les médisants le publient. » C'était en une église où les plus galantes dames de la Cour allaient faire leurs dévotions. En même temps donc qu'Honorine se levait pour s'en aller, s'approchant d'elle et se baissant comme s'il eût relevé quelque chose qui lui fût tombé : « Belle Honorine, lui dit-il, voilà un papier qui est sorti de votre poche, comme vous en avez tiré votre mouchoir » ; ayant observé que,

durant la messe, elle avait effectivement tiré son mouchoir et ayant porté si longtemps ce papier dans sa
poche qu'Honorine, le regardant, crut que ce pouvait
être quelque lettre qu'il y avait longtemps qu'elle
portait.

Honorine le prit donc sans songer à ce qu'elle avait
fait ; mais Montalban, ayant satisfait à sa vanité, parce
que ses deux amis avaient été témoins de cette action,
ne voulut pas tout à fait perdre le fruit qui en pouvait
revenir à son amour. Il lui donna la main pour la remettre dans son carrosse et l'entretint toujours de choses
indifférentes de peur que, devant ces deux amis qui le
suivaient, elle ne lui répondît quelque chose qui leur
fît penser qu'il n'était pas si avant dans ses bonnes grâces qu'il leur avait fait entendre. Mais, voyant qu'elle
était montée en carrosse et qu'elle avait commandé à
son cocher de s'en retourner, de peur qu'elle ne laissât
cette lettre dans sa poche sans voir ce qu'elle contenait,
ou que du moins elle ne lui témoignât n'en avoir rien
vu, s'approchant d'elle :

« Soyez plus soigneuse, lui dit-il, une autre fois, de
ne pas perdre vos poulets. Lisez celui que je vous ai
rendu : je m'assure que je vous ne seriez pas bien aise qu'il
fût tombé entre les mains d'une personne qui eût pour
vous moins de fidélité et de zèle que moi. »

Le carrosse marchait toujours, ce qui fut cause
qu'Honorine n'ouït ces paroles qu'à demi et n'eut pas
le temps d'y répondre. Faisant néanmoins réflexion sur
cette aventure, en s'en retournant chez elle, elle n'y fut
pas plus tôt arrivée que, tirant cette lettre de sa poche,
elle la lut et vit qu'elle était conçue en ces termes :

« Je vous aime, belle Honorine. Quelque témérité
que vous puissiez trouver dans cette déclaration, je ne
saurais croire qu'il vous soit plutôt permis de me bles-

ser qu'à moi de m'en plaindre. Il n'est pas possible
d'éviter les charmes qui vous rendent redoutable à tout
le monde ; mais, entre la nécessité de mourir d'amour
pour vous ou celle de se priver de l'honneur de vous
voir, je vous avoue que j'ai mieux aimé prendre le parti
qui était encore accompagné de quelque espérance. Que
ce terme ne vous offense point ! Je n'espère qu'en la
forte passion que vous m'inspirez, mais j'en espère tant
que je veux vous faire avouer, au désavantage de tous
mes rivaux, que, si vous êtes la plus aimable personne
qu'il y ait au monde, je suis peut-être celui qui sait le
plus parfaitement vous aimer et qui n'est pas le plus
indigne d'être aimé de vous. »

On ne date pas trop les lettres de cette nature-là ;
mais, quand c'eût été la coutume, Montalban s'en fût
bien donné de garde[23] ou il l'aurait pour le moins anti-
datée de six mois, car il eût cru sa réputation perdue,
si l'on eût connu qu'il était encore à se déclarer. Et il
est certain que, si Honorine en eût voulu tirer avantage en le tournant en ridicule, il eût maintenu hardiment qu'il y avait longtemps qu'il la lui avait donnée
et qu'elle en avait fait secret. Mais elle n'avait garde
de faire tant de bruit et, si elle n'avait pas fait résolution de le choisir entre tous, du moins, elle n'avait pas
pris aussi le dessein de s'en défaire.

L'après-dînée, Egéric donnait une grande collation
et Honorine, qui en était le sujet, était priée de cette
partie. C'était à Saint-Cloud. Le repas fut grand et
magnifique, et certainement beaucoup plus éloquent
que lui. Toutefois il fallait parler, car, quoiqu'il en eût
pu aisément trouver l'occasion sans tant de dépense,
celle-ci n'ayant été faite que pour cela, il n'était pas

---

23. *Donner de garde* (se) : se garder.

à propos d'en perdre le fruit. C'était vers le mois de mai. Sept ou huit dames, et bien autant d'hommes étaient de cette partie, mais il n'y en avait pas un qui ne connût le dessein d'Egéric, parce que, comme je l'ai dit, à force de le désavouer, il en avait persuadé tout le monde. Ainsi, comme on se promenait après dans les jardins, il n'y en eut aucun qui ne contribuât à lui faire trouver l'occasion qu'il devait chercher.

Honorine, se voyant engagée avec lui, ne manqua point à lui parler de la propreté[24] et de la magnificence de cette collation. Il lui répondit qu'il était fort satisfait d'avoir son approbation et que c'était la moindre chose qu'il eût voulu faire pour cela. Sur quoi, soit pour l'engager à parler plus franchement ou par une simple civilité :

« Je m'assure, lui dit-elle, qu'il n'y a aucune des dames qui en ont été priées, ni de tous ceux qui s'y sont trouvés, qui ne vous donne cette approbation comme moi. »

« Je l'estime fort, répondit-il ; mais je vous déclare encore une fois que, pourvu que j'aie la vôtre, tout le reste m'est indifférent. »

« Ces dames, reprit Honorine, méritent que vous les estimiez un peu davantage et je ne mérite pas que vous m'estimiez tant. »

« Pour vous estimer moins que je ne fais, répliquat-il, c'est ce qui ne se peut, car je suis tellement votre serviteur qu'on ne peut pas l'être davantage. »

Et insensiblement, étant en si beau chemin, il se mit à lui dire tout ce qui lui vint dans l'esprit et ce qu'il jugea de plus agréable et de plus persuasif. Mais ce qu'il y eut de plaisant dans cette aventure, c'est qu'il lui dit

---

24. *Propre* : « se dit aussi de ce qui est bien net, ajusté, orné » (Fur.).

cinquante fois en un quart d'heure qu'il était son très humble serviteur et son serviteur très humble, tant ce terme lui était familier, concluant toutefois, par une éloquence à sa mode, que la dépense était faite pour elle et lui faisant entendre, avec l'adresse qui lui était ordinaire, qu'il en pouvait souvent donner de pareilles et surtout force violons et force comédies.

Ces deux différentes aventures ne firent pas naître une petite irrésolution dans l'esprit d'Honorine et, comme il s'était passé si peu de temps entre l'une et l'autre, la première impression que la déclaration de Montalban avait faite sur son esprit n'était pas encore si forte que les grandes richesses d'Egéric, qui l'éblouissaient, ne l'effaçassent à demi, ou du moins ne suspendissent son choix. Mais, comme si ce n'eût pas été assez pour son humeur irrésolue et inquiète que d'avoir à choisir entre deux amants, le hasard ne voulait pas aussi que le milord n'eût aucune part à son inquiétude et, par l'étrange constellation qui le soumettait à un empire si capricieux, il était bien raisonnable que son heure vînt aussi bien que celle de ses deux rivaux.

Il avait été de cette promenade et il s'était trouvé au temple[25], quand Montalban lui donna la lettre que je vous ai dite. Si bien que, encore qu'il n'eût pas observé si effectivement Honorine l'avait laissé tomber ou non, il ne laissa pas de soupçonner quelque chose ; et il n'était pas bien difficile de s'apercevoir du dessein d'Egéric : car, outre qu'il n'était pas homme à faire une si grande dépense sans dessein, comme chacun lui avait donné l'occasion de parler, il n'avait pu si bien composer son visage qu'il ne fût aisé de connaître qu'il entretenait Honorine d'une affaire qui lui était de

---

25. C'est-à-dire à l'église.

grande importance. D'un autre côté, Honorine était tellement pressée de son irrésolution et de redire à quelqu'un ces deux aventures qu'elle ne trouva pas plus tôt occasion de parler à Orton qu'elle les lui raconta et, par ce moyen, lui donna lieu de ne se laisser pas devancer à ses deux rivaux.

J'ai dit qu'elle se confiait à lui : étant donc revenue, après la promenade, chez une dame de ses amies, comme insensiblement la compagnie se divisa, elle s'approcha d'une table près de laquelle Orton était assis, feignant de se vouloir regarder dans un miroir qui était vis-à-vis. Il y avait par hasard un tome de *Cyrus*[26] sur cette table, et c'était le quatrième. Et il était précisément ouvert en cet endroit où est la fable d'Esope qui est insérée dans l'histoire de Cléandre, de manière qu'au même temps qu'Orton prêtait l'oreille à Honorine, qui lui racontait ce qui lui était arrivé en cette journée, il avait les yeux sur cette fable, qui revenait[27] tout à fait à son aventure ; si bien qu'au lieu de répondre, quand elle eut cessé de parler :

« Je vous supplie, belle Honorine, lui dit-il en souriant, lisez cette fable. »

Honorine, qui avait déjà lu ce tome, quoiqu'il n'y eût pas longtemps qu'il fût imprimé[28], repassa promptement les yeux sur l'endroit qu'Orton lui faisait voir et lut avec lui cette fable, comme elle est dans le *Cyrus*.

---

26. Il s'agit d'*Artamène ou le Grand Cyrus,* de Mlle de Scudéry. Le tome IV, chap. 2, contient l'histoire de la princesse Palmis et de Cléandre, où se trouve effectivement cette fable d'Esope.

27. *Revenir* : « signifie aussi convenir, avoir du rapport » (Fur.).

28. En 1650. Or l'histoire contée par Gélonide est censée se passer en 1651-52 (voir plus loin l'allusion à l'émeute du 4 juillet 1652).

« Deux chasseurs furent avertis qu'il y avait une biche blanche dans un bois et ils furent pour la prendre avec des toiles[29], des chiens, des cors, des épieux et des dards. Mais, faisant un trop grand bruit, ils l'épouvantèrent[30] et la forcèrent de fuir[31] ; en fuyant, elle rencontra sous ses pieds un[32] berger endormi qu'elle blessa sans y penser. Le berger s'éveilla en sursaut et la poursuivit comme les autres avec sa houlette, et mieux que les autres, car ce fut par des sentiers plus couverts. Nous saurons quelque jour s'il l'aura prise, etc.[33] ».

Honorine, qui entendait fort bien le sens mystérieux qu'Orton trouvait sous ces paroles, s'arrêta en cet endroit, en étant un peu surprise, mais sans lui vouloir faire connaître qu'elle pénétrait dans sa pensée. Au contraire, commençant à vouloir dissimuler avec lui,

« Eh bien, lui dit-elle, pourquoi avez-vous voulu que je lise cette fable ? »

« Pour répondre à ce que vous dites, répliqua-t-il, et pour vous faire connaître que j'en sais aussi bien l'explication que le prince Mirsile[34] et que même celui qui l'a faite ne la savait pas mieux que moi. »

---

29. *Toiles* : il s'agit des filets dont les chasseurs se servent pour prendre le gros gibier.

30. Éd. origin. : de loin.

31. Éd. origin. : or, en fuyant.

32. Éd. origin. : un jeune berger.

33. Éd. origin. : mais pour moi, Cylénise, je le souhaite et je l'espère.

34. Dans le roman, Cylénise, à qui Esope a donné sa fable, a bien identifié les deux chasseurs — Adraste et Artésilas, tous deux épris de Palmis —, mais se demande qui peut être le berger. Le prince Mirsile lit alors la fable et comprend qu'il s'agit de Cléandre (IV, I, éd. Slatkine, p. 86-87).

« Si je suis la biche blanche, répondit-elle, je sais aussi bien que vous que les deux chasseurs doivent s'appeler Egéric et Montalban. Mais je ne sais quel est le berger que j'éveille en sursaut. »

« Le nom du berger, reprit-il, n'est pas plus difficile à trouver que celui des deux chasseurs. C'est un berger des rives de la Tamise, dont, à la vérité, la bergerie est fort désolée, mais qui n'espère pas moins de sa houlette que les autres de leurs toiles, de leurs cors et de leurs épieux. »

« Eh bien donc, berger Orton, reprit-elle fort galamment, puisque la biche est avertie que vous la poursuivez, elle serait bien folle si elle se laissait prendre. »

Elle prononça ces paroles comme si elle avait voulu le quitter, mais, étant naturellement flattée de la galanterie qu'elle trouvait dans l'esprit de ce dernier amant et se laissant conduire à son humeur coquette et engageante, elle ne le quitta pas si brusquement qu'il n'eût encore loisir de lui répondre ces paroles :

« Pourvu du moins, lui dit-il, qu'il soit permis au berger de la poursuivre comme les autres, il attendra avec constance quel pourra être le succès de cette chasse et il le laissera en votre choix avec beaucoup de soumission. »

« Si vous m'en croyez, reprit-elle, vous verrez courre les autres et vous en demeurerez où vous en êtes, car la biche n'est pas en résolution de se laisser prendre. Toutefois, comme il lui sera libre de s'enfuir, je crois qu'elle aurait tort de ne laisser pas en la liberté de tous les chasseurs de la poursuivre ou de la laisser là, car il me semble qu'on n'a pas trop le droit s'opposer à ce qu'on ne peut empêcher. »

En même temps, elle se mêla dans la compagnie et, bientôt après, elle se retira chez elle avec une de ses parentes, qu'elle accompagnait souvent en ses visites.

Cette femme était veuve d'un baron de Bretagne et, comme elle avait déjà un peu d'âge et assez pour laisser faire galanterie aux autres, ne pouvant quitter le monde qui la quittait[35], afin d'aider à son mérite[36] qui était déjà fort ébranlé par ses années, qui lui devaient[37] avoir donné plus d'expérience qu'elle n'en avait, elle était bien aise de faire amitié avec les plus jeunes pour attirer les compagnies chez elle, où, comme on a dit de quelque autre dame,

> *Tandis que le troupeau va paissant les douceurs,*
> *Vivre des restes.*

Pour cet effet, elle avait rendu sa maison la plus commode du monde. Elle était fort riche ; son logis était agréable ; ses meubles propres et magnifiques ; et, par importunité ou par adresse, elle avait si bien fait que la plupart des jeunes dames étaient de ses amies ou feignaient de l'être.

Honorine était de celles-là, soit à cause de la parenté qui était entre elles, soit que, n'ayant point de mère, ce lui fût une commodité d'être souvent avec cette dame, qui n'avait pas beaucoup plus de conduite qu'elle et dont l'humeur se rapportait assez à la sienne. Car toutes deux avaient cela de commun qu'elles ne voyaient jamais trop de monde, que tout leur était bon et que, surtout, l'une et l'autre étaient persuadées[38] qu'il

---

35. Cf. *Tartuffe*, I, I, le portrait de la prude Orante :
   Au monde qui la quitte elle veut renoncer.

36. *Mérite* : « assemblage de plusieurs vertus ou bonnes qualités en quelque personne, qui lui attire de l'estime ou de la considération » (Fur.). Ici, comme souvent en parlant d'une femme, il s'agit de ses attraits.

37. Nous dirions : qui auraient dû...

38. Le texte original est : *était persuadée.*

était difficile de vivre heureuse sans avoir des amants et faire un peu parler de soi. Mais, avec tout cela, il y avait encore je ne sais quoi de bien plus extraordinaire dans l'humeur de Lucrèce (car c'est comme cela que nous appellerons cette dernière). Si nous disions son véritable nom ou celui du baron qu'elle avait épousé, elle aurait peut-être sujet de me haïr, et cela ne serait rien à mon sujet.

Lucrèce donc n'était peut-être pas moins chaste que l'ancienne Lucrèce[39], mais elle avait une conduite qui en faisait extrêmement douter, plus facile à gagner que je n'ai dit qu'Orton l'était, et plus facile à être méprisée qu'il ne l'était à se rebuter. Il n'était point de jour qu'il ne lui passât cent desseins différents dans l'esprit. En amour et en amitié, elle embrassait toutes sortes d'objets. Si elle se trouvait en une visite où on louât un peu extraordinairement quelque homme ou quelque dame, il fallait qu'elle les connût ; mais par un dessein si bizarre que je ne crois pas qu'il se soit jamais trouvé une humeur pareille à la sienne, parce que, si c'était une dame, elle n'épargnait rien pour en faire son amie et elle n'avait pas plus tôt sa confidence qu'elle devenait jalouse d'elle et employait toutes choses pour lui ôter ses amants, et si c'était un homme, elle faisait toutes choses pour le dégoûter de sa maîtresse. Ainsi l'on pouvait dire d'elle que l'amitié la conduisait incessamment à l'amour par des voies bien extraordinaires.

Or jugez de l'excellente pratique qu'elle trouva dans l'amitié qu'elle avait faite avec Honorine, lorsqu'en la remenant, elle apprit d'elle tout ce qui lui était arrivé

---

39. Il s'agit de la femme de Tarquin Collatin qui, violée par Sextus Tarquin, se donna la mort. Cet épisode de l'histoire romaine a été repris par Mlle de Scudéry dans son roman de *Clélie*.

pendant ce jour qu'ils avaient passé ensemble. Honorine était naturellement bonne et, avec toutes les qualités que j'ai dites, elle avait encore celle-là de se confier aisément à beaucoup de monde, jugeant d'autrui par elle-même. Et en cela, sa candeur l'emportait quelquefois si loin qu'elle disait aussi tôt ce qui était contre elle-même que ce qui lui était avantageux. Par tout ce que j'ai dit, on peut conjecturer que, quand ces deux dames se séparèrent, il est difficile de décider qui demeura la plus inquiète : l'une, de ne savoir lequel elle choisirait de ces trois amants, et l'autre, de trouver par quel moyen elle les ôterait tous trois à son amie, ou du moins de résoudre par lequel elle commencerait.

« Quel plaisir dans la vie, disaient l'une et l'autre[40], s'étant retirées chacune chez soi, quel plaisir de n'être point aimée et de n'aimer rien ? Que sert d'être aimable, si l'on n'a quelqu'un qui nous fasse connaître qu'il nous trouve telle, et comment se résoudre de passer sa vie avec un homme sans savoir s'il plait et sans avoir examiné si effectivement on lui peut plaire ? »

Mais si toutes deux commençaient par une maxime qui leur était commune, elles ne s'en appliquaient pas les conséquences de la même manière, quand elles en venaient au détail.

« Hélas ! reprenait Honorine, que puis-je choisir ? Que je vois de défauts et de bonnes qualités ! Puis-je aimer la bonne mine et la valeur de Montalban, et ne pas haïr sa vanité ou ne pas appréhender son indiscrétion ? Puis-je mépriser les richesses d'Egéric et faire état de sa personne ? Et quelle utilité puis-je attendre de la galanterie d'Orton, que je ne puis trouver désagréable ? Si mon choix pouvait s'arrêter sur quelqu'un,

---

40. Le texte original porte : *disait l'une et l'autre.*

je me déferais des deux autres ; mais si je ne puis résoudre lequel je dois préférer, je puis encore moins trouver duquel je dois me défaire. Si Egéric n'était point si sot, ses richesses pourraient me faire vivre heureuse. Si Orton pouvait devenir riche, il me saurait peut-être gré de l'avoir souffert et l'on ne peut pas trouver une société plus souhaitable. Et, sans l'humeur de Montalban, serait-il un homme plus digne d'être aimé ? Mais il est impossible que Montalban se change ; il est bien mal-aisé qu'Egéric devienne honnête homme, et ce serait un grand miracle si l'autre devenait riche, de l'humeur nonchalante et libertine dont il est. » Ainsi le père de la comédie des *Visionnaires*[41] n'est pas plus empêché de se trouver avec quatre gendres, n'ayant que trois filles, que celle-ci l'était de se trouver avec trois amants, dont le mérite était si égal.

Mais ce n'était pas la même chose chez Lucrèce, car ce n'était pas sur son sujet qu'on pouvait dire :

> *Comme en cueillant une guirlande,*

et ce qui suit, dans Malherbe[42]. Son embarras ne venait pas de la diversité des fleurs, puisqu'elle demeurait d'accord de piller tout le parterre, mais, n'ayant pas à peine d'amour, elle mourait déjà de jalousie.

---

41. Dans *Les Visionnaires*, comédie de Desmarets de Saint-Sorlin (1637), Alcidon est affligé de trois filles excentriques que courtisent quatre galants non moins extravagants. Lui aussi est embarrassé pour choisir un gendre :
Il s'en présente tant qu'on ne sait lequel prendre (v. 278).
Finalement aucun mariage ne se fera.

42. Le vers cité est le premier de la cinquième strophe d'une ode au duc de Bellegarde. Malherbe y déclare que, comme on est embarrassé pour choisir dans un parterre rempli de fleurs aussi belles que variées, il ne sait par laquelle des qualités brillantes de Bellegarde il doit commencer son éloge.

« Par quelle fatalité, disait-elle, faut-il qu'une personne qui n'a pour tous avantages sur moi qu'un peu plus de jeunesse, fasse en un jour trois amants et qu'aucun ne s'adresse à moi ? qu'a-t-elle de si attrayant ? et qu'ai-je de si effroyable ? »

Et, regardant tous ces amants avec les yeux de son envie, elle n'en trouvait aucun qui ne fût digne d'être accepté sans rien examiner. Elle attribuait à fierté l'humeur vaine de Montalban ; les richesses d'Egéric lui semblaient trois fois plus grandes qu'elles n'étaient, et elle se figurait mille agréments dans la conversation du milord, qui n'y furent jamais.

« Mais par lequel commencer, poursuivait-elle, si Honorine n'en peut rebuter pas un et si, de l'humeur dont je suis, celui qu'elle aimera le plus sera celui sans doute que j'aurai plus de plaisir de lui enlever ? »

Ces deux dames passèrent la nuit dans ces différentes pensées et, insensiblement, les amants, qui commencèrent à s'entredonner de l'ombrage, ne s'inquiétèrent pas moins les uns les autres.

Le lendemain, ou quelques jours après, Orton était chez Honorine quand Egéric y arriva, et il en sortit en même temps. Egéric, qui était le plus amoureux qu'aucun des trois, était aussi le plus clairvoyant et bientôt cette familiarité qu'Orton avait acquise dans cette maison commença à lui donner de l'ombrage. Car tout lui faisait peur, et avec quelque raison puisqu'il ne pouvait pas, sans une trop grande présomption, n'avoir pas beaucoup de défiance de lui-même. Sitôt donc qu'Orton lui eut quitté la place, la première chose qu'il dit à Honorine, ce fut qu'il avait trouvé à la porte le carrosse d'Orton et deux laquais fort mal vêtus, et, autant que son animosité et sa jalousie pouvaient exciter le peu d'esprit qui était en lui, il se mit à lui en faire une ridicule description, concluant enfin qu'il ne savait pas comme une femme qui avait de l'esprit pouvait prendre de l'amour pour un homme qui était pauvre.

« Le moyen d'être galant, disait-il, dans un carrosse de louage, quand tous vos gens sont déchirés, quand vous n'oseriez jouer un bijou, de peur de montrer que vous n'avez pas de quoi le payer ».

Et, trouvant insensiblement lieu de parler pour lui et contre son rival, il poussa fort loin sa moralité. Cependant, comme l'esprit d'Honorine était aussi variable que je l'ai dit, il ne laissait pas de l'embarrasser avec sa méchante rhétorique.

Ce qu'il y eut de plaisant, c'est que, comme il était en si beau train, Montalban arriva et qu'après qu'Egéric eut fait une visite assez raisonnable, il fut contraint de lui céder la place, comme Orton la lui avait quittée. Ce troisième rival vengea bientôt le pauvre Orton, car ce fanfaron, qui avait beaucoup plus d'esprit qu'Egéric, plus animé contre celui qu'il avait trouvé que contre l'autre qu'il n'avait point vu, ne fut pas longtemps en conversation avec Honorine qu'il ne se mît bientôt sur les imperfections de son rival et ne vantât promptement son mérite, en se laissant emporter à sa vanité, qui ne lui laissa jamais échapper la belle occasion qu'il avait de faire son panégyrique, se comparant tacitement avec son rival :

« Comment, disait-il, une fille qui a des yeux peut-elle s'abaisser à parler à un homme si mal fait ? Comment une personne de qualité peut-elle compatir[42] avec un homme qui a toute l'incivilité de la bourgeoisie, toute la méchante plaisanterie des valets, la mine d'un solliciteur[44] et la taille d'un paysan ? »

---

43. *Compatir* : sympathiser, s'entendre.

44. *Solliciteur* : « qui poursuit une affaire, qui la recommande, qui fait tous les pas nécessaires pour la mettre en état » (Fur.).

Et, passant insensiblement sur ses perfections :

« Avez-vous vu, poursuivit-il, comme il a été défait[45] quand je suis venu ? Ce n'est pas d'aujourd'hui que j'ai éprouvé combien un homme de qualité embarrasse aisément cette canaille. Avouez de vrai que cette sorte de gens ne sont bons pour faire des maris — qui est pourtant la seule chose à quoi ils sont propres — que quand ils passent soixante et dix ans et qu'on peut espérer d'en être bientôt défaite. Mais quelle espérance d'un prompt veuvage peut-on concevoir avec un sot de vingt-deux ans qui ne bouge de Paris ? Comment se délivrer de la captivité d'un fâcheux à qui tout fera ombrage ? et quelle commodité peut-on espérer des richesses d'un homme si avare que, hors ce qu'il donne à l'extérieur ou ce qu'il est obligé de sacrifier à la violence de son amour, il se refuse à lui-même toutes choses ? »

Montalban avait plus d'esprit qu'Egéric et le chapitre où il en était était aussi bien plus fertile que celui que son rival avait choisi ; mais il n'était pas juste que Montalban ne fût blâmé de personne. Honorine eût trop aisément assis son jugement et son cœur eût eu trop peu de peine à faire son choix, si le hasard eût voulu qu'elle fût demeurée en une assiette qui eût été si favorable à ce comte.

Après qu'il eu bien discouru, Orton revint, et, par le hasard qui conduisait cette folle aventure, ou par son motif particulier et le bon sens qui le guidait et qui lui apprenait que, de l'humeur dont était Honorine, il fallait toujours être contre celui de ses rivaux qu'elle avait vu le dernier, il dépeignit la vanité de Montalban de la plus plaisante manière du monde. Car, outre qu'il parlait facilement, il avait encore un talent de contre-

---

45. *Défait* : décontenancé.

faire tous ceux qu'il voulait. Il commença donc à entreprendre toutes ses actions depuis le matin jusqu'au soir.
Il le contrefait à son lever, avec sa fausse morgue de
grand seigneur, avec ses provinciaux qui le venaient
voir, les créanciers qui lui venaient demander de
l'argent, l'ordonnance[46] qu'il leur expédiait, en jurant
et en menaçant ses valets de chambre de les chasser pour
n'avoir pas contenté ces marchands ; mais tout cela si
naïvement[47] exprimé par les grimaces et les différentes
actions[48] qu'il faisait pour contrefaire la gravité du maître, l'embarras du valet de chambre, l'inquiétude des
créanciers ou leurs révérences quand ils se croyaient
satisfaits, avec l'étonnement des provinciaux qui admi-
raient jusqu'à ses sottises, qu'on ne peut pas imaginer
une plus plaisante comédie.

Après, il lui parlait de sa fourberie et de son assurance dans le jeu à jouer effrontément avec une bourse
pleine de jetons ou des rouleaux de papier pleins de ces
petites pièces d'argent qui sont de la taille des pistoles,
mais surtout de la bourse[49] de jetons, où il n'y avait
que deux louis dessus qu'il tirait et remettait l'un après
l'autre, avant que de demander à jouer, en les faisant
sauter sur son doigt, remettant cent fois en un quart
d'heure sa main dans sa bourse pour faire croire que
c'était de différents louis : ce qui arriva une fois à Montalban, à ce que[50] quelqu'un de ses gens, qui sortit mal
d'avec lui[51], divulgua à toute la Cour.

---

46. *Ordonnance* : « ordre donné à un trésorier de payer une
somme » (Dubois et Lagane).

47. *Naïvement* : avec naturel.

48. *Actions* : gestes, attitudes.

49. Texte original : *surtout la bourse.*

50. *A ce que* : selon ce que (cf. à ce qu'on dit).

51. *Qui sortit mal d'avec lui* : qui quitta son service en mauvais
termes avec lui.

Mais Orton racontait toutes ces choses si agréablement que, quelque déplaisir qu'Honorine sentît de voir détruire l'agréable idole[52] qu'elle s'en était formée dans son esprit, elle ne pouvait s'empêcher de s'y plaire infiniment. Quand Orton entreprenait[53] cette sorte de vanité qui ne tendait[54] qu'à éblouir ceux qui ne le connaissaient pas, elle l'excusait en elle-même et prenait pour de bons tours d'adresse toutes ses escroqueries, où pourtant il avait mille fois abusé du visage d'honnête homme. Mais, quand Orton faisait connaître combien il était vain et indiscret en amour, il la désespérait, soit qu'il fût mieux instruit sur cet article, soit que ce fût le plus grand des défauts de son rival, ou qu'il supposât mille choses, connaissant que c'était par là seulement qu'il pouvait dégoûter Honorine des autres bonnes qualités qu'elle trouvait en lui. Il lui disait que la vanité de ce comte envers les femmes était si grande qu'elle le faisait relâcher de la vanité de sa dépense et de toutes les autres qu'il affectait si fort, alléguant qu'il se vantait d'être né sous une si heureuse planète pour le sexe que, quand il lui fallait acheter quelque chose, pourvu qu'il allât en une boutique où il n'y eût que la femme, les étoffes ne lui coûtaient presque rien.

Mais, pour faire voir aussi qu'il s'élevait plus haut et qu'il était insupportable sur le sujet des dames de qualité, Orton racontait une aventure qu'il avait apprise d'un homme de sa connaissance, qui avait fait un

---

52. *Idole* : « l'objet d'une passion véhémente et extraordinaire » (Fur.).

53. *Entreprendre* : s'en prendre, s'attaquer à.

54. Texte original : *qui ne tend.* Le contexte interdit de voir ici une maxime générale, et nous oblige à lire : qui ne tendait.

voyage avec Montalban en son pays. Il disait qu'il pria cet homme, en arrivant chez lui, de faire entendre aux gentilshommes qui le viendraient voir qu'il était fort bien avec deux ou trois dames d'éminente condition, qui étaient les plus renommées pour leur rare beauté, mais chez lesquelles il n'était jamais entré ; et qu'enfin sa vanité l'emportait tellement sur cet article que, bien qu'il eût infiniment de l'esprit en mille autres choses, il s'égarait quelquefois si fort qu'ajustant mal ses histoires et faisant ses rendez-vous peu vraisemblables, il s'était quelquefois vanté de les avoir obtenus de certaines dames dans un temps qu'elles étaient en couches, malades ou absentes.

Orton, qui eut une plus longue audience que pas un de ses rivaux (car personne ne vint de longtemps pour le tirer de dessus ce chapitre), donna de rudes atteintes au mérite de Montalban, et enfin, s'en allant, il laissa Honorine dans une plus forte irrésolution que jamais. Au lieu que, dans la journée que ces trois amants lui déclarèrent leur passion, elle ne les avait vus que par les plus belles idées qu'elle en pouvait concevoir, ils s'étaient tellement déchirés les uns les autres dans cette visite qu'elle les avait tous trois en horreur, tant ils avaient eu de soin d'exciter son aversion.

Sur ces entrefaites, Lucrèce arrive, qui, voulant pour elle-même tous les trois, ne voulut pas qu'il en restât un seul à son amie ; et elle acheva si bien de l'en dégoûter que, de tous ces amants, aucun ne put l'aborder de quinze jours. Mais cette infidèle confidente ne s'en tint pas là : ce ne fut pas assez de les avoir chassés du lieu où ils prétendaient aller, en personne charitable, elle les voulut recevoir chez elle et, sans que je prenne beaucoup de soin d'expliquer tout ce mystère, elle gouverna si bien ces trois différents esprits qu'il n'y en eut aucun qui, par intérêt, par amusement ou par fantaisie, ne voulût goûter de son empire.

Le plus aisé à prendre de tous fut Orton. Honorine l'avait rebuté, Lucrèce était riche, elle lui faisait bon visage. Soit pour femme, soit pour maîtresse, il trouvait de quoi se contenter, ou du moins de quoi faire un sacrifice[55] à Honorine et rire avec elle. Montalban ne fut pas beaucoup plus barbare : il jugea qu'il la scandaliserait[56] bientôt, qu'il ne serait point le martyr de ce tourment et qu'au pis aller, elle avait un buffet[57] fort riche qu'il pourrait lui emprunter.

Egéric fut le plus difficile à suborner ; mais, comme Lucrèce vit que c'était le dernier qui lui restait à conquérir et à ôter à son amie, ce fut bientôt celui qu'elle aima le mieux. Tout obstiné qu'il était à maintenir qu'il ne pouvait pas concevoir comme un homme pouvait devenir amoureux d'une personne dont le procédé était pareil à celui d'Honorine, il mourait d'amour pour elle ; mais il avait une grande part à l'aversion que ces deux rivaux lui inspirèrent l'un pour l'autre. Il n'avait point coutume d'être bien reçu en quelque lieu que ce fût, et Lucrèce ménagea enfin si bien cet esprit bizarre et jaloux qu'elle lui fit voir clair comme le jour qu'il ne pouvait jamais prétendre d'être aimé en un lieu où il aurait quelque rival, et[58] qu'enfin, par jalousie de ses rivaux, par dépit contre Honorine ou par sottise, il réso-

---

55. *Sacrifice* : « se dit, dans l'usage du monde, de toutes les choses considérables et agréables auxquelles on renonce pour l'amour de quelqu'un » (Fur.).

56. *Scandaliser* : compromettre la réputation de quelqu'un.

57. *Buffet* : « vaisselle » (Ac. 1694).

58. Nous ajoutons la conjonction *et* pour plus de clarté.

lut de se donner à elle, ne croyant pas que jamais autre que lui pût s'aviser de s'y offrir.

Cependant Lucrèce ménagea si bien ses trois amants, quinze jours durant, que ce ne fut point ni par le bruit de leurs fers[59], ni par le bruit de leurs sérénades qu'Honorine apprit que tous trois l'avaient quittée, mais par la plus extraordinaire aventure du monde.

Un gentilhomme de Normandie allait quelquefois chez Honorine. C'était un homme d'esprit et de bonne compagnie, et principalement en une chose que[60] peut-être personne n'a jamais tiré le ridicule des autres jusqu'à la quintessence[61] comme lui. Il lui arrivait toujours quelque plaisante aventure et, quoiqu'il fût le moins secret homme du monde où il trouvait quelque chose de plaisant, quelqu'un le choisissait toujours pour son confident. Cet homme donc, matois comme on accuse tous ceux de son pays de l'être[62], ayant été voir Honorine par compagnie, par dessein ou par hasard, n'y fut pas sitôt que, se souvenant que ces trois amants avaient eu le bruit d'être amoureux d'elle, il se mit à lui en parler et, voyant qu'elle n'en louait aucun, comme effectivement elle était dégoûtée de tous les trois, pour achever de voir d'où venait cette aversion et jusqu'où elle pouvait aller :

« Belle Honorine, lui dit-il, je vais faire une grande déloyauté, mais enfin que ne ferait-on point pour vous ? La chose est trop plaisante pour ne vous en pas faire part. Regardez le sage homme que je suis et si vous

---

59. *Fers* : métaphore désignant leur servitude amoureuse.

60. C'est-à-dire : en ceci que.

61. *Quintessence* : « signifie figurément en choses morales le fin, le fond des choses » (Fur.).

62. Les Normands avaient la réputation d'être rusés et menteurs.

me choisiriez pour me demander avis d'un mariage d'importance. Cependant il faut que vous sachiez que, ce matin, Montalban m'est venu trouver pour me demander avis s'il épouserait Lucrèce ou non. »

« Lucrèce ? », s'écria Honorine.

« Elle-même, répondit Orsy (car c'est ainsi que s'appelait ce gentilhomme). Mais, écoutez, je vous supplie, poursuivit-il. Sitôt que Montalban est entré dans ma chambre, « Mon cher ami, m'a-t-il dit, je te supplie, informe-toi du bien de Lucrèce. J'ai cru qu'étant d'une province qui est voisine de la sienne, tu le pourrais plus aisément savoir que qui que ce soit de mes amis. »

« Et pourquoi ? », lui ai-je répondu.

« C'est que, si elle était assez riche, je ne ferais nulle difficulté de l'épouser. »

« De l'épouser ? », lui ai-je répondu, fort étonné, « et il n'y a pas plus de quinze jours que tu la connais ! »

« Chacun sait ses affaires », m'a-t-il dit aussitôt et d'un ton à sa manière. « Informe-toi seulement de ce que je t'ai dit et me laisse le souci du reste. »

« Mais encore, ai-je répliqué, agissant avec franchise, pensez-vous que cette femme qui vous connaît à peine, qui ne sait ni qui vous êtes, ni quel bien vous avez, vous aille épouser comme cela, sans avoir autant de soin de s'informer de votre bien que vous en pouvez avoir de vous enquérir du sien ? »

« Vous êtes judicieux, a repris Montalban ; mais, encore une fois, je ne suis pas dupe. Je la vois tous les jours depuis le temps que vous dites et nous avons attaqué de plus fortes places que nous n'avons pas trouvées imprenables. »

Aussitôt il s'en est allé, me regardant avec un souris qui m'expliquait toutes ses pensées et qui me faisait croire qu'il me prenait pour un grand sot d'être si lent à comprendre son mérite extraordinaire. Mais ce qu'il y a eu de bon, c'est qu'Egéric est entré aussitôt et, comme il a vu sortir Montalban et que je souriais de cette aventure, il m'a demandé ce que j'avais et de quoi Montalban m'avait entretenu.

« Nous parlions de Lucrèce », lui ai-je répondu ; « mais ce n'est pas ce qui me fait rire », ai-je ajouté, ne voulant pas trahir le secret de mon ami en une conjoncture où, par raison, je devais encore agir sérieusement.

« En vérité », m'a répondu aussitôt Egéric, qui n'avait que son affaire dans la tête, « je ne crois pas qu'il y ait une meilleure femme au monde. »

Pour moi, qui connais que la bonté n'est pas la qualité essentielle de la dame, je vous avoue que cette première proposition m'a semblé presque aussi plaisante que celle de Montalban. Pour en avoir le plaisir, je n'ai point voulu le contredire : au contraire, m'étant mis à la louer :

« Je ne la connais pas, lui ai-je dit ; mais j'ai ouï dire à tous ceux qui la connaissent que c'est une femme de fort bonne humeur, qui n'aime que le plaisir, qui ne saurait jamais avoir assez de monde chez elle » ; et comme, insensiblement, j'enfilais un discours qui le menaçait d'être de longue durée, son impatience n'a pu lui permettre de me laisser achever.

« Je voudrais que tu la connusses comme moi », m'a-t-il dit, en m'interrompant. » Il n'y a pas quinze jours que je vais chez elle ; mais c'est déjà comme si nous nous étions vus toute notre vie. »

Ce plaisant discours, joint à l'idée que j'avais encore de celui de Montalban, m'a si fort surpris que je n'ai pu m'empêcher de rire ; mais comme heureusement j'étais tourné vers un miroir pour regarder si j'étais bien (car je venais de m'habiller), voyant la mine sérieuse avec laquelle il m'entretenait d'une si plaisante aventure et songeant à l'agréable sympathie que sa méchante mine et le sot esprit de cette femme pouvaient produire, au lieu de lui répondre directement, je me suis mis à lui répliquer ces quatre vers de la *Rodogune*[63], en les récitant d'un ton tout à fait burlesque[64] :

> *Il est des nœuds secrets, il est des sympathies*
> *Dont par un doux rapport deux âmes assorties*
> *Se plaisent l'une à l'autre et se laissent piquer*
> *Par ce je ne sais quoi qu'on ne peut expliquer.*

Mais, bien éloigné de les prendre du ton dont je les proférais :

« Oui, oui », m'a-t-il répondu, affectant une fausse indiscrétion qui ne lui convenait point du tout, « il est des sympathies et des nœuds secrets ; car enfin, entre vous et moi, je ne crains point de vous dire qu'il ne tient qu'à moi de l'épouser. »

« De l'épouser ! », lui ai-je dit, de la manière que vous le pouvez deviner par tout ce que j'avais dans l'esprit.

« Et pourquoi non ? », a-t-il repris d'un ton un peu aigre.

---

63. Il s'agit de la tragédie de Pierre Corneille (1645). Ces vers (Acte I, scène 5, vers 359-62) sont prononcés par Rodogune, qui est éprise d'Antiochus qu'elle préfère à son frère.

64. *Burlesque* : bouffon, par la dissonance plaisante entre le ton ironique sur lequel il déclame ces vers et leur sens.

« Je n'y trouve rien à redire », lui ai-je répliqué promptement, ne voulant pas me faire gronder pour une chose où je prenais si peu d'intérêt. Sur quoi, se radoucissant donc un peu :

« En vérité, a-t-il repris, je l'aimerais autant pour femme qu'une beaucoup plus belle, car son humeur et sa bonté me charment, et, comme à un de mes meilleurs amis, je vous apprends que, si je trouve que son bien revienne à la moitié seulement de ce qu'on en publie, vous nous verrez mariés avant qu'il soit peu de temps. Adieu. Je vous supplie de vous en informer de tous ceux que vous jugerez capables d'en savoir le particulier. » En même temps, ce second mari s'en est allé, et si brusquement que j'ai cru qu'il allait effectivement se marier à l'heure même. »

Quand Honorine, qui était merveilleusement attentive à tout ce discours, apprit par le commencement que Montalban songeait à épouser Lucrèce, elle ne put s'empêcher d'en sentir un déplaisir secret, non qu'elle l'aimât tout à fait, mais elle se mit à faire réflexion sur tous les soins que Lucrèce avait pris pour lui conseiller de ne s'embarquer[65] pas avec lui, et, apprenant que ce n'était que pour le prendre elle-même, elle crut qu'elle était la dupe de toute cette affaire et que l'un et l'autre se riraient d'elle, ce qu'on ne veut jamais souffrir. Mais, quand elle vit ce qu'Orsy ajouta d'Egéric, elle ne put s'empêcher de rire extrêmement de cette plaisante aventure, et elle eût voulu aisément l'interrompre, si Orsy et tous ceux qui étaient avec elle ne l'eussent obligée d'écouter le reste de cette aventure : car ce fidèle confident témoignait bien qu'il n'était pas encore au bout.

---

65. *S'embarquer* : s'engager. Le mot n'est pas familier à l'époque.

« Je vous avoue, poursuivit-il, que ces deux propositions m'ont semblé si plaisantes que, sans que j'ai cru[66] facilement que Montalban était un homme à se flatter et qu'Egéric n'avait pas un esprit à entreprendre de se moquer de moi, j'aurais cru infailliblement que c'était leur dessein. Mais, connaissant le peu d'inclination qu'ils ont l'un pour l'autre, je n'ai point douté à la fin que ce n'ait été le hasard seul qui me les a amenés, quand, pour finir la comédie, Orton est venu. Il est extrêmement de mes amis et vous connaissez son humeur. Aussitôt que je l'ai vu, j'ai cru que, dans le divertissement comme aux autres choses de la vie, il est des journées heureuses et malheureuses, et que ma bonne fortune, qui m'avait déjà suscité deux si plaisantes aventures, ne s'en tenait pas là pour cette journée et que, comme j'avais de quoi rire et qu'il ne me manquait plus que d'avoir quelqu'un qui pût rire avec moi, elle m'envoyait Orton, qui était celui que dans toute la Cour j'eusse choisi.

« Mais il ne m'a pas donné le loisir de lui conter mon aventure : il avait si fort Lucrèce dans la tête que, si tôt qu'il m'a vu, il m'a demandé si je voulais aller dîner chez elle et m'a dit que, bien que je ne la connusse pas, il m'y mènerait, si je voulais. Aussitôt j'ai deviné le troisième mariage ; mais, pour avoir le plaisir de me faire demander mon avis :

« Tu es donc bien avec elle ? », lui ai-je répondu.

« Je ne sais, m'a-t-il dit, mais elle me fait fort bonne mine. Elle trouve mon esprit agréable et, comme a dit autrefois un de nos amis de sa maîtresse, elle m'a permis de lui écrire. Mais je ne sais que lui mander. Toutefois, si je ne la trouve fort charmante pour en faire

---

66. *Sans que j'ai cru* : si je n'avais cru.

l'objet d'une belle passion, dans l'état où sont mes affaires, si son bien est tel qu'elle me l'a dit, je crois que je ne saurais mieux faire que de l'épouser. »

« Ah ! c'en est trop ! », ai-je dit en moi-même d'un ton chagrin et, lui répondant brusquement :

« Cours-y donc bien vite, lui ai-je dit ; car Montalban et Egéric viennent de sortir d'ici, qui s'y en vont, et tu seras devancé par eux, si tu n'y prends garde. »

« La manière dont j'ai prononcé ces paroles à Orton a fait qu'il a voulu savoir plus particulièrement ce que je voulais dire. Sur quoi, je n'ai point voulu plus long-temps lui dissimuler ce que ses deux rivaux m'avaient dit. Sa colère n'a pas été moins plaisante que son amour. Son espérance tout d'un coup changée en déses-poir lui a mis dans la bouche de si agréables plaintes que, quand j'y songe, je serais bien fâché de ne les avoir pas causées.

« A l'ouïr, disait-il en parlant de Lucrèce, vous diriez qu'il n'y a qu'elle de fidèle au monde. Elle ne parle que d'honneur et de constance, et j'aurais plutôt cru qu'Egéric et Montalban étaient ses ennemis que mes rivaux. Elle blâme incessamment les coquetteries des autres et elle ne vante que sa vertu. »

En même temps, il m'a raconté tout ce qu'elle lui disait pour lui faire entendre que ce n'était que dans des personnes comme elle qu'on trouvait de la fidélité ; qu'elle avait de coutume de dire que celles qui étaient plus jeunes étaient inconsidérées ; que celles qui étaient belles étaient si fort recherchées qu'il était impossible qu'elles ne divisassent leur amitié. Et enfin il m'en a fait une si plaisante peinture que je crois qu'on n'a jamais vu une si charmante colère que celle qui lui ins-pirait toutes ces invectives. Comme vous connaissez son enjouement, tout cela était en dansant la moutarde[67] et, insensiblement, en tournant sa fureur sur la cadence de cette danse, toutes ces plaintes ont fini par un couplet de chanson, qu'il a fait devant moi en un moment et qu'il a chanté aussitôt sur le même air. »

Honorine le voulut savoir et Orsy lui ayant dit qu'il était fait comme si Lucrèce parlait, il mit fin à sa narration et lui fit entendre ce couplet :

> *Si pour bien faire une avance*
> *L'on attrapait un amant,*
> *Mon extrême complaisance*
> *Me tiendrait lieu d'agrément.*
> > *Mais las ! j'ai beau faire,*
> > *Ils sont trop matois.*
> > *L'adresse est de plaire ;*
> *Et le pire que j'y vois,*
> *C'est qu'on n'en conserve guère*
> *Quinze ou vingt tout à la fois.*

Honorine, qui fut ravie d'être vengée de Lucrèce, apprit aussitôt cette chanson, aussi bien que deux ou trois dames qui étaient avec elle. Orton arriva en même temps, et ces dames ne manquèrent pas de lui demander comme allait son mariage. Honorine se mêla à cette conversation, mais, comme elle avait reconnu ce que sa rudesse avait pensé lui faire perdre, elle changea de procédé et se mit à chanter ces paroles qu'il avait faites, les louant mille fois devant lui pour l'obliger et pour se venger de sa rivale. Egéric et Montalban vinrent bientôt après. Orsy, ces dames et elle les raillèrent fort plaisamment sur leur mariage, et la pauvre Lucrèce fut tellement tournée en ridicule par la mutuelle confession que tous ces trois maris firent de leurs espérances, qu'on ne peut pas l'être davantage ; tant qu'enfin, comme c'était à qui justifierait davantage ses préten-

---

67. *Danser la moutarde* : parler sur un ton badin. Cf. « s'amuser à la moutarde » : s'occuper à des bagatelles.

tions, tous trois divulguèrent sans aucune réserve toutes les belles apparences qu'elle leur avait fait voir, et
à un tel point que jamais coquette ne vit ses ruses décou-
vertes comme celle-là.

L'effet en fut bien pareil et bien contraire tout ensemble aux trois visites qu'ils firent en un même jour à
Honorine, car, comme ils se rendirent l'objet de l'aversion de cette fille, cette fois ils se donnèrent tant d'horreur pour Lucrèce que depuis il fut impossible au plus
zélé de tous de concevoir aucune estime pour elle. Mais,
d'un autre côté, Honorine leur trouva en tous trois tant
de grâces, dans cette nouvelle conversation, qu'il n'y
en eut aucun qui ne recommençât de lui plaire, tant eut
de force sur son esprit le dépit imaginaire ou légitime
d'avoir été la dupe de Lucrèce et tant il est naturel de
trouver les personnes et leurs discours agréables, quand
ils flattent nos affections ou nos haines.

Honorine revint de si loin pour ces amants que, bientôt après, elle fut en intelligence avec tous les trois. Elle
n'en acceptait tout à fait, ni n'en voulait perdre aucun,
mais elle les conservait tous, comme des novices qu'on
met en approbation, se réservant à faire faire
profession[68] à celui qu'elle en jugerait le plus digne. Elle
n'écrivait à aucun, mais elle recevait des lettres de tous
les trois : celles de Montalban, parce qu'il y avait de
l'esprit et qu'il n'y avait pas moyen de s'en dédire, car
c'était le plus empressé ; celles d'Egéric, pour s'en rire
et pour le conserver ; et celles d'Orton, parce que
c'étaient les plus agréables.

---

68. *Profession* : « acte par lequel un religieux ou une religieuse
fait les vœux de religion, après que le temps de son noviciat est
expiré » (Ac. 1694).

Et en cela encore, comme en toutes leurs actions, chacun de ces trois rivaux avait agi selon son humeur. Egéric, qui était le plus riche et le plus amoureux, avait gagné sa demoiselle. Montalban, qui ne se souciait pas que la chose fût sue et qui voulait répandre ses présents en plusieurs mains, afin d'en tirer plus d'éclat, avait corrompu tous les laquais de son père, le portier et enfin tous les serviteurs qui pouvaient lui servir, peu ou beaucoup, dans cette intelligence. Orton, qui n'avait pas tant de présents à faire, qui était plus galant et plus spirituel, et qui avait plus grand accès dans la maison, trouvait mille occasions de lui faire tenir ses lettres, tantôt en présence de Lucrèce, tantôt en celle de ses rivaux et de son père même, sans qu'aucun s'en aperçût et sans que ceux qui donnaient ses lettres sussent ce qu'ils portaient ; et, quand ses finesses lui manquaient, il mettait en pratique toutes celles qui se trouvent dans les romans, jusqu'au feutre radoubé du chapeau de Céladon et jusqu'au saule creux dont Astrée et lui avaient fait leur confident[69] : car, lui prenant souvent son manchon, ou elle son chapeau, il lui donnait par même moyen les lettres ou les vers qu'il lui voulait faire voir, et, comme elle demeurait dans le faubourg Saint-Germain et qu'elle allait souvent se promener à Luxembourg, il y avait un ormeau creux que l'un et l'autre avaient remarqué et qu'ils faisaient servir au même usage qu'Astrée et Céladon faisaient servir leur saule.

---

69. Allusion à deux passages de l'*Astrée*, d'Honoré d'Urfé. Dans l'un (éd. Vaganay, I, 4, p. 147), Astrée raconte comment Céladon se sert de son chapeau, auquel il « avait apiécé par le dedans un peu de feutre », pour dissimuler les lettres qu'il échange avec elle. Dans l'autre (I, 4, p. 129), Astrée parle d'un « vieux saule, mi mangé de vieillesse, dans le creux duquel (ils mettaient) tous les jours des lettres ! »

Durant toutes ces choses, il est aisé de croire que la pauvre Lucrèce passait mal son temps, car, tout d'un coup, elle se vit le but des sots discours d'Egéric, de l'insolence de Montalban et de la raillerie d'Orton. Ce dernier principalement avait un talent merveilleux pour se divertir d'elle. J'ai dit qu'il faisait fort aisément de petits vers et surtout ces pasquins[70] aigre-doux qu'on peut dire à la personne intéressée sans qu'elle s'en puisse offenser, à moins que d'avoir l'esprit de travers. Mais il avait encore une autre facilité : c'est que, de toutes les chansons les plus tendres et les plus respectueuses qu'on chantait devant lui, en un moment il les avait retournées à son sujet et, comme cela se faisait sur le champ ou devant la personne même, il n'y avait rien au monde de plus divertissant, comme une fois entre autres il advint chez Lucrèce.

Elle faisait ce qu'elle pouvait pour se relever d'un si rude coup. Quoiqu'elle sentît bien qu'elle avait tout le monde à dos, elle ne se plaignait de personne, et Orton avait une souplesse pour elle qui faisait qu'en la piquant jusqu'au sang, elle ne pouvait s'en offenser. D'ailleurs, pour rendre sa maison plus agréable, ce n'était que parties de musique, assemblées pour le jeu, grandes collations et les violons fort souvent. Une fois donc entre autres, comme elle avait un célèbre musicien chez elle, entre plusieurs chansons, il se plut principalement à en chanter une dont il avait fait l'air depuis peu, et, comme il a été en vogue, beaucoup de personnes en savent les paroles, mais je vous les redis, car peut-être quelqu'une de vous autres ne les sait pas et cela est nécessaire. Elles étaient telles :

---

70. *Pasquins* : « se dit d'une satire courte et plaisante » (Fur.).

Philis, je change,
Je ne suis plus sous votre loi.
Vous êtes plus belle qu'un ange,
Mais vous n'aimez pas tant que moi :
Philis, je change.

Votre inconstance
Me défend de vous adorer ;
Enfin mon amour s'en offense
Et ne saurait plus endurer
Votre inconstance.

Mon cœur soupire,
Depuis qu'il vit sous votre loi.
Je souffre un rigoureux martyre,
Et sans pouvoir dire pourquoi,
Mon cœur soupire.

Pour récompense
De tant de maux que j'ai soufferts,
Et pour le prix de ma constance,
Vous ne me donnez que des fers
Pour récompense.

Tout le monde aima l'air de cette chanson et chacun en apprit aussitôt les paroles, quand tout d'un coup Orton, qui trouvait que le second couplet venait assez bien à son sujet, entreprit d'y faire venir les autres et, l'ayant fait, disputa contre le musicien et lui dit qu'il connaissait fort bien celui qui avait fait ces paroles et qu'il n'y avait pas comme cela. Le musicien, qui ne connaissait pas l'humeur d'Orton, se mit à le contrarier et à lui dire qu'il les avait écrites de cette sorte de la propre main de celui qui les avait faites. Sur quoi Orton répondit qu'il en faisait toute la compagnie juge, ce qui fut cause que chacun, connaissant bien son humeur et devinant une partie de sa pensée, le pria de les chanter. Il avait la voix agréable et, s'ajustant au théorbe que ce musicien touchait, il commença à chanter d'autres paroles, soit qu'il eût retourné ces vers aussi-

tôt qu'il les ouït, soit que la promptitude de son esprit
les lui mît en la bouche à mesure qu'il les chantait. Laissant donc le second couplet en son ordre et ainsi qu'il
était, parce qu'il n'avait que faire d'y rien changer, il
fit entendre les trois autres de cette manière :

> *Philis, je change,*
> *Je ne suis plus sous votre loi ;*
> *Quoiqu'un peu moins belle qu'un ange,*
> *Vous en aimez deux avec moi :*
> *Philis, je change.*

> *Mon cœur soupire,*
> *Non plus d'amour, mais de courroux,*
> *Et puisqu'enfin je me retire,*
> *C'est hasard, si jamais pour vous*
> *Mon cœur soupire.*

> *Pour récompense*
> *D'avoir souvent mal à propos*
> *Protégé votre impertinence*[71],
> *Vous choquez votre seul héros*
> *Pour récompense.*

Tout le monde, qui savait l'histoire d'Orton et qui la
voyait si naïvement décrite, ne put s'empêcher de rire,
quoique la plupart remarquassent que Lucrèce était un
peu défaite. Et certainement elle ne pouvait pas s'empêcher d'entendre que ces paroles lui étaient adressées,
et toute la compagnie, qui savait bien qu'Orton avait
été un des premiers à appuyer le mérite de Lucrèce et
à l'excuser sur quelques mauvaises affaires qui lui
étaient arrivées, trouva ce dernier couplet fort hardi.
Mais il le disait d'un ton et il jetait de certains regards
à Lucrèce qui lui faisaient tout prendre en jeu, jusque
là même que, continuant dans son emportement, le
musicien ayant fini par cette chanson :

------

71. *Impertinence* : sottise.

> *Le berger Thirsis, sombre et solitaire,*
> *Chantait à Philis, d'amour tout enflammé :*
> *Qu'il est doux d'aimer, belle bergère !*
> *Qu'il est doux d'aimer et d'être aimé ![72]*

comme tout le monde se levait, il se mit encore à chanter ce couplet, dont celui du musicien lui donna l'idée, comme vous jugerez :

> *Le berger Orton, en grande allégresse,*
> *Près de sa Philis chante du mieux qu'il peut :*
> *Qu'il est doux d'aimer laide maîtresse !*
> *Gronde-t-elle ? On la hait dès qu'on veut.*

L'emportement[73] d'Orton était si agréable à tout le monde que, tout intéressée que Lucrèce était, elle ne s'était pas si fort fâchée qu'elle ne s'aperçût bien qu'à moins de se rendre encore plus ridicule, il ne fallait pas en rien témoigner. Ainsi, comme une habile femme, elle le flattait et faisait tout ce qu'elle pouvait pour le fléchir. Mais Honorine et lui étaient inexorables. Honorine ne pouvait lui pardonner l'insigne vol qu'elle avait voulu lui faire. Ce n'est pas une petite offense aux dames de cette humeur de leur vouloir ôter un amant ; et comme Lucrèce lui en avait voulu ôter trois tout d'un coup, il est aisé de croire qu'elle conservait une grande haine contre elle. D'un autre côté, Orton, qui faisait tout ce qu'il pouvait pour lui complaire, croyant peut-être avancer par là ses desseins, faisait tous les jours quelque pasquin, et ce fut dans cette conjoncture que ce couplet, qu'on a tant chanté, fut fait par lui :

---

72. Ce poème figure dans les *Œuvres* de Segrais, éd. 1755, Slatkine Reprints, t. I, p. 285, avec cette variante du premier vers :
    Tircis, dans ce bois sombre et solitaire.

73. *Emportement* : « Ardeur, mouvement de l'âme causé par une passion » (Dubois et Lagane).

> *Qui fait plus d'amants que moi ?*
> *Dit tous les jours Climène.*
> *A toute heure, par ma foi,*
> *J'en fais quatre sans peine.*
> *Mais savez-vous comme ils en font ?*
> *Quand j'avance, on recule ;*
> *Ils m'assiègent : je capitule ;*
> *Je me rends, ils s'en vont*[74].

Et même, pour ne pas épargner ses rivaux, comme Montalban avait hautement déclaré que, s'étant mis en tête de servir Lucrèce, à proprement parler, il n'en voulait qu'à ses pierreries, il l'entreprit un jour. Honorine chantait ces couplets qui sont faits en suite de *Rochers inaccessibles*[75], et principalement celui qui dit :

> *Un amour mercenaire*
> *Ne fait point mon espoir :*
> *Mon but est de vous plaire,*
> *Vous aimer et vous voir.*

Orton, se souvenant de Lucrèce et regardant Montalban, qui était présent, chanta ces deux couplets, qui lui vinrent sans peine :

> *Un amour mercenaire*
> *Me tient sous votre loi :*
> *Vous m'êtes nécessaire,*
> *Et c'est beaucoup pour moi.*
>
> *Lorsque la dame est laide,*
> *De sa difformité*
> *Savez-vous le remède ?*
> *Un peu d'utilité.*

Il était difficile que toutes ces choses ne vinssent pas à l'oreille de Lucrèce et qu'elle ne s'en fâchât à la fin ;

---

74. *Œuvres* de Segrais, éd. citée, t. I, p. 306. Var. du vers 6 : « *Jamais je ne recule* ».

75. Je n'ai pas pu identifier ce poème.

mais il avait un si fort ascendant sur elle qu'en quelque colère qu'elle fût, quand il arrivait, il l'apaisait toujours, pourvu qu'il eût le loisir de lui parler, comme en cette rencontre[76] ici : non seulement il se remit bien avec elle, mais il devint son confident et il lui donna un amant.

« Pourquoi dissimuler avec vous, qui êtes la meilleure femme du monde ? lui dit-il. Vous avez eu tort de ne m'avoir pas aimé aussi sincèrement que je vous aimais : jamais je ne vous eusse changée[77]. Mais c'est une affaire faite, il n'y faut plus penser ; je vous avoue que mon cœur est engagé. Je veux agir franchement avec vous et je ne vous veux point tromper, quelque tromperie que vous m'ayez faite. »

« Hélas ! oui, reprenait cette pauvre Lucrèce, vous aimez cette folle d'Honorine, qui ne vous sera pas si fidèle que moi. »

« Il est vrai, Madame, répondait Orton ; il n'y a pas moyen de m'en dédire.

Que ne puis-je être à deux sans me rendre infidèle ?
Ou que ne suis-je à moi pour me donner à vous ? »

Il chantait ces vers, qu'on fit dans ce temps-là, sur un ton si triste, ou il les prononçait avec un si grand soupir qu'il lui fendait le cœur.

« Mais il n'y a remède, poursuivit-il : tel est mon destin et l'astre malheureux qui préside à ma triste vie étend ses mauvaises influences jusque sur mes amours. Car enfin, que je serais heureux, si je pouvais vous aimer, tandis que vous avez peut-être volonté de ne me pas haïr ! Vous ne l'avez pas voulu, tandis que j'en mou-

---

76. *Rencontre* : circonstance, occasion.
77. *Changer* : abandonner, quitter pour une autre.

rais de désir, et vous savez combien est rare dans l'amour le moment du réciproque. Tous les autres amants s'entretrompent, mais, pour moi, j'agis franchement.

« Attendez pourtant, disait-il en s'interrompant, attendez. Il n'est pas juste que je sois insensible à cette bonne volonté que vous me témoignez. Ne pouvant me donner à vous, il faut que je vous donne un autre moi-même, un ami que j'ai, qui est jeune homme de qualité et surtout un cœur tout neuf. Allez, je lui veux parler de vous et je lui veux faire sentir votre beauté. Il est si jeune et si nouveau[78] qu'il faut un peu l'éveiller ; mais avec votre mérite et le peu que le Ciel m'a donné d'adresse, j'espère que j'en ferai quelque chose de bon. »

Ce qu'il y eut de plaisant, c'est qu'effectivement il avait un de ses parents qui l'importunait sans cesse et que, pour s'en défaire, il trouva invention de le rendre amoureux de Lucrèce. Il y avait aussi longtemps qu'il était venu d'Angleterre que lui et il ne savait guère moins notre langue ; mais il parlait si peu, principalement d'amour, que toutes ses maîtresses croyaient qu'il venait de descendre à Calais. Cependant Orton fit si bien que non seulement il le rendit amoureux de cette femme, mais il lui fit accroire aussi que c'était une très belle personne.

« Oxtord, lui disait-il (car il s'appelait ainsi), je veux te mener chez une des plus jolies femmes de la Cour de France, chez Lucrèce enfin, car tu la connais bien. Je m'assure que tu m'en seras obligé, car cette femme t'aime tout à fait et, si tu t'y prends comme il faut, tu

---

78. *Nouveau* : « novice, peu expérimenté en un art, dans une profession » (Fur.).

auras la meilleure fortune de Paris. Elle a de l'esprit comme un ange, il n'y a rien de si propre que sa maison, mais surtout elle a des beautés que je ne trouve en personne. »

« Des beautés ? », reprenait naïvement ce jeune garçon ; ce n'est donc pas celle avec qui tu étais l'autre jour au Cours[79] en portière. »

« Oui, des beautés, reprenait effrontément Orton, et c'est celle-là même avec qui j'étais l'autre jour. Si tu ne la trouves belle, il faut que tu ne t'y connaisses pas du tout. A la vérité, ajoutait-il, ce n'est pas une de ces personnes qu'on renomme pour la régularité de leurs traits, pour la vivacité de leur teint, pour l'éclat de leurs yeux, pour l'agrément de leur bouche : elle a les yeux un peu sombres, le teint un peu terni, la bouche un peu enfoncée et plate, la taille un peu grosse et tant soit peu trop petite, mais, avec tout cela, c'est une belle femme. Je veux t'y mener et te le faire avouer. »

Et enfin il réussit si bien dans la promesse qu'il avait faite à Lucrèce, que cet autre lui-même devint amoureux d'elle, et il l'étourdissait si bien par l'abondance de ses raisons, toutes les fois qu'il voulait lui maintenir qu'il ne la trouvait pas belle, qu'à la fin il n'osa plus le contredire.

Le récit qu'il faisait de cette intrigue était si plaisant qu'il ne faut pas s'étonner si Honorine, qui avait de l'esprit, semblait alors le favoriser plus qu'aucun de ses rivaux : car effectivement rien n'était plus agréable que tout ce qu'il racontait de la naissance de cette amour et de la peine qu'il avait de l'entretenir. Comme il était

---

79. Au Cours la Reine, sur le bord de la Seine, où se promenaient les élégants.

juste qu'il en fût le confident, c'étaient des plaintes per-
pétuelles dont il était sans cesse chargé, tantôt
d'Oxtord, qui revenait toujours à lui dire que Lucrèce
n'était point belle, et tantôt de Lucrèce, qui se plaignait
souvent que cet amant ne parlait point et semblait
n'avoir rien à lui dire. Mais Orton apaisait toujours ces
plaisants démêlés en grondant sérieusement son cousin et en promettant à Lucrèce de lui faire sa leçon ;
de telle sorte que, dans trois semaines ou un mois que
dura ce plaisant commerce, il ne se passait point de jour
qu'il ne lui advînt quelque extraordinaire aventure.

Honorine prenait un merveilleux plaisir à l'entendre
et, comme il est assez naturel que là où un des rivaux
semble être plus favorisé, tous les autres s'unissent contre lui ou du moins travaillent chacun de leur côté pour
le perdre, Orton fut bientôt assailli par Egéric et par
Montalban. Ce dernier, qui avait été présent à la plupart des plaisants contes qu'il avait faits de Lucrèce,
d'Oxtord et de lui, ou qui les avait sus (parce que, dans
le monde, il n'y a rien qui se divulgue si aisément qu'une
chose plaisante), se fâcha comme Egéric qu'Honorine
y prît tant de plaisir. Voyant que, quand Orton était
avec elle, il n'avait pas le mot à dire, il entreprit de lui
nuire par quelque moyen que ce pût être. Il connaissait l'esprit de Lucrèce et, n'étant point fâché de lui
remettre le soin de sa vengeance, il lui raconta ce
qu'Orton disait d'elle, et il l'aigrit si bien contre ce rival
que depuis il la trouva inexorable.

Le premier mal qui en arriva à Orton, ce fut qu'elle
ne le voulut plus souffrir chez elle et, par conséquent,
elle lui ôta indirectement le moyen de divertir Honorine, ce qu'il ne lui fut pas aisé de recouvrer si tôt ailleurs. Car, comme j'ai dit que l'amour-propre était si
puissant sur l'esprit d'Honorine, la haine secrète qu'elle

avait contre Lucrèce était principalement cause qu'elle se plaisait tant en ce qu'on disait contre elle. Mais l'esprit de Lucrèce ne se contenta pas de cela. Comme peu à peu elle commença à sentir qu'il l'avait rendue ridicule, elle le regarda comme le plus grand de ses ennemis. Elle faisait ce qu'elle pouvait pour aigrir Montalban contre lui ; mais lui, qui était fort rusé, ne se souciait que de l'éloigner de chez Honorine et, songeant combien il serait ridicule de venger les querelles de Lucrèce, il n'avait garde de l'entreprendre.

Elle trouvait mieux son compte avec Egéric. Celui-ci était plus défiant, plus jaloux et plus colère, et surtout plus crédule. Entreprenant donc ce sot esprit par le motif de sa haine pour l'y intéresser, elle fait tous ses efforts pour lui persuader qu'Orton était très bien avec Honorine, et si bien que cette amitié apparente et cette familiarité qu'il avait acquise avec son père n'était[80] qu'un faux prétexte ; qu'Honorine, ayant jugé que la galanterie de Montalban ferait trop d'éclat et l'ayant mieux aimé que lui, l'avait préféré à tous les deux. Et, pour le mieux confirmer à ce jaloux :

« Entre nous, lui dit-elle, il me l'a dit et c'est sur cela qu'il a fait cette chanson :

> *Que tes roses, Amour, ont pour moi peu d'épines !*
> *Qu'en tes prospérités à tort tu t'imagines*
> *Qu'on doit toujours se plaindre et pousser des soupirs !*
> *Ah ! que malgré tes feux, tes flèches et tes chaînes,*
> *On oublie aisément tes peines,*
> *Quand tu fais goûter tes plaisirs !*

---

80. *N'était* : au singulier. « Le verbe se met souvent au singulier lorsque les sujets sont réunis par la conjonction *et*, parce qu'ils se présentent à l'esprit comme formant un tout » (Haase, *op. cit.*, § 146).

> *Amour, regarde-moi dans les bras de Sylvie,*
> *Si tu le peux pourtant sans me porter envie :*
> *Puis-je avecque raison former quelques désirs ?*
> *Ah ! que malgré tes feux, tes flèches et tes chaînes,*
> *On oublie aisément tes peines,*
> *Quand tu fais goûter tes plaisirs ! »*[81].

Il était vrai qu'Orton avait fait ces deux couplets de chanson, mais ç'avait été sur un autre sujet. Néanmoins Egéric en fut si bien persuadé qu'il ne faut pas s'étonner si, tout sot qu'il était, il put persuader Honorine, non qu'Orton fût un indiscret, mais qu'il fallait qu'elle vécût avec lui avec un peu plus de retenue.

D'un autre côté, Orton, qui voyait bien la jalousie d'Egéric, était bien aise de la maintenir pour s'en moquer, croyant que, dans la sottise de ce rival, il retrouverait ce qu'il avait perdu en ne voyant plus Lucrèce, c'est-à-dire de quoi divertir Honorine. Mais elle ne prenait pas tant de plaisir à ouïr médire de ses amants qu'à ouïr mal parler de sa rivale. Toutes les fois donc qu'Orton, qui voulait donner de la jalousie à Egéric, lui disait qu'il n'avait bougé de tout le jour de chez Honorine, qu'il savait bien où elle passerait la journée, où elle irait à ses dévotions, et mille choses de cette nature, Egéric ne lui disait rien ; mais il l'allait aussitôt redire à Honorine et il lui faisait accroire qu'Orton en tirait avantage. Et enfin il la ménagea si bien à son tour qu'elle prit résolution de ne vivre plus avec l'Anglais comme de coutume.

Orton, qui vit qu'en même temps Egéric semblait lui succéder, crut qu'elle le voulait épouser et, agissant à

---

81. *Œuvres*, t. I, p. 295. Var. v. 3 *Qu'il faut toujours se plaindre...*
Les premiers vers de cette chanson parodient le début des stances écrites par Malherbe « pour Alcandre », c'est-à-dire pour Henri IV, épris de Charlotte de Montmorency :
> *Que d'épines, Amour, accompagnent tes roses !*
> *Que d'une aveugle erreur tu laisses toutes choses*
> *A la merci du sort !*
> *Qu'en tes prospérités à bon droit on soupire !...*

sa manière accoutumée pour tourner son rival en ridicule, ce fut sur ce sujet qu'il fit ces vers :

Vous en usez en fille sage,
Quand vous recherchez ce magot
Pour un mari : quel avantage
Que de passer pour riche et sot !

Quoique maint rival en enrage,
Laissez gronder les mécontents :
Quand il s'agit de mariage,
Il faut s'accommoder au temps.

Qu'en vain un blondin se propose
D'en contrefaire le marri :
Etre honnête homme est peu de chose,
Quand on ne cherche qu'un mari.

La fleurette et ce badinage
Dont un damoiseau vous combat
Ne donnent pas un équipage,
Comme les pistoles d'un fat.

Qu'il n'ait esprit, mine, ni grâce,
Eh ! pourquoi vous en alarmer ?
Un galant tient si bien la place
D'un mari qu'on ne peut aimer.

Quoique votre orgueil me méprise
Et que je vous voie à regret
Courre au devant de sa franchise[82],
S'il vous épouse, c'est bien fait.

N'épargnez pas quelques avances :
Vous les reprendrez sur son bien.
Mais, ô frivoles espérances !
Qu'en dira-t-on, s'il n'en fait rien ?

Qu'auront servi ces complaisances
En de si grands sujets d'ennui,
Ces respects et ces déférences
Indignes de vous et de lui ?

---

82. *Franchise* : état de celui qui n'est pas asservi par l'amour.

Pour le forcer à l'hyménée,
C'est beaucoup que votre beauté,
Pour peu qu'il eût l'âme tournée
Devers la générosité.

L'amour dont son âme est atteinte
Lui peut donner quelque tourment,
Mais, quoiqu'elle dût être sainte[83]*,*
Il l'entend peut-être autrement.

Je ne dirai rien qui l'outrage,
Mais je maintiendrai jusqu'au bout
Qu'à deux doigts près du mariage,
Je le pouvais suivre partout.

Pour vous, Philis, je vous pardonne,
Car, quoi qui me puisse animer,
Je n'ai jamais haï personne
Pour n'avoir pu m'en faire aimer[84].

Honorine, qui eut peur qu'Orton ne la traitât comme il avait fait Lucrèce, ne se fâcha point de ces vers, mais elle lui défendit de les publier et, pour l'y obliger, elle se mit à le traiter un peu plus doucement qu'elle n'avait fait depuis quelque temps. D'un autre côté, soit qu'il eût plus d'estime pour elle qu'il n'en avait pour Lucrèce, soit qu'étant de plus grande qualité, elle lui inspirât plus de respect, il se conduisit si bien qu'elle n'eut point sujet de s'en plaindre. Jusque-là que, commme elle commença enfin à vouloir rompre avec lui et comme beaucoup de personnes lui en demandaient la cause, il n'entra jamais dans la raillerie qu'on en voulait faire, hors une seule fois à la vérité, mais

---

83. L'édition des *Œuvres* de 1755 porte : « fainte » (feinte), ce qui n'a pas grand sens.

84. *Œuvres*, tome I, p. 244-46, sous le titre : *Stances à une fille qui faisait des avances à un sot pour l'épouser.*

ce fut une si plaisante chose que tout autre que lui, qui l'aurait pensée, ne se serait jamais empêché de la dire.

Tout le monde savait qu'il avait été des amis d'Honorine. Or, un jour qu'il y avait une grande collation chez une dame où l'un et l'autre étaient, et qu'elle lui faisait mauvais visage, il advint par hasard, et tout le monde le remarqua, qu'au lieu d'ortolans on avait servi une honnête quantité de moineaux, soit par épargne, soit par impossibilité d'en trouver, et tout le monde soupçonnait plutôt le premier à cause de l'humeur[85] de celle qui donnait cette collation. Cette dame était de la connaissance d'Orton, mais non pas de ses plus particulières amies. Toutefois, comme elle avait remarqué la mauvaise mine qu'Honorine lui faisait, pour avoir le plaisir de le faire discourir, elle l'aborda avec deux des principales dames de l'assemblée et, le tirant en un des coins de la salle où l'on avait mangé :

« Nous ne sommes que nous trois, lui dit-elle ; nous sommes de vos amies et vous ne sauriez nous celer ce qu'il y a entre Honorine et vous sans nous faire injustice. »

Orton, qui ne voulait point s'expliquer pour les raisons que j'ai dites, lui disait qu'il n'en savait rien, que tout le monde connaissait l'humeur de cette personne, qu'il lui arrivait de se fâcher avec ses meilleures amies, et mille raisons qui n'étaient rien moins que ce qu'il pensait, mais dont aucune ne satisfaisait ces dames. Ce qui fut cause que celle-ci, qui s'était peut-être vantée aux deux autres de leur donner ce divertissement, se mit à le presser plus qu'auparavant, en lui disant qu'il y avait quelque aventure amoureuse cachée là-dessous et qu'il ne voulait pas avouer qu'il avait été sacrifié à

---

85. *Humeur* : caractère (qui résulte des humeurs).

Egéric, ce qu'elle lui disait pour le faire parler, à cause qu'Egéric était là et qu'Honorine lui faisait bon visage. Tant qu'enfin, soit pour se débarrasser, ou pour se venger de cette dame :

« Je ne suis point amant d'Honorine, répondit-il ; je n'ai pu découvrir ce qui m'a pu brouiller avec elle et j'y ai fait tout ce que j'ai pu ; mais comme, ayant en tête de faire une collation magnifique et n'ayant point d'ortolans, vous avez mis une quantité effroyable de moineaux en la place, il se peut faire que la pauvre fille, ayant quelque sacrifice à faire et n'ayant point d'amants, a baillé[86] un ami et m'a choisi pour cela. »

Cette dame n'osa mal prendre la liberté d'Orton, mais, se voyant si bien payée de sa curiosité, elle cessa non seulement de le presser davantage, mais elle se mêla aussitôt dans le reste de l'assemblée. Ces deux dames qu'elle avait amenées et qui trouvèrent cette réponse spirituelle, demeurèrent avec lui pour en rire et, comme il y en avait une qui était extrêmement de ses amies, elle lui dit que ce n'était pas assez de cette réponse, mais qu'il fallait qu'il en fît un couplet de chanson. Ce qu'elle n'eut pas si tôt dit qu'il tourna aussitôt cette pensée sur la mesure d'un air qu'elle avait chanté un peu auparavant et la lui fit entendre en cette sorte :

> *Comme, par faute d'ortolans,*
> *Moineaux ont été de service,*
> *Les amis passent pour galants*
> *En sacrifice.*

Mille gens ont chanté ce couplet sans l'entendre, et Orton le chanta mille fois devant Honorine sans qu'elle en pût savoir l'explication. Mais, comme elle commençait de plus en plus à le compter pour le dernier de ses

---

86. *Bailler* : donner (ici, sacrifier).

amants, en un moment, la fortune les défit l'un de l'autre. Orton, contre son attente, reçut des lettres d'Angleterre par lesquelles on lui mandait que ses affaires étaient faites, qu'il pouvait s'en retourner et qu'il rentrerait en possession d'une partie de son bien. Ce qui fut cause que, de l'humeur dont il était, sans presque dire adieu à personne, il quitta la France, et depuis, on n'a point ouï parler de lui.

Alors Honorine commença peu à peu à se trouver plus d'affaires[87] que dans le temps qu'elle avait trois amants à contenter, soit que, n'en favorisant aucun plus que l'autre, il fût plus aisé de faire diversion dans un plus grand nombre, soit que l'antiquité du temps commençât à autoriser les deux qui lui restaient, ou que la fuite de l'autre fît valoir leur constance. Ils en devinrent plus hardis et elle s'en trouva cruellement persécutée. Il n'y avait plus à choisir qu'entre un sot fort riche et un galant homme fort indiscret ; mais son imagination, qui était frappée de moins d'objets, n'en était pas moins dangereusement blessée. Si Montalban touchait bien plus son cœur, les richesses d'Egéric touchaient bien plus puissamment son avarice. Ainsi, pour accorder enfin son humeur coquette et le désir qu'elle avait de s'établir, et pour ne point sortir du dessein qu'elle avait pris de faire un galant auparavant qu'un mari, elle résolut, après une si longue irrésolution, de prendre en ces deux amants ce qu'elle n'avait pu trouver en un seul, c'est-à-dire, en peu de paroles, de conserver toujours Egéric pour l'épouser et de faire galanterie avec Montalban, malgré son indiscrétion qu'elle avait tant redoutée.

---

87. *Affaires* : soucis, embarras.

Elle lui écrivait le moins qu'elle pouvait et encore, ayant trouvé l'invention de varier son écriture, elle crut que son affaire était tout à fait secrète. En effet, elle le fut quelque temps, car, comme on connaissait cet homme fort vain, on ne croyait pas aisément ce qu'il disait, ce qui arrive à tous les menteurs, qui détruisent la vérité dans leur bouche. Mais enfin il est bien difficile de se conduire comme faisait cette fille et de ne pas justifier des amants faits comme celui-ci.

Admirez cependant le hasard et sa simplicité. Elle était une fois à la campagne, à quarante ou cinquante lieues de Paris et, ayant toujours entretenu commerce avec Montalban, elle lui permit enfin de l'aller voir secrètement, parce qu'il en trouva un prétexte qui lui persuada que jamais on ne le croirait, quand il voudrait s'en vanter.

Il était demeuré à Paris dans le temps que la Cour fut à Poitiers[88], non qu'il fît rien contre son devoir, mais, étant arrêté par les considérations de son amour, il s'entretenait bien auprès des ministres[89] par les avis qu'il donnait, et il déclarait assez hautement son parti pour n'être pas accusé de l'abandonner. Il fit donc si bien, par les intelligences qu'il avait à la Cour, qu'il eut commission d'aller dans la même province où était Honorine trouver une personne de qualité qui y avait

---

88. Condé ayant quitté Paris (septembre 1651) pour rejoindre ses partisans en Guyenne, Anne d'Autriche et le jeune roi s'étaient installés à Poitiers pour mieux surveiller les rebelles.

89. Les ministres étaient alors Michel Le Tellier, Servien et de Lionne. Mazarin s'était retiré en février à Brühl, d'où il envoyait ses instructions.

grand crédit, pour négocier avec lui[90] et pour l'arrêter[91] dans le service du roi.

Ayant obtenu cette commission, il en donna avis à Honorine et il la pressa tellement que, sous ce prétexte, elle lui permit de l'aller voir et le fit introduire une nuit dans son appartement, où il demeura enfermé tout le jour suivant et la seconde nuit, à la fin de laquelle il s'en retourna, n'ayant cependant vécu que de ce qu'on lui apportait à elle-même, sous le prétexte d'une maladie qu'elle feignit. Et, pendant le temps qu'il ne pouvait être avec elle, il demeurait dans un petit cabinet, qui était à la ruelle de son lit, où il n'y avait qu'une fenêtre, qu'elle fit soigneusement fermer de peur que, d'un corps de logis opposite[92], on ne le vît au travers des vitres. Or, de tout ceci, il en advint la plus bizarre aventure du monde.

On ne s'informait point où était allé Montalban et l'on n'en savait rien. Soit qu'il n'eût point voulu divulguer cette faveur qu'il ne l'eût reçue, soit que les considérations de sa fortune lui fissent garder le secret de son amour de peur que, venant à publier qu'il était venu en cette province, on ne conjecturât quelque chose de sa négociation et que, par conséquent, cela ne le mît mal à la Cour, il fut secret pour quelque temps. Cependant on joua à Paris le *Dom Japhet*[93] et il fut trouvé si plaisant qu'on eut la curiosité de revoir les premières pièces du même auteur, inimitable en ce genre d'écrire et plein d'esprit et d'invention en toutes ses pro-

---

90. C'est-à-dire avec la personne de qualité.

91. *Arrêter* : retenir.

92. *Opposite* : opposé, situé en face.

93. *Dom Japhet d'Arménie*, comédie de Scarron, dont la représentation se trouve ainsi datée (automne 1651).

ductions. *Jodelet maître-valet*[94] fut redemandé et, le
long temps qu'il y avait qu'on ne l'avait vu lui rendant
toutes les grâces de la nouveauté, jamais il n'y en eut
une si agréable représentation. Lucrèce y était avec sept
ou huit personnes, qui étaient de celles qui voyaient le
plus souvent Honorine. Il advint que le premier acte
fut un de ceux qui plut davantage à toute cette troupe,
et principalement cet endroit où Jodelet dit

> *Qu'il ne va que de nuit, et que son maître*
> *Est le plus grand veilleur qui se trouve peut-être*[95].

Comme il arrive souvent qu'au retour d'une comédie agréable, il y a toujours quelques vers dont chacun
se charge la mémoire et quelque endroit qu'on veut faire
passer pour le plus beau, celui qui frappa le plus cette
compagnie fut celui que je viens de dire et, par hasard
encore, ce qui est exprimé en ces deux vers :

> *Nous portons à la nuit amitié singulière*
> *Et serions bien fâchés d'avoir vu la lumière.*

Soit que de la manière dont Jodelet les dît[96], il leur eût

---

94. *Jodelet ou le Maître-valet*, la première comédie de Scarron,
représentée sans doute dès 1643. Voir J. Scherer et J. Truchet, *Théâtre du XVIIe siècle*, Bibl. de la Pléiade, tome II, p. 1416.

95. *Jodelet*, I, 2. Dans cette scène, Jodelet, cherchant avec son maître, Dom Juan, la demeure de la fiancée de celui-ci, est arrêté par un
valet qui tente de les écarter : le maître de ce dernier, Dom Louis, s'est
introduit chez la jeune fille. Questionné par ce valet, Jodelet répond :
    Nous n'allons que la nuit.
    Nous portons à la nuit amitié singulière
    Et serions bien fâchés d'avoir vu la lumière...
    Voyez-vous là mon maître ?
    C'est le plus grand veilleur qui se trouve peut-être
(v. 167-69 et 171-72). La citation de Segrais est inexacte.

96. Jodelet — l'acteur Julien Bedeau — qui incarnait le rôle du
gracioso, fut pour beaucoup dans le succès de la pièce. Voir sur Jodelet l'article de Colette Cosnier, « Jodelet, un acteur du XVIIe siècle
devenu un type », in *R.H.L.F.*, juillet-septembre 1962.

donné une grâce extraordinaire, soit que, plaisants comme ils le sont effectivement à l'endroit où ils sont appliqués, ils excitassent la joie qui animait cette troupe, après la comédie, cette compagnie se retira chez Lucrèce, redisant presque sans cesse ces deux vers, dans la bonne humeur où chacun était. Comme il est fort ordinaire, quand on se trouve dans quelques plaisirs, de souhaiter les absents qui sont le plus touchés du divertissement dont on jouit, on commença à souhaiter Honorine et à désirer qu'elle eût été présente à cette comédie, comme effectivement c'était un des passetemps qui la touchait le plus, ce qui était à la connaissance de la plupart de cette troupe, car, entre autres, Egéric et Orsy y étaient.

Insensiblement, après avoir bien parlé d'elle, on se mit à dire qu'il lui fallait écrire et, pour cet effet, Lucrèce se fit apporter son écritoire et voulut lui faire une lettre ; mais elle avait l'esprit si distrait qu'il ne lui fut pas possible de rien penser qui lui semblât propre[97]. Ce qui fut cause qu'après avoir commencé plus de vingt lettres sans y pouvoir trouver de suite, quelqu'un lui dit qu'il fallait lui écrire quelque endroit de la comédie ; que, ne sachant point ce que ce serait, cela l'embarrasserait, et qu'au reste, ce galimatias et l'explication qu'elle y voudrait donner aurait[98] quelque chose de plaisant.

Orsy fut de ce sentiment et, comme Lucrèce lui en eut demandé son avis :

« En vérité, Madame, lui dit-il, vous ne sauriez mieux faire. »

« Faites-moi donc ma lettre », lui répondit-elle.

---

97. *Propre* : convenable.

98. Verbe au singulier avec deux sujets. Voir supra p. 251.

« Écrivez », lui dit-il, et en même temps se mit à lui dicter ces grandes paroles :

« Tout ce que je vous puis dire, ma chère Cousine, c'est qu'on se divertit à Paris admirablement bien, depuis que vous en êtes partie. Nous voudrions, pour l'amour de vous, que vous en fissiez de même. Car, pour vous le dire en un mot et afin que vous n'en soyez pas étonnée, depuis votre départ,

> Nous portons à la nuit amitié singulière
> Et serions bien fâchés d'avoir vu la lumière. »

Tout le monde se mit à rire de cette folie ; mais ce qu'il y eut encore de bien plus fatal à la pauvre Honorine, c'est que, dans l'emportement où tout le monde était, chacun voulut avoir part à cette lettre. Lucrèce avait commencé de lui écrire dans une grande feuille ; quelqu'un dit qu'il n'y avait pas d'apparence de lui envoyer si peu de paroles dans un si grand papier et l'on conclut aussitôt que chacun y mettrait ce qu'il penserait.

Orsy et Egéric prirent la plume et écrivirent encore les deux vers de la comédie, ce qui fit un si plaisant effet par la diversité de leurs écritures et par la nouveauté du compliment que quatre ou cinq personnes qui étaient de la compagnie lui firent les mêmes civilités et voulurent que ces deux vers fussent écrits de leur main, avec quelque prose fort succincte. « Je vous honore très fort, mit une certaine dame, mais, belle Honorine,

> Nous portons à la nuit amitié singulière
> Et serions bien fâchés d'avoir vu la lumière. »

« Votre absence m'est insupportable, avait écrit quelqu'un qui voulait contrefaire le style d'Egéric, mais, comme votre serviteur très humble et votre très humble serviteur, durant votre éloignement,

Nous portons à la nuit amitié singulière
Et serions bien fâchés d'avoir vu la lumière. »

Par le calcul qu'Honorine fit de cette lettre sur la date qu'elle portait, il y avait trois jours que Montalban pouvait être retourné à Paris quand elle fut écrite. Il ne faut donc pas trouver étrange si, n'entendant rien à tout ce galimatias et ne se souvenant point d'où ces deux vers étaient tirés, elle ne douta point, quand elle reçut cette lettre, que toutes ses personnes ne lui voulussent parler de la visite de Montalban.

Quand notre imagination est une fois saisie de crainte, tout contribue à augmenter le désordre où l'on est. Elle se figura l'indiscrétion de son amant, l'envie secrète que Lucrèce avait contre elle, la jalousie d'Egéric et l'humeur moqueuse d'Orsy, et, trouvant quelque raison pour tous les autres qui avaient eu part à cette plaisanterie, elle ne douta point que l'entrevue qu'elle avait accordée à Montalban ne fût déjà l'entretien de toutes les ruelles. Dans cette pensée, voulant tâcher de fléchir Lucrèce, elle lui écrivit et, lui faisant cent amitiés, elle la pria de lui mander ce qu'effectivement Montalban avait dit à son retour ; et elle lui jurait dans sa lettre qu'elle ne l'avait vu qu'en présence d'une de ses parentes, qui avait toujours été chez elle pendant tout ce temps-là ; qu'à la vérité, elle n'avait pas voulu le dire à son père, de peur d'une réprimande, mais qu'elle avait eu tort, puisqu'il n'y avait rien au monde de si innocent.

Une excuse qu'on ne demande point est souvent une forte accusation. Lucrèce ne l'aimait pas tant et n'était pas si aisée à fléchir qu'elle se le figurait : l'histoire des trois maris et de tout le mal qu'Orton lui avait fait lui tenait au cœur, et elle regardait toujours Honorine comme la principale cause de toutes les railleries qui étaient tombées sur elle. Elle commence donc, dans sa haine secrète et rusée, à faire tout ce qu'il fallait pour empêcher qu'on ne crût ce qu'elle témoignait croire bien indubitablement, c'est à savoir l'innocence d'Honorine. Elle avait chez elle deux ou trois de ses amies qu'elle jugea les moins secrètes et elle leur fit bien promettre qu'elles[99] ne diraient rien de ce qu'elle leur allait apprendre, quand elle leur lut la lettre d'Honorine et quand elle envoya quérir Montalban. Elle lui dit d'abord qu'il faisait bien le secret des visites qu'il rendait aux dames, afin qu'il lui fît bien des serments qu'il n'avait point été dans la province où était Honorine, et, lui faisant voir ensuite sa lettre, lui fit de grandes réprimandes de son indiscrétion.

Montalban, jugeant que le temps requis à sa discrétion du côté de son ambassade était passé ou que cette aventure découverte était un moyen de la tenir encore plus secrète, et concevant dans le discours de Lucrèce par quel accident sa maîtresse avait pris l'alarme, ne fut point fâché de tirer en même temps la gloire de la faveur qu'il avait reçue et celle de la discrétion qu'il avait eue à la celer ; et depuis, il fit si bien de son côté qu'avec le secours de Lucrèce et de ses amies, jamais affaire n'a été divulguée comme celle-là.

Mais ce ne fut pas l'unique malheur qui arriva à cette pauvre fille. L'avis qu'elle reçut de toutes ses amies de l'éclat de cette affaire l'obligea de revenir à Paris, pour témoigner par une autre conduite qu'elle n'était point capable du crime dont on l'accusait et pour tâcher de se marier, croyant bien que cela lui ferait un tort épouvantable si ces bruits continuaient. Mais elle n'eut pas peu de peine à apaiser le désordre qui s'élevait entre ces deux amants. Montalban abusait de son empire et

---

99. Texte original : ils.

Egéric était merveilleusement irrité. Elle ne pouvait hautement rompre avec le premier, à cause de l'avantage qu'il avait sur elle, et elle voulait épouser Egéric, à qui, de nécessité, il ne fallait pas moins qu'un sacrifice pareil[100] pour le faire revenir de la jalousie que lui avaient donnée tous ces méchants bruits qui étaient parvenus à ses oreilles.

Avec le temps pourtant, elle fit si bien que, par une espèce de traité, elle arrêta avec ces deux amants qu'elle ne reverrait plus ni l'un ni l'autre chez elle, n'osant plus y voir Montalban de peur qu'Egéric ne la quittât, et n'osant y recevoir Egéric, après en avoir chassé l'autre, de peur qu'il ne s'emportât, car elle ne put retirer ses lettres. Toutefois l'un et l'autre demeurèrent d'accord de ce mutuel bannissement, parce qu'elle fit espérer à Montalban que, si elle pouvait obliger son père à consentir qu'elle l'épousât, elle l'épouserait, et que, d'un autre côté, pensant sérieusement à épouser Egéric, elle eut bientôt une intrigue secrète avec lui. Par ces raisons, par son adresse et par la discrétion d'Egéric, elle fut quelque temps en repos et sa réputation se rétablit si bien que tout le monde croyait que la visite de Montalban était fort innocente, quand il lui arriva le plus grand malheur du monde.

Egéric et elle se voyant chez une demoiselle qui avait été à sa mère et qui demeurait à la Grève[101], par malheur, après quelques rendez-vous qu'on n'avait point sus et où il ne leur arriva aucune disgrâce, ils s'en donnèrent un dans ce logis le propre jour qu'il y eut tant

---

100. *Un sacrifice pareil* : le sacrifice de Montalban.

101. *La Grève* : la place de Grève, à l'est de laquelle s'élevait l'Hôtel de Ville.

de tumulte à l'Hôtel de Ville[102]. Honorine vint dans son carrosse incontinent après dîner et elle le renvoya aussitôt, avec sa demoiselle, l'ayant expressément chargée de dire à son père qu'elle était chez Lucrèce ou chez quelque autre de ses amies. Bientôt après, Egéric arriva en chaise, et ils ne furent pas si tôt dans une chambre, dont les fenêtres regardaient sur la place, qu'ils virent qu'une multitude effroyable de peuple s'y assembla et que, dès l'heure, Honorine commença à s'apercevoir qu'elle ne pourrait s'en retourner de toute la journée et se trouva par conséquent en des inquiétudes épouvantables.

Egéric faisait ce qu'il pouvait pour lui remettre l'esprit et, par la sédition qu'il voyait devant ses yeux, il lui alléguait que le désordre serait si grand par tout Paris qu'elle pourrait facilement feindre quelque autre embarras, ou que du moins on ne songerait pas à elle, puisqu'on ne pourrait jamais deviner le lieu où elle était. Quoi qu'il pût dire, Honorine ne pouvait dompter sa crainte, voyant que le peuple irrité voulait mettre le feu à l'Hôtel de Ville et que tous les voisins étaient alarmés pour leurs maisons ; mais elle semblait encore avoir quelque pressentiment du malheur qui lui arriva : car jugez, je vous prie, si l'on en peut imaginer un plus grand.

Tout le monde sait l'épouvantable désordre qui arriva dans ce quartier, le péril que coururent tous ceux qui composaient l'assemblée de l'Hôtel de Ville et le soin que chacun prit pour se sauver. Montalban était de ceux-là, en ayant été convié pour faire compagnie

---

102. Il s'agit de l'émeute populaire, fomentée par Condé, qui provoqua, le 4 juillet 1652, un massacre à l'Hôtel de Ville. Une fois de plus, Segrais lie étroitement les événements historiques et la fiction.

à une personne de considération, qui jugea à propos de se faire escorter ; et, comme il n'importait point de quel parti l'on fût pour courir grande risque[103] d'être déchiré, il est aisé de croire que, tout brave qu'il était, il eut part aux appréhensions qu'eurent tous ceux qui se virent assaillir par cette populace forcenée.

Après avoir longtemps attendu, comme les autres, quel serait son destin, ne pouvant plus résister aux cruelles inquiétudes qui l'agitaient, il résolut, avec sept ou huit qui se trouvèrent aussi braves que lui, de fondre l'épée à la main au travers d'une des portes où l'on avait mis le feu et de se sauver, malgré cette canaille furieuse. Ceux qui furent tués en cette triste journée sortirent avec lui ; mais il fut si heureux qu'il ne fut seulement pas blessé. Toutefois étant reconnu, parce qu'il avait l'épée à la main, pour un de ceux qui étaient sortis de l'Hôtel de Ville, il fut vivement poursuivi et à un tel point que, se trouvant de hasard devant la porte du logis où Honorine et Egéric étaient entrés, il se jette dedans et après lui dix ou douze mutins qui le poursuivaient. Il monte l'escalier avec la diligence qu'on peut se figurer et, tout éperdu, entre enfin dans une chambre, dont il pousse la porte de vive force. Mais jugez quel fut son étonnement et lequel fut le plus éperdu d'Honorine ou de lui, car c'était la chambre même où elle était seule avec son rival. C'est ce qu'il est plus aisé de se figurer qu'il ne m'est facile de l'exprimer.

Montalban, qui avait l'épée à la main et qui dut apparemment entrer dans une rage contre Egéric, eut pourtant encore assez de raison pour ne le pas tuer ; mais, comme tout d'un coup il s'avisa que ses habits

---

103. *Risque* : le mot était quelquefois du féminin (Dubois et Lagane).

étaient tout à fait semblables aux siens et qu'il n'était pas moins troublé, par une présence d'esprit admirable, il se mit à songer que, dans l'obscurité de l'escalier, le peuple qui le poursuivait aurait peut-être perdu son idée[104], et il commença à se jeter sur son rival, criant, en sorte que ceux qui enfonçaient la porte, qu'il verrouilla en entrant, pussent l'entendre, qu'il ne voulait pas que sa maison servît de retraite aux monopoleurs[105]. Ce qui lui réussit si heureusement que ce peuple, qui en même temps enfonça la porte, s'unit avec lui contre Egéric, car, par malheur, il fut reconnu de quelqu'un de la troupe pour un partisan[106]. Ainsi Montalban fut vengé de la déloyauté d'Honorine.

A la fin pourtant, intervenant au secours de son rival, qui fut cruellement battu, il feignit d'avoir pitié de lui et, par cette charitable cruauté, il le tira d'entre les bras de cette canaille qui l'eût sans doute achevé.

Honorine eut de grandes inquiétudes pendant tout ce temps-là, et depuis encore, car on peut juger combien longtemps Montalban lui garda le secret. Son père, qui fut averti de cette aventure par le grand bruit qu'elle fit, l'enleva bientôt après et la mit en une religion[107]. Le pauvre Egéric fut longtemps à se guérir des coups qu'il reçut en cette sanglante mêlée. Si Orton a ouï par-

---

104. *Son idée* : le souvenir de son apparence.

105. *Monopoleur* : « Celui qui est seul à faire le commerce de quelque chose, particulièrement de ce qui est nécessaire à la vie » (Fur.). Nom donné par le peuple aux exacteurs des impôts et à ceux qu'il accusait de provoquer la misère en accaparant les grains ou les denrées.

106. *Partisan* : « Un financier, un homme qui fait des traités, des *partis* avec le Roi, qui prend ses revenus à ferme, le recouvrement des impôts » (Fur.).

107. *Religion* : couvent.

ler d'Honorine, il n'avait garde de revenir pour l'épouser. Lucrèce est demeurée fort ridicule ; et Montalban, voyant que ses affaires se décousaient fort, est passé en l'Amérique, avec la compagnie nouvelle qui s'y est allée établir[108].

Voilà mon histoire ; et, à mon avis, l'instruction qu'on en peut tirer est que la peste n'est guère moins à redouter que trois amants comme ceux qu'Honorine avait faits.

« Il est vrai, dit aussitôt Uralie, que si cette dame avait entrepris d'aimer tous les amants qu'on devrait haïr, elle n'en pouvait choisir trois qui fussent plus dignes de haine que ces trois ici. »

« On en dira ce qu'on voudra, répondit Frontenie, mais, pour montrer à Gélonide qui me reprocha hier mon injustice envers les hommes, que ce n'est point par caprice que je parlais contre eux, c'est qu'aujourd'hui je veux prendre leur parti et je ne craindrai point de dire que deux maîtresses comme Lucrèce et Honorine ne sont pas moins haïssables que leurs amants. »

« A la vérité, dit Silerite, personne ne défendra Lucrèce ; mais, pour la pauvre Honorine, je trouve tant de malheur en son aventure que je ne puis pas imputer toutes ses disgrâces à son imprudence seule. »

« Je trouve, répliqua la princesse, que la belle passion se peut défendre ; mais je ne sais pas comme on pourrait protéger la coquetterie. On peut plaindre ces personnes qui, par une forte inclination ou par un destin invincible, aiment ce qu'ils ne devraient pas aimer ou l'aiment plus fortement qu'ils ne le devraient. Mais

---

108. Dans la Nouvelle France, fondée par Champlain, ou aux Antilles, où la Compagnie des Indes envoyait des colons. Scarron avait pensé y partir en 1651 pour y refaire sa santé et sa fortune.

peut-on seulement excuser celles qui, sans nulle passion et par une simple fantaisie, tombent dans le même emportement ? »

« Aussi, reprit Aplanice, on voit tous les jours que le seul désir de conserver des amants déshonore plus de certaines dames, qui au fond sont innocentes, que d'autres qui tomberaient dans le malheur de quelque attachement. »

« Cela est sans doute[109], reprit Gélonide, et principalement quand cette tolérance[110], qui devient commune à plusieurs, est causée pour quelqu'un par les raisons d'un intérêt sordide et méprisable. »

« C'est ce qui ne se peut nier, reprit Uralie, et c'est ce qu'on voit tous les jours dans le monde. Une galanterie soupçonnée de quelque intérêt attire un si grand mépris à la dame que, de quelque condition qu'elle puisse être, il n'y a rien qui autorise tant la satire contre elle. La considération, le respect ou la crainte empêchent quelquefois le pasquin[111] pour les autres ; mais la médisance trouve si peu de contredit sur ce sujet que personne n'ose embrasser ce parti.

« Vous voyez bien que je ne défends pas un sot parce qu'il est riche, mais, mettant ce ridicule intérêt à part, je vous avoue que je serais fort embarrassée si, pour quelque punition de mes fautes ou par quelque puissante constellation, je me voyais forcée d'aimer un de ces trois amants : car, sans être comme Honorine et sans les regarder tous trois par ce qu'ils avaient d'aimable, je voudrais bien qu'on examinât lequel serait le plus

---

109. *Sans doute* : sans aucun doute.

110. *Tolérance* : action d'admettre, acceptation (Dubois et Lagane).

111. *Pasquin* : satire.

malheureux à une dame d'être contrainte par la puissance de son destin d'aimer qui ne l'aimerait point (car Orton m'a toujours paru sans amour), d'aimer un sot, ou d'aimer un indiscret. »

« Si cela était possible, dit la princesse, on ne peut pas faire naître une plus grande difficulté. »

« Je serais pour celui auquel je pourrais le moins penser, ajouta Aplanice, que je pourrais voir le moins, ou ne point voir du tout. »

« Il serait aisé d'être neutre en de tels partis », reprit Gélonide.

« Et moi, continua Silerite, je voudrais qu'il m'aimât, qu'il fût honnête homme et qu'il fût discret. »

« Mais il faudrait choisir de ces trois ici, repartit Frontenie, et je vous avoue que j'appréhende si fort d'être réduite à ce triste choix par quelque puissance inconcevable que, depuis qu'on a parlé, je ne fais que songer s'il n'y a point quelque accident étrange, quelque force supérieure ou quelque goût bizarre qui m'y puisse forcer, et je suis si aise d'avoir trouvé qu'on ne peut jamais aimer un sot comme un sot, que je n'en puis pas exprimer ma joie. On peut aimer un impertinent[112], mais on ne le connaît jamais tel, et ainsi, quoique apparemment nous ne devions pas trop prendre ce parti-là, il n'y aurait personne qui ne l'aimât mieux que les deux autres. »

« Il faudrait, dit Aurélie, supposer qu'on l'aurait épousé. »

« Et en ce cas, répondit Gélonide, on vivrait bien avec lui et, on aurait beau dire, on ne pourrait l'aimer. »

---

112. *Impertinent* : « qui agit mal à propos, sot » (Dubois et Lagane).

« Mais serait-ce un moindre tourment, répondit la princesse, que celui d'appréhender une indiscrétion, ou d'aimer qui ne vous aimerait pas ? »

« Il[113] serait moins honteux, reprit Frontenie, et cela serait cause qu'une honnête personne l'aimerait encore mieux. »

« Il est vrai, dit Silerite, et l'on pourrait encore ajouter pour ce qui concerne les deux autres que ce n'est que la même chose, puisque difficilement une femme peut s'imaginer d'être aimée d'un homme dont elle appréhende une indiscrétion. »

« Tout cela est vrai, dit Uralie, et ainsi personne de nous autres ne peut se voir dans le danger de protéger l'impertinent. »

« Vous n'aviez que faire de craindre cela, dit Gélonide ; car on ne vous soupçonnera jamais de prendre ce parti. »

« Non plus que vous, lui repartit Aplanice, celui d'aimer qui ne vous aimerait pas : car c'est une extrémité où je crois que vous ne vous trouverez jamais réduite. »

« Il serait juste que je répondisse à votre civilité, répliqua Gélonide ; mais, pour vous montrer l'estime que j'ai pour vous, c'est que je vous donne ma survivance, ou plutôt la peine de parler demain pour punition de m'avoir dit une si grande flatterie. »

« Je vous raconterai une histoire de votre pays[114], répondit Aplanice, qui est tombée entre mes mains dans un voyage que j'y ai fait autrefois. »

---

113. *Il* : ce (neutre).

114. Le père de Gillone d'Harcourt, Jacques, marquis de Beuvron, était gouverneur de Falaise.

« De quelque pays qu'elle puisse être, reprit Gélonide, je la juge très agréable, quand elle sera en votre bouche ». Mais, en disant cela, elle fit un certain signal, et, tout d'un coup, il fallut que nous nous écartassions, cinq ou six hommes que nous étions, qui cachions un excellent joueur de harpe, qui était à un des coins de ce cabinet.

Pendant que Gélonide racontait son histoire, cet homme se glissa par derrière nous et entra, sans qu'aucun y prît garde, tant tout le monde était attentif à ce qu'elle racontait. Sa harpe était si bien d'accord et Gélonide avait si bien concerté le divertissement qu'elle voulait donner à la princesse qu'à un signal qu'elle fit si subtilement que personne ne put l'observer, on ouït une harmonie admirable. Ceux qui ont entendu les plus excellents maîtres en peuvent juger, car il est certain que celui-ci ne leur cédait en rien. Il pouvait le disputer à Orphée même, et il entra si subtilement dans ce cabinet qu'on aurait pu croire qu'on l'avait fait ressusciter par quelque savant tour de magie. Cet Orphée savait toutes les plus belles pièces qu'on ait composées depuis longtemps. Et certainement c'est un des premiers hommes en cette divine science. Mais, quelque attention qu'on lui prêtât, Aurélie ne put s'empêcher de dire, dans la première surprise où elle fut, qu'il paraissait bien que Gélonide avait ordonné le divertissement de cette journée, car on était allé quérir cet homme à plus de vingt lieues de là.

Le temps qui se fit fort beau obligea la princesse de sortir après ce divertissement. La beauté de l'allée du mail fit qu'on ne chercha point d'autre promenade. Aurélie commanda qu'on apportât ce qui était nécessaire pour y jouer et, en se promenant, elle joua deux ou trois parties avec Frontenie. Il ne leur en fallut pas davantage pour faire admirer leur adresse à tout le monde. Les violons de la princesse suivaient cependant, et cela encore de l'ordonnance de Gélonide. Comme il n'y a rien d'éternel en ce monde, une si belle journée finit.

TABLE DES MATIÈRES
DU TOME PREMIER

SOCIÉTÉ DES TEXTES FRANÇAIS MODERNES
(S.T.F.M.)

Fondée en 1905
Association loi 1901 (J.O. 31 octobre 1931)
Siège social : Institut de littérature française (Université de Paris-IV)
1, rue Victor Cousin. 75005 PARIS

Président d'honneur : † M. Raymond Lebègue, Membre de l'Institut.

Membres d'honneur : MM. René Pintard, † Jacques Roger, Isidore Silver.

BUREAU 1990

Président : M. Robert Garapon.
Vice-Président : M. Roger Zuber.
Secrétaire général : M. François Moureau.
Trésorier : M. Roger Guichemerre.
Secrétaire adjoint : M. Georges Forestier.
Trésorière adjointe : Mlle Huguette Gilbert.

———————

La Société des Textes Français Modernes (S.T.F.M.), fondée en 1905, a pour but de réimprimer des textes publiés depuis le XVIe siècle et d'imprimer des textes inédits appartenant à cette période.

Pour tous renseignements, et pour les demandes d'adhésion : s'adresser au Secrétaire général, M. François Moureau, 14 *bis,* rue de Milan 75009 Paris.

Demander le catalogue des titres disponibles et les conditions d'adhésion.

LES PUBLICATIONS DE LA SOCIÉTÉ DES TEXTES FRANÇAIS MODERNES SONT EN VENTE A LA LIBRAIRIE *AUX AMATEURS DE LIVRES.*
62, avenue de Suffren 75015 Paris

———————

EXTRAIT DU CATALOGUE

(juillet 1990)

XVIᵉ siècle.

Poésie :

4. Héroët, *Œuvres poétiques* (F. Gohin)
5. Scève, *Délie* (E. Parturier).
7-31. Ronsard, *Œuvres complètes* (P. Laumonier), 20 tomes.
32-39, 179-180. Du Bellay, *Deffence et illustration. Œuvres poétiques françaises* (H. Chamard) *et latines* (Geneviève-Demerson), 10 vol.
43-46. D'Aubigné, *Les Tragiques* (Garnier et Plattard), 4 vol.
141. Tyard, *Œuvres poétiques complètes* (J. Lapp.)
156-157. *La Polémique protestante contre Ronsard* (J. Pineaux), 2 vol.
158. Bertaut, *Recueil de quelques vers amoureux* (L. Terreaux).
173-174. Du Bartas, *La Sepmaine* (Y. Bellenger), 2 vol.
177. La Roque, *Poésies* (G. Mathieu-Castellani).

Prose :

2-3. Herberay des Essarts, *Amadis de Gaule (Premier Livre),* 2 vol. (H. Vaganay-Y. Giraud).
6. Sébillet, *Art poétique françois* (F. Gaiffe — F. Goyet).
150. Nicolas de Troyes, *Le Grand Parangon des Nouvelles nouvelles* (K. Kasprzyk).
163. Boaistuau, *Histoires tragiques* (R. Carr).
171. Des Periers, *Nouvelles Récréations et joyeux devis* (K. Kasprzyk).
175. *Le Disciple de Pantagruel* (G. Demerson et C. Lauvergnat-Gagnière).
183. D'Aubigné, *Sa Vie à ses enfants* (G. Schrenck).
186. *Chroniques gargantuines* (C. Lauvergnat-Gagnière, G. Demerson *et al.*).

Théâtre :

42. Des Masures, *Tragédies saintes* (C. Comte).
122. *Les Ramonneurs* (A. Gill).
125. Turnèbe, *Les Contens* (N. Spector).
149. La Taille, *Saül le furieux. La Famine...* (E. Forsyth).
161. La Taille, *Les Corrivaus* (D. Drysdall).
172. Grévin, *Comédies* (E. Lapeyre).
184. Larivey, *Le Laquais* (M. Lazard et L. Zilli).

XVIIᵉ siècle

Poésie :

54. RACAN, *Les Bergeries* (L. Arnould).
74-76. SCARRON, *Poésies diverses* (M. Cauchie), 3 vol.
78. BOILEAU-DESPRÉAUX, *Épistres* (A. Cahen).
123. RÉGNIER, *Œuvres complètes* (G. Raibaud).
151-152. VOITURE, *Poésies* (H. Lafay), 2 vol.
164-165. MALLEVILLE, *Œuvres poétiques* (R. Ortali), 2 vol.
187-188. LA CEPPÈDE, *Théorèmes,* (Y. Quenot), 2 vol.

Prose :

64-65. GUEZ DE BALZAC, *Les premières lettres* (H. Bibas et
    K.T. Butler), 2 vol.
71-72. Abbé de PURE, *La Pretieuse* (E. Magne), 2 vol.
80. FONTENELLE, *Histoire des oracles* (L. Maigron).
132. FONTENELLE, *Entretiens sur la pluralité des mondes*
    (A. Calame).
135-140. SAINT-ÉVREMOND, *Lettres* et *Œuvres en prose* (R. Ter-
    nois), 6 vol.
142. FONTENELLE, *Nouveaux Dialogues des morts* (J. Dagen).
144-147 et 170. SAINT-AMANT, *Œuvres* (J. Bailbé et J. Lagny),
    5 vol.
153-154. GUEZ DE BALZAC, *Les Entretiens* (1657) (B. Beugnot),
    2 vol.
155. PERROT D'ABLANCOURT, *Lettres et préfaces critiques*
    (R. Zuber).
169. CYRANO DE BERGERAC, *L'Autre Monde ou les Estats et Empi-
    res de la Lune* (M. Alcover).
182. SCARRON, *Nouvelles tragi-comiques* (R. Guichemerre).

Théâtre :

57. TRISTAN, *Les Plaintes d'Acante et autres œuvres* (J. Madeleine).
58. TRISTAN, *La Mariane. Tragédie* (J. Madeleine).
59. TRISTAN, *La Folie du Sage* (J. Madeleine).
60. TRISTAN, *La Mort de Sénèque, Tragédie* (J. Madeleine).
61. TRISTAN, *Le Parasite. Comédie* (J. Madeleine).
62. *Le Festin de pierre avant Molière* (G. Gendarme de Bévotte —
    R. Guichemerre).
73. CORNEILLE, *Le Cid* (M. Cauchie).
121. CORNEILLE, *L'Illusion comique* (R. Garapon).
126. CORNEILLE, *La Place royale* (J.-C. Brunon).
128. DESMARETS DE SAINT-SORLIN, *Les Visionnaires* (H. G. Hall).
143. SCARRON, *Dom Japhet d'Arménie* (R. Garapon).
160. CORNEILLE, *Andromède* (C. Delmas).
166. L'ESTOILE, *L'Intrigue des filous* (R. Guichemerre).
167-168. *La Querelle de l'École des Femmes* (G. Mongrédien), 2 vol.
176. SCARRON, *L'Héritier ridicule* (R. Guichemerre).
178. BROSSE, *Les Songes des hommes esveillez* (G. Forestier).
181 et 190. DANCOURT, *Comédies* (A. Blanc), 2 vol.
185. POISSON, *Le Baron de la Crasse, L'Après-soupé des auberges*
    (C. Mazouer).

XVIIIᵉ siècle.

XIXᵉ siècle.

Collections complètes
actuellement disponibles

Photocomposé en Times de 10
et achevé d'imprimer en décembre 1990
par l'Imprimerie de la Manutention à Mayenne
N° 485-90